LE CHARME EMPOISONNÉ
est le quatre cent soixante-troisième livre
publié par Les éditions JCL inc.

Catalogage avant publication de Bibliothèque et Archives nationales du Québec et Bibliothèque et Archives Canada

Muheto, Félix, 1969-

Le charme empoisonné

ISBN 978-2-89431-463-0

I. Titre.

PS8626.U35C42 2012   C843'.6   C2012-940699-6
PS9626.U35C42 2012

© **Les éditions JCL inc., 2012**
Édition originale: août 2012

Le Charme
empoisonné

Les éditions JCL inc.
930, rue Jacques-Cartier Est, Chicoutimi (Québec) G7H 7K9
Tél. : (418) 696-0536 – Téléc. : (418) 696-3132 – www.jcl.qc.ca
ISBN 978-2-89431-463-0

Cet ouvrage est aussi disponible en version numérique.

FÉLIX MUHETO

Le Charme empoisonné

ROMAN

LES ÉDITIONS JCL

Nous reconnaissons l'aide financière du gouvernement du Canada par l'entremise du Fonds du livre du Canada pour nos activités d'édition. Nous bénéficions également du soutien de la SODEC et, enfin, nous tenons à remercier le Conseil des Arts du Canada pour l'aide accordée à notre programme de publication.

Gouvernement du Québec – Programme de crédit d'impôt pour l'édition de livres – Gestion SODEC

À Larissa, pour sa grande patience.

Première partie

1

Ce matin, il fait exceptionnellement chaud pour le mois de mai. Déjà vingt-trois degrés à l'ombre et la météo annonce trente pour cet après-midi. Le ciel est bleu, javellisé, limpide, pur. Une belle journée en perspective.

Il est huit heures. Le soleil s'est levé tôt, dans la précipitation, aurait-on dit, plus énergique que d'habitude, fougueux comme s'il était irrité, décourageant au passage toute tentative de rébellion des quelques nuages téméraires qui avaient survécu à la nuit venteuse. Il voudrait supprimer, penserait-on, tout obstacle qui l'empêcherait de voir de ses yeux cet homme qui fait tourner les têtes sur son passage, qui lui vole la vedette et lui fait de l'ombre sur la terre.

L'homme s'appelle Francis et il s'apprête à descendre de sa voiture pour aller au front. Il s'amuse souvent à nommer ainsi son lieu de travail. Il vient de stationner son véhicule devant la plaque du vice-président des ventes et du marketing. Il y a trois mois, il a conquis ce titre prestigieux, une autre étape dans sa fulgurante ascension vers le sommet de sa carrière, vers le trône.

Francis est une véritable étoile filante, une comète, un satellite. Le temps qu'on cligne les yeux, il est déjà à la station suivante. Cet homme est le plus jeune de la très restreinte équipe de la haute direction, le comité constitué des quatre hauts décideurs de la compagnie, trois vice-présidents et le président du conseil d'administration.

L'homme se contemple dans le miroir de sa nouvelle voiture, une Mercedes classe E berline dernier cri, couleur noire, toutes options, sièges en cuir et vitres légèrement teintées. Il ajuste son costume, sa chemise et sa cravate assorties, les choix de sa femme Nathalie, tous de grande marque.

Francis est élégant et beau, de son propre point de vue. Il a tout de même l'air fatigué, exténué. Depuis quelques jours, il travaille sur un projet critique pour l'entreprise, un mandat que le président, Patrick, lui a spécialement confié. Une autre occasion pour Francis de prouver qu'il mérite bel et bien ses galons, acquis sur les champs de bataille, armes à la main, à la sueur de son front.

Francis aime être à la hauteur de la confiance du grand patron, qui ne se gêne pas pour le présenter comme le pilier de la compagnie, son bras droit, l'homme de l'avenir, son successeur potentiel. Patrick n'a pas tort; il voit loin. Tous les actionnaires en sont convaincus.

Depuis que Francis a accédé à la stratosphère, il a apporté à l'entreprise la clairvoyance et la vitalité nécessaires, indispensables, pour affronter les défis d'un marché de plus en plus fuyant, incertain, volatil, insaisissable comme la fumée. Malgré l'effondrement des indices boursiers nationaux et internationaux, malgré l'hésitation des consommateurs désabusés, malgré le haut taux de chômage depuis la crise des subprimes aux États-Unis, les affaires vont très bien, grâce à lui.

Francis est un astre qui brille, qui répand la lumière et la chaleur sur l'ensemble de la compagnie. Dans les moments de morosité, il est celui qui sait redonner le sourire aux actionnaires, toujours. Il est l'homme des situations difficiles. Il est puissant et vénéré comme Hélios, le dieu soleil grec, il est respecté et craint, dans la mesure où l'on a peur qu'un jour la compagnie ne connaisse plus l'aurore. Ce démiurge travaille comme un monstre, dort peu et se lève tôt tous les jours. Il a la réputation d'être extrêmement efficace, très sérieux, et de ne vivre que pour le travail. Il prend rarement ses vacances.

Francis s'est marié tard, à quarante-deux ans, il y a six mois. Sa compagne, Nathalie, qui en a trente, est la seule qui a su l'apprivoiser et le caser, plaisante-t-on dans la compagnie. De plus, elle est enceinte de huit mois.

L'homme ouvre la portière de la voiture. Il est agréablement surpris par des effluves floraux charriés par un léger vent chaud qui chatouille son nez. Il est particulièrement sensible aux parfums des plantes. Tout en se demandant d'où vient cette odeur, les yeux fermés, il aspire profondément l'air.

Il pose ensuite un pied sur le sol et reste dans cette position durant plusieurs minutes. Il organise mentalement le travail de la journée. Il doit notamment rappeler à Jean, son ami directeur des ressources humaines, de trouver une remplaçante de son assistante de direction qui est en congé de maladie jusqu'à la fin de la semaine. C'est l'urgence du moment.

2

Nadia est à son poste de travail, pensive. N'aurait-elle pas dû refuser la proposition de Jean, quitte à paraître désagréable et antipathique, pour une fois? Matinal comme à son habitude, Jean est passé un peu plus tôt au département des finances pour lui demander de remplacer l'assistante de direction de Francis durant une semaine. Cette proposition a eu l'effet d'un coup de poignard, ou plutôt d'un jet d'acide sur une plaie ouverte.

Nadia n'a pas envie de rencontrer Francis, encore moins de lui parler. La veille au soir, elle a décidé de ne plus penser à cet homme, disons volontairement, parce que, en réalité et malgré elle, l'image et la voix de Francis n'arrêtent pas de tourner en boucle dans sa tête, comme un disque rayé répétant sans cesse la même séquence de musique, la plus horrible de tout le répertoire.

Depuis près de deux mois, Francis fait régulièrement la promesse, qu'il n'honore jamais, de passer voir Nadia à la maison. La semaine dernière, il lui a laissé une fois de plus entendre qu'il irait faire un tour chez elle, un soir.

Du lundi au jeudi, de dix-sept à vingt-deux heures, comme chaque fois que Francis annonce à Nadia qu'il lui rendra visite, elle l'a attendu, évitant de s'éterniser dans la salle de bains, guettant par la fenêtre de peur de le rater. Le vendredi, Nadia est restée dans sa chambre, enfermée.

Elle n'est pas venue au travail parce qu'elle était fâchée, fatiguée et déçue par l'homme qu'elle aime.

Nadia a d'abord refusé la proposition de Jean, puis, devant l'insistance du directeur des ressources humaines, elle a fini par céder.

À la seule pensée que quelqu'un puisse s'imaginer, supposer, émettre l'hypothèse, avoir le pressentiment qu'il y a quelque chose entre elle, une pauvre assistante de direction, et Francis, un patron, les poils de son corps se hérissent. Nadia frissonne chaque fois.

Elle a quand même tenu à préciser à Jean :

— C'est d'accord pour une seule journée. Pas plus. Il faudra aussi que j'en parle à Leila, ma directrice.

— Inutile, Nadia, a rétorqué Jean en cachant difficilement l'irritation que lui causait la réplique. Ta patronne est déjà au courant. Elle est d'accord. Quant à Francis, peu lui importe la personne. La seule condition qu'il pose, c'est qu'elle soit compétente.

Ce congé de maladie de l'assistante de direction des ventes et du marketing, dont Nadia ne savait rien jusqu'à il y a quelques minutes, ne peut pas plus mal tomber.

Nadia sait que Leila n'aurait pas pu refuser ce service à Francis. D'abord parce qu'elle est naturellement la personne indiquée pour ce remplacement. Avant d'être mutée à sa demande au secteur des finances, Nadia a travaillé pendant trois ans à la direction des ventes et du marketing, sous les ordres de Francis. C'est à l'annonce de la date de son mariage en novembre de l'année dernière qu'elle a décidé de quitter le marketing.

La décision de Francis d'abandonner le célibat a été une surprise pour tous, particulièrement amère pour Nadia qui s'était crue jusqu'à ce moment-là la seule élue de son cœur.

Ensuite et surtout, c'est un secret de Polichinelle que Francis et Leila ne s'aiment pas beaucoup, mais ils se respectent et évitent toute situation conflictuelle entre eux, comme deux chefs de gangs rivaux conciliants qui acquiescent à leur corps défendant aux demandes de l'autre pour éviter tout affrontement qui n'aboutirait qu'à une hécatombe.

Dans la compagnie, tout le monde, des secrétaires aux hauts responsables, a le sentiment qu'il a dû se passer quelque chose de très fort entre les deux collègues pour qu'ils en viennent à se comporter ainsi, mais personne n'ose poser ouvertement la question. Et les deux antagonistes n'abordent jamais le sujet.

3

Quatre ans plus tôt, Leila arrivait dans la compagnie comme stagiaire. Elle venait de terminer aux frais de ses parents sa maîtrise en gestion à McGill, l'une des plus prestigieuses universités du Canada.

À l'époque, Francis était un simple gestionnaire. Son directeur d'alors, parti à la retraite six mois plus tard et maintenant décédé des suites d'une longue et pénible maladie, avait jugé utile de lui adjoindre un assistant. Il voulait exploiter l'ambition débordante de son employé, son envie de réussir coûte que coûte, son talent et son sens des affaires.

Certaines mauvaises langues disaient sous cape que le patron de Francis espérait que son nouvel employé accomplirait ce que lui n'avait pas pu réaliser durant les vingt-cinq années d'une carrière aussi longue et vide qu'ennuyeuse, à savoir augmenter chaque année d'au moins quinze pour cent le chiffre d'affaires de la compagnie et faire ainsi de son département la vedette de l'entreprise.

Leila, la première candidate à ce poste, frappa à la porte du bureau qu'occupait jadis Francis.

— Oui! dit-il sans lever la tête, noyé dans les dossiers empilés sur une petite table placée près de la fenêtre.

Cet après-midi-là, il portait une chemise blanche et

un pantalon noir; une manière banale de s'habiller, un manque de respect pour ses interlocuteurs, dirait-il lui-même quelques semaines seulement après sa première promotion lorsqu'il critiquerait ses collègues accoutrés sans goût. Il ne lui viendrait alors jamais l'idée de partir au travail dans une telle tenue sans style, sans couleur, fade. Mon Dieu! c'était aussi vulgaire que de boire un vin millésimé à même le goulot ou dans un verre à bière, aimerait-il dire sans plaisanter.

Leila apparut dans l'embrasure de la porte, comme dans un gros plan de cinéma, les épaules droites. Un bras tendu et une main ferme se présentèrent au gestionnaire, qui n'avait pas eu le temps de se mettre debout. Elle tira la seule chaise libre en face de Francis et s'assit. Leila était débordante d'énergie, impressionnante, confiante, d'autant plus qu'elle avait pris le risque, pour sa première entrevue professionnelle, de porter une petite jupe et un décolleté qu'on aurait pu facilement qualifier de sexy.

Durant la rencontre, elle n'allait pas tarder à confirmer qu'elle était capable de concilier la légèreté de sa tenue, et peut-être aussi de sa personne, aurait-on pensé à tort, avec le sérieux de son travail. Elle se montrerait d'emblée une fille intelligente, franche, sûre de ses compétences.

Elle avait vingt-sept ans. Elle était belle; une beauté fragile, soupçonneuse, toujours sur le point de basculer, de se briser, de devenir farouche et dure, sans jamais en arriver là, comme par miracle, comme un funambule inexpérimenté constamment près de tomber, mais qui continue de marcher, tenant en haleine les spectateurs espérant qu'il se rendra à l'autre bout du fil tendu.

Francis avait trente-huit ans, mais il ne faisait pas son

âge; il était beau comme un dieu, une beauté sûre, solide comme un roc, une beauté qui ne doute jamais. Tous les deux étaient célibataires et libres.

À l'issue de l'entrevue, qui dura deux heures, il savait que cette beauté serait son assistante et qu'elle ne resterait pas longtemps stagiaire. Il caressait déjà l'idée de la séduire.

4

À la fin du mois de mars, il y a deux mois, Nadia s'est retrouvée coincée entre le hublot et Francis, dans l'avion de la Royal Air Maroc. Elle avait mis un voile sur sa tête, même si elle savait que ce déguisement ne la rendrait pas vraiment méconnaissable, mais bon, elle se sentait ainsi à l'abri des regards, pour une raison qu'elle ignorait, sans doute l'effet de son éducation. Elle avait porté le voile depuis son sixième anniversaire jusqu'à cinq ans auparavant, à son arrivée au Canada.

Sa jupe noire collante remontait au-dessus de ses genoux. «Un peu trop sexy pour une fille voilée», avait plaisanté Francis lorsqu'il était allé la prendre chez elle. Sa tenue accentuait la contradiction entre son intention de passer inaperçue et son envie de rester séduisante. Elle avait boutonné jusqu'au cou son chemisier beige et, sur ses jambes, elle avait posé un journal en langue arabe, d'autres retouches à sa combinaison de camouflage. On aurait dit qu'elle voulait se fondre dans son milieu, comme les militaires le font pour ne pas être repérés trop facilement.

Francis hésitait à prendre le bras de Nadia. Il lui fit tout de même remarquer que ses mains étaient lisses, et ses ongles, bien entretenus. Le visage de Nadia était doux et beau. Le maquillage lui allait à merveille et mettait en valeur son sourire, lui avait aussi dit Francis dans l'aérogare, avant qu'ils ne montent dans l'avion.

— Quelle drôle d'idée que ce voyage décidé dans la précipitation, comme s'il y avait urgence! fit à son tour remarquer Nadia.

— Écoute, quand on aime…

Elle hésitait à lui poser la même question qu'elle avait formulée trois semaines plus tôt, lorsque Francis l'avait appelée pour la relancer, pour la supplier de reprendre leur relation. Il lui avait annoncé qu'il avait envie de faire ce voyage au Maroc avec elle dans le but de célébrer leurs retrouvailles.

Avait-il des différends avec sa femme?

— Au risque de me répéter et de t'irriter, j'aimerais quand même savoir pourquoi tu veux que notre histoire reprenne, alors que tu es à présent marié.

— C'est un peu compliqué, balbutia-t-il. Tu sais, le mariage…

Depuis plusieurs semaines, Francis ne parlait plus de sa femme, plus autant, du moins, que pendant leur lune de miel. Aux yeux de tous, leur union avait été précipitée. Et Nadia n'avait jamais cru à la viabilité de ce couple. C'était sans doute la raison pour laquelle elle avait accepté ce voyage sans poser de condition et sans se sentir particulièrement coupable.

Nadia était dans son droit de récupérer ce qui lui était dû, jugeait-elle. Certes, elle s'était éloignée de Francis volontairement pendant six mois, mais elle ne lui avait jamais fermé son cœur.

Elle avait le sentiment, peut-être même l'assurance, que Francis avait avalé une proie indigeste qu'il régurgiterait à coup sûr et, sans oser se l'avouer, elle attendait ce moment avec impatience, dans un coin, tapie, aux aguets, prête à se lancer dans cette gueule aussitôt que celle-ci serait libre. Cette même gueule l'avait pourtant rejetée elle aussi quelques mois plus tôt seulement, telle une denrée insipide ou avariée.

Comme pour tirer Francis de l'embarras, juste au moment où il cherchait désespérément une réponse, une hôtesse de l'air se positionna à l'avant de l'avion pour faire la démonstration d'usage des consignes de sécurité.

Dix minutes plus tard, Francis était sur le point de reprendre sa phrase parce que Nadia insistait du regard. Mais un cri de détresse qui se fit entendre à l'arrière de l'appareil l'en empêcha. C'était un enfant qui avait sûrement faim, ou chaud.

En quelques secondes, Francis et Nadia furent encerclés par une troupe de futurs chanteurs d'opéra. Un séisme, un bouleversement brusque de l'ambiance s'opérait. Deux gosses à la voix stridente formaient l'épicentre, le foyer apparent des ébranlements. Devant leur siège, un autre gosse reprenait le refrain dans les basses. À leur gauche, dans la rangée du milieu, un quatrième, tout aussi doué que les trois premiers, enchaînait. Même la Castafiore n'aurait pas fait mieux; elle aurait rougi devant tant de talents.

Francis jeta un coup d'œil aux alentours, question d'avoir une vue d'ensemble de la clique qui faisait le voyage. Quand il était en avion ou en train, il trouvait toujours bon et utile de connaître le genre de personnes qui se trouvaient avec lui, au cas où quelque chose arriverait, un écrasement, une attaque terroriste… Il aimait se sentir maître de la situation en tout temps.

Francis eut donc les poils dressés lorsqu'il se rendit compte qu'il était en présence d'une pouponnière, d'une crèche, d'une armée d'enfants, avec seulement quelques adultes, en majorité des femmes.

—La moyenne d'âge dans cet avion est relativement basse, chuchota-t-il en cachant difficilement son angoisse qui était réelle.

—Qu'as-tu contre la jeunesse? demanda Nadia sans tourner la tête vers Francis.

Elle était certes agacée, mais par beaucoup plus que cette remarque. Elle s'inquiétait entre autres et surtout du fait qu'une connaissance, au Canada ou au Maroc, puisse être au courant de ce voyage. Par contre, elle entendait profiter de cette allusion de Francis pour indirectement exprimer ses autres frustrations et interrogations par rapport à la nature de leur relation.

—Rien, répondit Francis.

—Quelque chose semble t'inquiéter, reprit Nadia pour pousser Francis dans ses derniers retranchements, sans lui jeter le moindre regard. As-tu quelque chose contre les enfants?

—Mais non. Ce n'est pas ce que j'ai dit.

—Tu vas bientôt en avoir un, tu sais.

—Oui…, oui, je sais.

—On ne dirait pas que ça t'enchante tant que ça, dit-elle avant de lui tourner le dos.

Elle eût aimé qu'il se prononce en sa faveur, ou tout au moins qu'il clarifie sa position par rapport à sa femme. Frustrée, elle ouvrit son journal en arabe et fit semblant de lire pour mettre fin à cette discussion qui ne menait finalement qu'à une impasse, selon ce qu'elle avait compris. Elle n'arrivait pas à trouver la bonne clé, la méthode idéale, l'écarteur efficace pour ouvrir l'huître en face d'elle. Comment amener son compagnon à une discussion franche, ouverte? Et pourquoi Francis faisait-il l'idiot, le têtu, l'âne qui refuse d'avancer malgré la rudesse des coups qu'il reçoit? Qu'avait-il à cacher?

On aurait dit que Francis sécrétait à volonté une couche d'huile qui enduisait toute son âme pour la rendre insaisissable chaque fois que Nadia essayait de la sonder et de la comprendre. C'était frustrant.

Et lui s'était rendu compte que sa compagne de voyage ne tournait pas les pages de son journal. Elle ne faisait que fixer le papier sans le voir, comme un aveugle pose les yeux sur les objets. Elle était perdue dans ses pensées. L'ambiance devenait désagréable.

Du coup, Francis se dit que sa remarque sur les enfants était peut-être inappropriée et qu'elle l'avait desservi. Pour rétablir le contact et détendre l'atmosphère, il lui fallait faire une légère concession, se livrer un peu, donner un morceau de lui, avouer à Nadia que les cris et les pleurs des enfants l'agaçaient, l'angoissaient, l'épouvantaient.

Après cinq minutes de silence, Francis n'y tint plus.

—Les cris des enfants me dérangent, dit-il, la tête baissée. Je ne supporte pas leur détresse.

Nadia répondit en hochant la tête sans pour autant regarder Francis et, ensuite, elle déclara qu'elle voyait de quoi il parlait. Il n'était pas fait pour fonder une famille et avoir une armée de gosses, ce qui était tout à l'opposé du rêve de Nadia. Fondamentalement, les deux avaient une vision différente de la notion de famille.

Nadia n'eut pas le réflexe d'approfondir sa pensée et de questionner son compagnon au sujet de la détresse qu'il ne pouvait supporter chez les enfants. Elle aurait peut-être appris la raison pour laquelle il avait envie de fuir son foyer, maintenant que sa femme mettrait bientôt au monde un joli petit garçon.

Emprisonnée dans sa frustration, ligotée par une colère silencieuse et étouffante, Nadia ne comprit pas que Francis venait peut-être de lui offrir la bonne occasion d'une discussion sincère, maintenant qu'il se sentait responsable d'avoir créé cette ambiance morose.

Finalement, la réponse possible à la reprise de cette vieille relation allait lui couler entre les doigts alors qu'elle la tenait presque, et elle n'aurait sans doute plus la chance de ramener cette question sur le tapis sans paraître enquiquineuse.

5

Francis monte les marches deux par deux. Il n'aime pas utiliser les ascenseurs. Il traverse le bureau vide de son assistante sans s'arrêter, contrairement à ses habitudes. Lorsqu'il arrive dans son quartier général, il laisse un message vocal à Jean, puis s'enferme pour passer en revue son agenda électronique et mettre par écrit la liste des activités de la journée.

Le parfum de Francis, discret, viril, embaume déjà l'atmosphère. Cet homme est attiré par les symboles de la force et du pouvoir.

Pour le mobilier, le cuir est sa matière préférée. Du bon cuir de luxe reconnaissable au toucher et à l'odeur. Francis a horreur de la camelote. Le vert Nil est sa couleur de prédilection. Cette teinte se doit d'être présente dans chacun des meubles de son bureau.

Dans la partie la plus longue de ce local en L majuscule, il y a une table de conférence ovale placée en face d'une gigantesque bibliothèque. Autour de la table, il y a six chaises couvertes d'un cuir doux de couleur verte. Un vert Nil, bien sûr.

Deux canapés en cuir noir, un deux et un trois places, ainsi qu'une petite table basse en verre occupent la partie la plus courte du L. Entre les deux traverses de cette potence inversée, en diagonale, trône un gigantesque bureau brun foncé, occupé au milieu par un bloc-notes et un stylo de marque Parker, un vrai, en or. À droite, un ordinateur portable fait défiler en boucle le message : *Jusqu'où iras-tu ?* À gauche est posée une statuette de dix centimètres de haut en or massif, représentant un homme nu qui brandit un drapeau; elle symbolise le triomphe et la vengeance de l'homme nu, celui qui est parti de loin, de la pauvreté extrême pour entrer dans le cercle fermé des dirigeants des grandes entreprises montréalaises.

Dans les quatre coins du bureau sont posés des pots de fleurs et de plantes d'intérieur dont Francis s'occupe personnellement. Avant sa mort vingt ans plus tôt, sa mère a réussi à transmettre à son fils unique cette passion pour les plantes ornementales. Elle entretenait avec amour un petit jardin, dans leur minuscule cour extérieure, au rez-de-chaussée d'un immeuble délabré dans lequel ils occupaient un appartement de deux pièces.

En face de sa table de travail, au mur, il y a une photo en noir et blanc, dans un cadre en or de quinze centimètres sur vingt; elle représente son grand-père alors qu'il était jeune, en tenue militaire; un solide gaillard mort durant la Seconde Guerre mondiale, lors du débarquement de Normandie; son confident, son idole, sa seule et véritable fierté, sa référence, qu'il prie littéralement chaque jour, comme les bons chrétiens se prosternent devant la statue de Jésus sur la croix.

Francis aime le sentiment de témérité qu'inspire le regard de son aïeul. Il est persuadé que le fantôme de son grand-père est pour beaucoup dans sa réussite. Il déteste son père, un vaurien qui a dilapidé le patrimoine familial avant de s'éclipser en laissant se démerder seule sa femme démunie, au bord de la faillite, avec en prime un enfant à sa charge. Son père a été emporté par la débauche et l'alcool alors que Francis avait cinq ans.

Francis aime la tenue militaire. Et l'uniforme en général. Le respect qu'il inspire. Hitler, Staline, Pol Pot et Mao ont été ses idoles de jeunesse. Quels points communs partagent ces hommes? Le pouvoir absolu, la dictature, la discipline, la torture. Et ils sont tous partis de loin pour accéder au pouvoir. Ils ont eu le courage d'entreprendre des choses inimaginables pour les esprits simples. La fin justifie les moyens. Francis est attiré par les défis, quel qu'en soit le prix.

Très jeune, Francis a pensé qu'il sauverait le monde, qu'il le nettoierait de toute trace de malfaiteurs, et qu'il le rendrait libre et heureux. À l'adolescence, il s'est convaincu que le monde méritait une bonne raclée et une discipline de fer.

Par la suite, il a été accaparé par les études qu'il a faites avec la rage d'un lion traqué de toute part. Il désirait sortir sa mère de la misère et de la honte dans lesquelles elle avait été plongée après la disparition de son mari.

Dans la bibliothèque, des revues et livres divers sont rangés. Les thèmes sont variés. La plupart des ouvrages, ceux placés en avant de son bureau, à sa portée, traitent du marketing et des techniques de vente, ou de la PNL[1]. Ceux qu'il consulte souvent avec passion et acharnement portent sur l'art de la guerre, la stratégie et la manipulation. Les autres, à défaut de les lire, il les fait régulièrement épousseter.

---

1. La PNL (programmation neuro-linguistique) est une approche originale du fonctionnement humain qui s'appuie essentiellement sur l'observation du comportement, des mouvements et des mimiques de l'individu. Elle peut être utilisée par certains pour fin de manipulation.

Francis a horreur de la saleté. Il prétend qu'elle le rend malade, qu'il y est allergique, pour cacher son véritable problème. C'est que la saleté, la poussière particulièrement, lui donne l'impression d'être en présence d'un amas de petites bêtes teigneuses, tueuses, et cette armée conquérante et invincible, capable de se faufiler partout, jusque dans les moindres interstices des meubles, des tapis, des garde-robes, lui inspire la méfiance et l'épouvante. Il la fuit comme la peste. Parfois, même quand tout est propre, Francis sent encore la menace planer autour de lui. Entre les meubles, il y a de grands espaces. La propreté, l'harmonie et l'atmosphère générale qui se dégagent de cet endroit sont impressionnantes. L'air est léger, et la température, agréable. L'ambiance est gaie, apaisante.

Trente minutes après son arrivée, sans être vraiment conscient de son geste, la tête ailleurs tel un somnambule, Francis se lève et va ouvrir toute grande la porte de son bureau, comme s'il attendait quelqu'un à bras ouverts. La remplaçante de son assistante pourrait arriver à n'importe quel moment. Cette pensée trotte dans sa tête, certainement, et Francis sait qu'il doit se montrer aimable, car il a vraiment besoin d'aide.

6

L'avion avait pris de l'altitude. Les enfants s'étaient calmés. La plupart dormaient. Nadia était plongée dans ses pensées. « Pourquoi ai-je accepté cette invitation, avec le risque que quelqu'un de ma famille ou de mon entourage professionnel découvre ma relation avec Francis, si ce n'est pas pour passer à un autre stade, si ce n'est pas pour aller plus loin qu'un simple flirt ? » se demandait-elle. Elle avait des maux de tête. Son sourire s'était éteint. Son visage était devenu grave, sérieux.

Soudain, Nadia s'excusa, se leva et se dirigea vers les toilettes.

En tournant fortuitement la tête vers le hublot, Francis surprit sa propre image ; elle était floue. Il ne la supporta pas. Son reflet lui fit constater que sa vie était pareille à la créature déformée qu'il voyait dans la vitre. Elle était vague, elle flottait dans le vide et n'avait aucune assise forte.

Malgré sa position de vice-président et tous les privilèges matériels qui venaient avec, malgré aussi son mariage récent avec une femme qui aurait fait fantasmer plus d'un homme, Francis était encore loin du bonheur tant rêvé durant son enfance miséreuse. Peut-être ne l'atteindrait-il jamais.

Il était rongé par un mal indéfinissable, mais profondément ancré dans son âme, qui l'empêchait de reconnaître le bonheur dans lequel il était de toute évidence submergé de la plante des pieds à la cime de la chevelure, comme si son âme, atteinte d'une étrange pathologie, eût perdu l'usage de la vue.

Francis avait à présent la nette impression de tourner en rond tel un hamster dans une cage. Incapable de trouver la porte de sortie, il sautait d'une roue à une autre pour se distraire et se donner le sentiment d'avoir une vie remplie. Il s'éparpillait. Il comprenait qu'il s'était construit un personnage factice, cousu grossièrement à l'aide d'un fil d'amour-propre abîmé et fragile.

Durant son enfance, Francis n'avait pas connu le bonheur, et ce concept était maintenant vague, vide. Toutefois, il avait envie de le connaître, ce bonheur, de l'expérimenter. Pourquoi n'y arrivait-il pas? Juste de se poser cette question lui donnait le tournis.

Contrairement à la croyance populaire, le vertige n'est pas provoqué par le vide. Il est la conséquence de la prise de conscience du danger que représente le fait de lâcher prise. Au bord d'un plongeoir d'une piscine, celui qui sait nager n'a pas la tête qui tourne. Or, dans ce que les gens appellent bonheur, Francis voyait un péril certain. Peut-être même, en toute conscience, s'arrangeait-il pour le fuir, par peur de glisser et, mon Dieu! de tomber et de se noyer dans le bien-être.

Un alcoolique sait que de se gaver de litres de bière tous les jours rend malade et tue. Mais la perspective d'être sobre et lucide en risquant de s'immerger dans ses entrailles, dans son for intérieur, de penser sérieusement à sa vie, lui est encore plus insupportable. Il boit pour s'éloigner de lui-même, pour se sauver, pour sa rédemption, pour vivre un tant soit peu.

Lorsque Nadia revint, Francis, déçu par son image et tourmenté par le constat du désastre qu'était sa vie, posa son regard sur ses pieds.

Vingt-cinq minutes plus tard, les hôtesses proposaient le petit-déjeuner. Il en profita pour rétablir le contact avec Nadia.

— Ça va? demanda-t-il après avoir péniblement chassé de son esprit sa face flottante dans le vide.

Nadia regarda Francis et sourit, sans s'imaginer à quel point ce petit geste, pour elle insignifiant, avait le pouvoir de revigorer son compagnon.

— Tu es tellement belle, Nadia, dit-il en lui prenant la main. Et séduisante. Ton charme me rend fou. Tu me donnes la preuve que je ne fais pas tout ça pour rien. Je t'aime.

Il essayait manifestement de se convaincre, de se donner une raison de se réjouir. Nadia répondit par un sourire gêné.

— Je ne pense à l'amour, au véritable amour, que lorsque je te…

Nadia avait tourné la tête vers le hublot avant qu'il eût fini sa phrase.

— Je ne parle pas de… insista-t-il. Enfin, je parle de l'amour dans le sens noble.

— J'avais compris, dit-elle sans émotion.

Elle croisa ses jambes pour tenter de se ramasser, de se protéger contre les mots malhonnêtes qui n'allaient pas tarder à se déverser sur elle, à la transpercer telle une pluie de balles mortelles, ainsi qu'elle le sentait clairement.

— Ne fais pas cette tête, enchaîna-t-elle finalement en se retournant vers Francis, comme une mère compatissante qui vient brusquement de constater que de réconforter son chérubin pris en faute et qui essaie de se disculper est plus important que sa propre préservation. C'était une réaction mécanique, instinctive, un réflexe maternel, une réponse au visage renfrogné qu'arborait Francis. Elle posa sa main sur la cuisse de son compagnon. Cette main était chaude. Elle la laissa là quelques secondes, sans y mettre de pression. Puis, estimant sans doute qu'elle avait suffisamment rassuré Francis, elle la retira et la posa sur son journal.

— Tu permets que je fasse un petit somme? J'ai mal dormi la nuit dernière. Je vais en profiter pendant que c'est calme, avant le réveil de l'orchestre que tu détestes tant, dit-elle.

Elle tenait à lui rappeler que la famille devait être le centre de leur discussion en ce moment, que le reste était futile, ennuyant, et même nuisible tant et aussi longtemps que cette question, comme du chiendent dans un champ de blé, n'avait pas été proprement évacuée, de manière à ce qu'il n'en subsiste aucune racine, aucun risque d'empoisonner l'atmosphère déjà assez tendue. C'était une façon de lui dire: «Penses-y bien, cette fois!» Elle reprit avant qu'il ne prononce le moindre mot:

— Tu devrais faire comme moi. Nos futures stars ne vont pas tarder à se réveiller. Les enfants ne dorment jamais longtemps en avion, et mon expérience me dit qu'ils vont se réveiller tous en même temps.

Elle donnait l'impression de vouloir lui éviter de donner une réponse hâtive, non réfléchie, superficielle. Lorsqu'il désirait se dérober à toute discussion importante avec Nadia, il avait l'habitude de riposter immédiatement, sans s'accorder le temps de penser. En général, elle s'accommodait de ce trait de caractère de son ami, mais, cette fois, elle savait que la réaction de Francis à cette question sur la famille, en particulier, aurait des conséquences décisives sur la suite de leur relation et scellerait son destin.

Elle allongea les jambes et ferma les yeux. Elle n'avait aucune envie de discuter, étant à présent trop stressée à l'idée d'être vue par une connaissance, elle, la fille d'un imam, en compagnie de Francis, un Canadien français, un *kafir*, un non-musulman, un impur, qui de plus n'était même pas disposé à faire des efforts pour consolider leurs liens, pour l'aider à surmonter sa peur en assumant au moins sa décision de faire ce voyage pour relancer leur relation. Un lâche, quoi!

Nadia savait qu'elle était dans une situation délicate : quiconque pourrait facilement l'assimiler à une fille de joie, selon elle. Dans la religion islamique, une musulmane ne peut pas épouser un non-musulman[2]. Ce qui faisait qu'au Maroc, les filles qui s'affichaient publiquement avec des Occidentaux étaient généralement considérées au mieux comme d'innocentes pécheresses, sinon elles passaient pour des vendeuses de charme. Et l'augmentation du nombre de Marocaines qui se prostituaient avec les étrangers renforçait cette opinion générale.

À cause de la pauvreté et du taux de chômage élevé de

---

2. Selon l'islam, une femme musulmane pourrait se retrouver dans une situation où le responsable du foyer, forcément l'homme, ne reconnaît pas sa foi et le message du prophète Mahomet. Par contre, mais sous certaines conditions, le mariage d'un musulman avec une juive ou une chrétienne est autorisé, pour la simple raison que le musulman reconnaît Jésus et Moïse.

la population, il était connu que c'était le commerce sexuel qui faisait principalement tourner l'hôtellerie des petites villes du pays. Une seule passe avec un étranger rapportait aux filles de soixante-dix à deux cents dollars, pendant qu'officiellement le salaire minimum était de moins de trois cents dollars par mois. Qui plus est, il n'était pas toujours respecté par les employeurs.

Nadia se rappelait que son père, imam de profession, peinait à faire vivre sa famille avec son salaire minable de cent cinquante dollars. Mais il s'était juré de préserver les siens des fléaux de la ville, en particulier la mendicité et la prostitution. Il avait tenu à éduquer ses enfants à la vertu religieuse.

La famille de Nadia était établie dans un hameau à quelques kilomètres de la ville de Meknès, qui elle-même est située à plus de deux cent trente kilomètres de la métropole économique, Casablanca. Nadia a vécu loin des villes, loin du péché, durant toute sa vie au Maroc.

Les neuf membres de la famille vivaient dans un petit appartement loué depuis la fin des années 1970 pour une modique somme mensuelle de trente dollars. Avec le temps, le propriétaire, qui était aussi un proche ami du chef religieux, ne voyait plus la nécessité de réclamer son dû à la fin du mois.

Nadia était la troisième d'une fratrie de sept enfants. Elle avait trois sœurs et trois frères. Elle et ses sœurs partageaient une des deux chambres de l'appartement. La plus petite des trois pièces de la maison était occupée par les parents. Et les garçons dormaient au salon. Ils s'arrangeaient autant que possible pour être hors de la maison dès le lever du soleil, y revenant uniquement pour le repas de midi, et tard dans la nuit pour se coucher. C'était habituel pour les Marocains de séparer les garçons des filles de la fratrie, ceci afin de prévenir tout risque d'inceste ou de viol.

Nadia était l'aînée des filles et elle s'était toujours comportée en modèle pour ses petites sœurs. Son père était fier d'elle. La veille de son départ au Canada, elle avait promis à genoux et en pleurs de rester fidèle aux enseignements de son géniteur.

Elle avait à présent trahi toute sa famille. Elle se demandait par moments comment elle avait pu basculer dans ce qu'elle considérait à l'époque comme scandaleux, déshonorant, notamment se montrer sans son voile et se donner aux hommes avant le mariage. La réalité et la vie montréalaises avaient pris le dessus sur sa promesse, constatait Nadia. Mais fallait-il pousser l'indécence jusqu'à étaler son sacrilège sur la place publique? Ce voyage était une gageure pour Nadia. Elle était mal à l'aise, et la gêne et la honte la rendaient nerveuse, facilement irritable.

Dans l'avion, elle se sentit soudain lasse, comme écrasée par le poids des convenances.

— Réveille-moi si je fais une bêtise, si je ronfle, par exemple. Je compte sur toi pour m'éviter tout embarras. Peux-tu faire ça pour moi, s'il te plaît?

Nadia s'abandonna à sa respiration profonde et lente. Fuyant les tracas du monde réel, elle plongea dans celui des rêves et dormit pas moins de deux heures.

7

Quelques minutes après que Francis a ouvert entièrement la porte de son bureau, Nadia apparaît. Elle mime le geste de frapper dans le vide pour demander la permission d'entrer.

De peur de troubler la tranquillité des lieux, elle ne prend même pas le risque de chatouiller la porte. Hésitante, le visage grave, elle lance un timide bonjour, presque inaudible, puis s'efforce de sourire, finalement incapable de se montrer discourtoise, désagréable.

—Je suis envoyée par Jean pour te dépanner, mais pas plus qu'une journée, annonce-t-elle d'emblée pour atténuer les effets de sa bienveillance contrainte et pour éviter toute interprétation enthousiaste de la part de son interlocuteur.

Elle sait que tout malentendu la desservirait.

Francis relève la tête, comme s'il venait tout juste de voir Nadia. Il était plongé dans ses dossiers. Elle éprouve aussitôt le sentiment de déranger. Elle rougit et s'excuse pour cette incursion inopinée.

«Je n'ai jamais fait de vagues» conviendrait parfaitement comme épitaphe sur la pierre tombale de Nadia. Sans le savoir, elle est heureuse d'être constamment une petite fille gentille et obéissante.

Mais à quel prix y parvient-elle? Elle craint toujours

d'importuner, elle évite toute confrontation, de sorte qu'elle est encline aux concessions, qu'elle consent souvent dans la douleur, au point où on serait en droit de se demander sans être particulièrement méchant si son sourire, accueillant en toutes circonstances, n'est pas en réalité le couronnement, comme une cerise sur un gâteau, d'un masochisme subtil, pur, consommé.

On pourrait dire, sans risque de se tromper, qu'on est en présence de deux adultes en proie à une force mystérieuse, une pulsion intérieure qui est à l'origine de la cécité de leurs âmes, les attire l'une vers l'autre et les unit malgré elles.

Cet aveuglement, qui empêche Nadia de faire ou de voir le mal autour d'elle, est au contraire à l'origine d'un drôle de comportement chez Francis : il ne lui permet pas de saisir concrètement le but de sa vie et, comme conséquence logique, à défaut de choisir le suicide, il se nourrit du souffle de vie de son prochain, ceux qui aspirent au bien-être constituant ses proies de prédilection. Il les vide alors de toute substance vitale pour se gaver à son tour. Son territoire est jonché de carcasses auxquelles il est, de surcroît, indifférent.

Un lion se permettrait-il de s'attarder, de philosopher sur l'innocence et la souffrance des agneaux qu'il dévore ? Trouve-t-il du plaisir dans les massacres qu'il perpètre ? Non. Néanmoins, en apaisant la tension et la douleur créées par la faim, il accède à un ravissement certain, qui n'est nullement causé par quelque sentiment pervers proprement dit.

Francis, tel ce lion, n'est pas un sadique froid, pur et dur. Mais il n'en retire pas moins du plaisir de chaque souffle de vie qu'il ingurgite pour calmer sa faim.

Les deux âmes, celles de Francis et de Nadia, sont à la

fois opposées et complémentaires. Elles forment une unité homogène. Elles constituent le yin et le yang de la même pièce, le taijitu.

L'une a besoin de l'autre aussi naturellement que l'homme ne peut se passer, sans tomber malade, des millions de bactéries qu'il héberge constamment dans son intestin. L'être humain a besoin de ces êtres microscopiques pour sa digestion, alors que ses hôtes, protégés et chauffés à leur convenance, profitent du gîte et des nutriments gratuits mis à leur disposition. La relation entre Francis et Nadia a quelque chose de divin, un parfum de poésie. Elle est autant romanesque et théâtrale que philosophique. Ce qui se passe entre ces deux personnes, c'est une véritable comédie dramatique dont l'issue ne peut qu'être fatale, mais qui est également naturelle et paradoxale, comme le but ultime de la vie est la mort. On trépasse parce qu'on a vécu. On se déteste parce qu'on s'est aimé.

Non, il n'y a pas de problème, comprend Nadia dans le geste de Francis qui a levé les deux bras et qui, avec ses mains qui s'agitent majestueusement dans l'air tel un danseur en transe, lui demande d'approcher.

— J'étais dans la lune, dit-il, le visage béat, en réussissant à cacher efficacement sa surprise et sa gêne.

Il ne s'attendait pas à ce que Nadia soit la remplaçante désignée. Pour s'éviter ce malencontreux incident, il aurait peut-être dû imposer un nom au lieu de rester vague, ouvert.

Nadia est choquée par l'attitude de Francis. Pourquoi ne s'empourpre-t-il pas? Pourquoi ne se confond-il pas en excuses? Pourquoi ne se jette-t-il pas à genoux pour se faire pardonner les deux mois d'attente, d'enfer, de torture, qu'il vient de lui faire subir?

À sa place, elle aurait agi ainsi, sans hésiter.

Il se contente de la scruter de la tête aux pieds, comme une simple chose admirable, une poupée de plastique sans âme, un agneau à croquer vif. Elle est finalement dérangée par le regard de Francis, qui insiste sur sa courte jupe, puis sur ses souliers à talons hauts qu'elle s'efforce à présent de porter avec aisance.

L'image du jour de l'entrevue d'embauche de Nadia remonte insidieusement à la tête de Francis. Elle portait des chaussures semblables à celles d'aujourd'hui.

Il la voyait pour la première fois, et c'était comme une apparition, un tableau de grand maître, lui semblait-il, qu'on ne peut regarder sans être subjugué, en imaginant les pensées du personnage peint, la raison de chaque détail, de chaque geste, et l'idée générale derrière l'œuvre.

Elle était arrivée plusieurs minutes avant le rendez-vous et, fidèle à elle-même, s'était assise dans un coin de la salle d'attente. Elle était seule. Il l'observait de loin, curieux, en faisant semblant de discuter avec la réceptionniste.

Nadia portait une jupe beige avec des rayures grises et bordeaux discrètes, qui remontait jusqu'à la racine de ses cuisses, et ses jambes croisées laissaient apparaître en dessous une bonne partie de la peau nue et bronzée, ferme.

Son chemisier blanc cassé couvrait un buste droit et laissait entrevoir la naissance de seins faits sur mesure pour la stature du corps. Même assise, on remarquait qu'elle était grande et élancée. Elle avait le corps de ces sportives qui finissent facilement leur carrière dans le mannequinat.

Ses chaussures, beiges et ouvertes, à talons hauts, et que Francis imaginait en cuir fin, mettaient en valeur des pieds bien entretenus, sans doute dans un salon spécialisé. Cela devait d'ailleurs être le cas de ses mains. Ses cheveux noirs étaient relâchés et encadraient un visage fin, sans aucune imperfection, même minime. Ses cils bien taillés et son maquillage minutieusement exécuté indiquaient bien que cette fille prenait soin d'elle, régulièrement, si ce n'était tout le temps.

Devant une telle créature, on se serait facilement dit : «Voilà une fille impressionnante qu'on ne peut aborder sans appréhension.»

Mais c'était son attitude qui avait le plus intrigué Francis, qui l'avait même, peut-être, poussé à s'intéresser particulièrement à elle. Son regard, porté par des yeux dont la rétine hésitait entre le noir et le vert, était pointé quelque part devant, sur aucun point en particulier.

Nadia semblait absorbée, perdue dans ses pensées. Mais, contrairement à son positionnement dans la salle, hostile au rapprochement, une trace de sourire bienveillant ne quittait jamais son visage et semblait dire : «Venez vers moi, je suis à prendre.» «C'est une bonne et belle fille», se disait son futur tombeur, déjà conquis.

Elle caressait, par petites touches distraites, son épaule nue. Dans l'une de ses mains, elle avait un objet : «Peut-être un porte-clés, peut-être un briquet», se disait Francis. En réalité, ce n'était qu'un miroir de poche avec lequel elle jouait sans vraiment y prêter attention.

D'elle, de son regard doux et énigmatique, de ses gestes simples et naïfs, de ses yeux verts et étincelants émanaient la fraîcheur, le renouveau, la jeunesse, le printemps éternel, un rayon de soleil, la vie. C'était une fille sensuelle, accueillante, docile, un agneau bien gras, s'était extasié Francis, qui rêvait déjà du moment où il la dégusterait.

«Je ne me suis pas habillée comme ça pour te charmer», voudrait dire Nadia en remarquant l'examen minutieux auquel semble procéder Francis, toujours en proie à ses souvenirs. Elle ouvre la bouche pour parler, pour s'expliquer sur sa tenue, pour se justifier, mais elle renonce lorsqu'elle remarque le sourire et le regard qui se veulent complices, mais qui se révèlent en définitive narquois. Elle a maintenant la conviction que cet homme ne croira pas que le caractère attirant de sa tenue n'est qu'une simple coïncidence.

Francis n'adhère pas à la théorie du hasard. Pour lui, tout s'obtient par le travail, l'insistance, la persévérance. Tout se conquiert. Il faut savoir provoquer les événements. Tout le monde dans la compagnie connaît sa position sur ce sujet.

«Il s'imagine, il est même convaincu que je n'ai pas mis ma minijupe pour rien», se dit-elle, le connaissant bien. «Quelle était mon intention, au moment où je me suis habillée ainsi?» se demande-t-elle à présent.

Avec sa manière sans scrupule, sûre, de fragiliser, de fissurer, de briser en petits morceaux, en miettes, la confiance de Nadia, Francis est parvenu à instiller le doute en elle.

Cela fait longtemps que Nadia n'a pas porté ce genre de vêtements. Voulait-elle se rendre admirable, aimable, et se prouver qu'elle est encore capable de charmer les hommes, après sa nouvelle déception de la semaine dernière? Ou désirait-elle provoquer Francis? Avait-elle en tête l'idée de lui montrer qu'elle n'avait pas besoin de lui pour se sentir belle? Elle s'en veut d'avoir été si naïve, si faible, encore sous l'influence de cet homme.

8

À l'avant et à l'arrière de l'avion, les hôtesses s'activaient avec leurs chariots. Elles proposaient deux plats, outre le plat végétarien : le poisson et la viande.

— Il est temps de manger, chérie, murmura Francis en secouant Nadia avec délicatesse.

Francis et Nadia choisirent le poisson. Il demanda une bière, tandis qu'elle se contenta d'une eau minérale.

Ils mangèrent en silence. Personne n'osait parler, de peur de ramener à table la question de la famille. Nadia avait peur d'être déçue par le point de vue de son compagnon. Pour elle, le silence était le gage que Francis réfléchissait sérieusement. Elle ne voulait prendre aucun risque de le distraire. Surtout, elle comptait sur le temps pour convaincre son ami qu'il s'était trompé en épousant Nathalie.

Francis se souciait de faire oublier la discussion qu'ils avaient eue quelques instants plus tôt, pour ne pas s'obliger à décider. Il regardait souvent Nadia et il la trouvait vraiment belle, charmante. Il était impressionné par la trace de sourire qui ne quittait jamais son visage. Comment faisait-elle pour demeurer si gaie dans cette situation d'incertitude ? se demandait-il.

Après le repas, Nadia retomba dans un sommeil léger, non réparateur.

Quelques heures plus tard, à la descente de l'avion, elle semblait avoir mis de côté ses frustrations et ses interrogations; elle paraissait également prête à jouer le jeu de Francis, à redevenir sa petite amie. La joie et le bonheur de retrouver sa terre natale, sa langue maternelle et ses compatriotes y étaient sans conteste pour beaucoup. C'était son premier voyage au Maroc depuis qu'elle avait quitté ce pays cinq ans plus tôt.

Les files d'attente étaient longues devant les guérites de plexiglas de la police marocaine des frontières. Nadia et Francis se placèrent dans la même rangée. Nadia avait voyagé avec son passeport canadien. Elle était donc une étrangère, comme lui. Les policiers ne les embêtaient pas. Au contraire, ils leur souriaient sincèrement. Ils considéraient Francis et Nadia comme mari et femme. La différence d'âge n'était pas facile à percevoir, Francis paraissant plus jeune que son âge. Si Nadia avait présenté un passeport marocain, les hommes en uniforme en auraient sûrement été irrités et ils auraient à coup sûr importuné ce couple atypique.

Nadia se sentait revigorée, euphorique, grisée par le respect qu'on lui témoignait en raison de son statut d'étrangère. Elle était choquée, mais agréablement surprise de se retrouver tout à coup au-dessus de la mêlée, intéressante, importante, et même crainte, l'égale des hommes. Avant cet instant, elle s'était toujours sentie, au Maroc, comme faisant partie d'une sous-espèce, à peine humaine.

Certes, les lois avaient évolué depuis l'avènement du roi Mohamed VI, mais les habitudes étaient tenaces. Nadia n'était pas dupe. Elle devait ce respect à son statut d'étrangère, et non pas à un changement des mentalités. Était-elle étrangère également dans l'âme et la chair? Devenait-on canadien? En quoi était-elle différente de ceux qui occupaient les guérites? Sans doute était-elle devenue un peu canadienne sans le savoir. Les autres s'en rendaient compte, forcément.

Sur le tapis roulant, ils récupérèrent leurs bagages. Une femme douanière vérifia méticuleusement le contenu de la valise de Nadia.

Dans le sac à dos de Francis, il n'y avait pas grand-chose et tout était neuf. Chaque article, acheté à la hâte pour le voyage, était encore dans son sac d'origine. Rien ne provenait de chez lui. Aveuglée par son bonheur, Nadia n'y faisait pas attention.

9

Francis se lève et, dans un élan enthousiaste, embrasse Nadia sur la joue droite, puis sur la gauche, pendant qu'il lui glisse à l'oreille d'une voix suave qu'il est content qu'elle ait accepté de venir l'aider, elle, et non pas quelqu'un d'autre; qu'il lui en est reconnaissant.

Il l'invite à s'asseoir. Il ne fait aucune allusion à ses promesses non tenues des semaines dernières, ni celle de lui rendre visite chez elle ni celle qu'il a exprimée lors de leur voyage au Maroc.

Tous les bons moments qu'ils ont eus ensemble se sont effacés de la mémoire de Francis, comme l'odeur de l'encens, aussi bonne et bénie qu'elle soit, finit par disparaître de l'enceinte de l'église quelques heures seulement après la messe. Nadia devrait peut-être se rendre à l'évidence. Les histoires sont faites pour être oubliées, un jour plus ou moins lointain.

Elle voudrait tout de même dire quelque chose à son patron du moment, ou plutôt lui poser quelques questions. «Que s'est-il encore passé ces derniers jours? Que t'ai-je fait pour que tu m'ignores ainsi? Aurais-tu oublié ta promesse? Ou, comme à ta fâcheuse habitude, n'as-tu pas accordé d'importance à ta parole donnée ou à ma personne? Pourquoi, alors, as-tu tenu à raviver cette histoire, notre histoire, alors qu'elle était finie depuis ton mariage, il y a six mois?» Elle voudrait libérer son cœur et sa conscience. Mais elle se retient au prix d'un grand effort, de peur d'exploser et de ne plus pouvoir s'arrêter.

Francis se met à parler. Quelques minutes lui suffisent pour exposer à Nadia les tâches à effectuer. Elle sait déjà ce qu'il y a à faire.

Ne pouvant plus soutenir le regard de plus en plus doux de Francis, elle sort du bureau, entre dans celui de l'assistante de direction, s'installe devant l'ordinateur, l'allume et commence à travailler. Les gestes sont précis, professionnels. Francis est derrière elle. Il l'observe, il la balaie du regard de la tête aux pieds. Il la scrute. Elle est furieuse, elle brûle dans son for intérieur. Elle sent le poids du regard de Francis. Lorsque son patron s'avance un peu plus vers elle, un mélange de sentiments contradictoires, haineux et amoureux, l'envahit. Cet homme est un séducteur invétéré, un dangereux manipulateur, un menteur, une personnalité opaque. Mais c'est également un bel homme ambitieux, qui n'a peur de rien, téméraire, mystérieux, un homme qu'elle n'arrive pas à comprendre ni à sortir de son esprit.

À sa grande surprise, elle aimerait qu'il s'approche, maintenant, là, tout de suite. «Enlace-moi, a-t-elle envie de dire, serre-moi dans tes bras, en silence, rassure-moi, confirme-moi que tes rendez-vous manqués ne sont pas des désaveux de notre relation, que tu tiens encore à honorer la promesse que tu m'as faite au Maroc. Et laisse-moi te parler, laisse-moi te faire cette annonce importante pour toi, pour moi, pour nous: je porte l'enfant que nous avons conçu lors de notre voyage.»

10

À la sortie du poste des douanes, ils passèrent par un couloir de plusieurs mètres, où ils étaient seuls. Nadia s'arrêta et regarda derrière elle. Francis fit de même, par mimétisme, sans savoir ce qu'il était censé vérifier. Elle ne parlait pas. Il constatait que les autres passagers étaient hors de vue.

Il n'avait pas fini de penser que deux bras le prenaient par le cou, le tiraient et le serraient fort, très fort. Nadia lâcha un petit cri de soulagement, comme si elle était heureuse d'avoir échappé à un désastre. Tout le long du voyage, elle avait dû croire que son compagnon dirait ou ferait une chose qui ne lui plairait pas. Elle avait peur de perdre Francis.

Lui, il sentait les seins fermes de son amie sur le haut de son ventre. Toutes ses émotions mises en veilleuse jusqu'alors se déchaînèrent telles les laves d'un volcan en éruption.

À son tour, Francis enlaça Nadia. Elle exhala encore deux ou trois râles de plaisir et, impulsivement, elle embrassa Francis sur la bouche. Ils étaient toujours seuls. Elle lui imposa un long baiser.

— Tu es bizarre, mais tu es un homme spécial, Francis. Je t'aime, moi aussi.

Il ne disait rien, effrayé par la soudaine témérité de

Nadia, son retournement inattendu. Et si quelqu'un de sa famille les surprenait... s'alarmait-il.

Il parvint à s'échapper de cette étreinte étourdissante et dangereuse, puis poussa Nadia vers la sortie. Ils déboulèrent en catastrophe devant une centaine de personnes contenues derrière un ruban de sécurité rouge et deux policiers. Ils étaient encore étourdis en face de ces spectateurs ébahis. Ils n'avaient pas pris le temps de remettre leurs émotions à leur place, dans leur fourreau.

Les traces d'incendie toujours imprégnées sur le visage, Nadia demanda à Francis d'une voix pleine d'émoi s'il fallait qu'elle appelle un taxi tout de suite. Tout aussi ému qu'elle, il répondit oui de la tête en avalant un peu de salive pour humidifier ses cordes vocales.

— Laisse-moi faire, lui dit-il par réflexe.

Pourtant, il savait bien que cette fois-ci il ne pouvait pas s'occuper de tout comme à son habitude, puisqu'il ignorait tout de ce pays, jusqu'à la langue parlée. Il n'était pas exclu non plus que, peut-être, Nadia venait de lui donner l'impression d'avoir besoin d'aide. Francis savait utiliser à son avantage ce trait de caractère de son amie.

Elle ne réagit pas aux paroles de son compagnon, qui l'avaient tout de même irritée. Il s'était entre-temps placé derrière elle pour lui éviter des désagréments au cas où elle rencontrerait une connaissance. En réalité, il voulait échapper à l'idée que ce voyage avait été effectivement organisé par lui-même pour renforcer leurs liens, ce qui était tout à fait ironique.

C'était une erreur, reconnaissait-il à présent. Sa relation avec cette fille ne devait jamais aller au-delà d'une récréation, d'un divertissement. Mais il lui semblait que Nadia se prenait au sérieux.

Il laissait une distance convenable entre eux, mais elle s'arrangeait pour réduire l'espace qui les séparait. Elle reculait pour se mettre à sa hauteur, jusqu'à le toucher des hanches, comme s'il s'était agi effectivement de son mari, pour l'obliger à accepter cette idée.

11

Nadia n'arrive plus à taper correctement sur le clavier. Elle se sent épiée; elle est perturbée. Francis se rend compte qu'elle n'est pas à l'aise. «Peut-être n'aime-t-elle pas les tâches que je lui ai confiées», se dit-il. Il lui demande de le suivre dans son bureau. Pour mieux l'imprégner du travail à faire, il lui propose de classer par client des dossiers déposés pêle-mêle sur une étagère de la bibliothèque, en face de sa table de travail.

À présent, assis à son bureau, Francis voit Nadia de dos, debout; ses cheveux forment un chignon, comme pour éviter qu'ils touchent son cou, pour l'aérer. Les épaules sont également découvertes, sans doute pour la même raison. La jupe monte et descend au gré des mouvements du corps, découvrant à intervalles réguliers les jambes de Nadia. Du regard, Francis la palpe, la retourne dans tous les sens, la déshabille.

Comme un alcoolique qui contemple une bouteille de whisky et ne pense qu'à l'instant où il va l'ouvrir pour se servir un verre et ainsi calmer ses tensions intérieures, il ne parvient pas à se détacher de l'image qui se trouve en face de lui et il a du mal à se concentrer sur son travail. Il se lève et s'approche par-derrière.

Nadia continue d'exécuter ses tâches comme si elle

n'entendait pas le bruit des pas de Francis. L'homme enroule ses bras autour de la taille de Nadia, qui ne réagit pas.

— Tu es tellement belle! Je t'aime, je t'ai toujours aimée, lui glisse-t-il à l'oreille en caressant ses cheveux, son cou, ses épaules, ses jambes, et en s'éternisant sur son ventre.

Ces paroles et ces gestes décuplent la colère de Nadia qui à présent tremble de rage. Chaque attouchement est comme un coup de couteau sur son corps.

Elle laisse échapper un dossier, et la dizaine de papiers qu'il contient s'éparpille sur le sol. Pendant qu'elle se penche pour les ramasser, Francis en profite pour se frotter contre ses fesses. Nadia, furieuse, le supplie d'arrêter, pour l'amour de Dieu.

Sa première préoccupation, c'est que quelqu'un pourrait les surprendre. La porte du bureau est ouverte. Que penseraient les gens? Sa réputation en prendrait un sérieux coup. Elle n'est pas la fille facile qui s'offre au premier passant, la pute de la compagnie, se dit-elle, les sourcils froncés. Et puis, elle n'est pas du tout d'humeur à s'amuser. Elle a d'autres soucis à régler.

Cette perspective d'être épié, même surpris, et la résistance de Nadia augmentent l'ardeur de Francis. Sa stimulation est à son comble. Il n'est plus dans les dispositions de comprendre la situation dans laquelle il place sa partenaire. Nadia est plus que dégoûtée par cet homme égoïste qui ne respecte rien. «Francis, tu es à mettre dans un asile de fous!» a-t-elle envie de hurler. Elle se retient encore une fois. Elle ne voudrait pas faire scandale.

Paradoxalement, Nadia a toujours admiré Francis pour

sa témérité, son sang-froid, sa folie, sa spontanéité, son côté rebelle. Mais il n'est plus question que leur histoire recommence, en tout cas pas de la même manière et dans les mêmes conditions que les trois dernières années.

Il n'y a donc aucune raison qu'elle accepte de subir encore ce comportement qu'elle qualifie maintenant, dans sa tête, de pervers et de cynique. Mais elle sait aussi, malheureusement, qu'elle y est pour beaucoup. Comme en cet instant même, par ses silences, ses consentements tacites, ses hésitations, elle a toujours encouragé Francis à agir ainsi.

Elle se retourne pour sortir, dans l'espoir de calmer les ardeurs de son patron, mais elle se rend compte que Francis est sur le point de s'adonner à ce qu'il avait l'habitude de faire à l'époque, dans l'urgence, chez elle, lorsqu'il se prétendait stressé, fatigué, sous tension, comme maintenant.

— Non, ce n'est pas vrai, Francis, qu'est-ce que tu fous là? marmonne-t-elle. Pas ici, pas au bureau, pas maintenant! S'il te plaît!

Incapable de l'arrêter, elle se fige de stupeur, choquée. Quelque chose en elle éclate, telle une capsule remplie de liquide chaud et vénéneux qui se répand dans son corps et l'envahit de la tête aux pieds. Sa vue se brouille.

Cet épisode résume bien l'histoire de sa vie : elle s'est toujours laissé faire, les yeux fermés, se dit-elle en s'efforçant de contenir ses larmes. Il est temps que toute cette comédie cesse pour de bon.

— Je dirai à Leila ce qui vient de se passer, et je ne me laisserai plus faire, c'en est trop, Francis, murmure-t-elle entre ses dents, avec une voix à peine perceptible, étranglée par une rage étouffée.

Un voile de larmes descend sur ses yeux tel un rideau de théâtre qui clôt une scène d'un tragique émouvant et qui augure une suite fatidique.

Surpris par la réaction de Nadia, Francis lui suggère, pendant qu'il se rhabille, qu'elle ne devrait pas dévoiler ce qu'il considère comme leur secret de longue date. Il la sait discrète, il la connaît comme une bonne fille, lui rappelle-t-il. Pour si peu elle ne casserait pas ce qui les unit depuis toujours. Au seul fait de prononcer le mot « secret », Francis jubile intérieurement. Ils sont unis par un lien inviolable.

—Avec cette histoire, ma chère, tu pourrais gagner beaucoup d'argent, mais on n'est pas chez l'oncle Sam. Je ne suis pas non plus DSK et on n'est pas au Sofitel. Ils sont fous, les Américains. Toi, tu es un amour, un ange. Je t'adore. Merci pour tout ce que tu fais pour moi. Écoute, tu n'en mourras pas!

Il a conclu sa réplique maladroitement, sur un ton qui se veut plaisant, mais qui est en fait cynique et méprisant, comme chaque fois qu'il est pris en faute et qu'il veut minimiser la portée de ses actes.

«Tu es une imbécile, tu as toujours été une pauvre conne», comprend Nadia devant ce jet de mots qui n'a pas de sens pour elle.

Francis prétexte un rendez-vous important à l'extérieur du bureau. Il sort en annonçant qu'il ne sera de retour qu'en début d'après-midi. Il lui laisse le temps d'oublier. Il est certain que Nadia se sera calmée d'ici là. En fait, il s'enfuit.

12

Quelques instants plus tard, Francis et Nadia se
retrouvèrent en plein air, seuls, envahis peu à
peu par la chaleur du Maroc.

Le temps était agréable et l'air, sec et bon à respirer,
complétait bien le menu. C'était un mélange indescriptible du parfum des multiples fleurs odorantes qui poussent dans cette région et de la terre surchauffée, comme si celle-ci respirait pour dégager la chaleur et la frustration accumulées durant la journée.

Francis inspira un bon coup. Nadia fit de même à son tour, par mimétisme. Son geste était mécanique. Elle ne souriait plus. Elle était préoccupée, et Francis le remarqua. Elle s'était rendu compte que son compagnon n'était pas à l'aise dans le rôle qu'elle essayait de lui faire jouer et qu'il était censé endosser avec plaisir.

Pour ne pas choquer Nadia outre mesure, Francis décida d'entrer dans le jeu de sa compagne, mais à sa manière. Comme ils étaient seuls, il lui effleura la joue avec sa main. Il mit son bras autour de son épaule pour tenter de lui redonner son beau sourire. Elle le regarda et, comme à son habitude, se laissa prendre au piège. Elle amorça un rictus. Francis s'aperçut qu'elle n'était qu'à moitié contente. Elle n'était pas satisfaite de ses performances. Il était conscient qu'il ne respectait pas les règles du jeu.

Francis tira Nadia contre lui et l'embrassa chaleureusement sur la joue pour la rassurer. Son baiser ne la sortit pas pour autant de son amertume. Elle avait à présent des regrets pour tous les gestes commis depuis leur descente de l'avion. L'idée de relancer leur relation était ridicule, elle ne pouvait faire autrement que de le constater.

Lorsque Francis aperçut un taxi qui approchait, il relâcha Nadia et laissa échapper un soupir de soulagement. Nadia croisa ses bras sur sa poitrine en inspirant fortement l'air, puis elle bloqua sa respiration comme si elle venait de recevoir une averse glacée sur le corps. Elle était déçue par le comportement de Francis, une fois de plus, une fois de trop.

Elle ne faisait pas semblant. Cette situation, ce jeu de cache-cache la faisait souffrir. Quand elle se rapprochait, son compagnon reculait et, lorsqu'elle décidait de s'éloigner, il la relançait. Leur relation avait toujours été ainsi. «Un jeu de yo-yo!» constatait-elle amèrement.

13

Nadia, seule, n'arrive plus à travailler. Ses capacités de raisonnement et de concentration sont anéanties par le geste et les paroles de Francis. Pourquoi tout ce mépris, toute cette haine? Elle va s'asseoir sur la chaise de l'assistante de direction, le visage dans les mains, la tête baissée; elle se retient difficilement de crier.

« Ce n'était pas de ma faute, essaie-t-elle de se persuader. Je n'ai pas provoqué Francis. Il a dépassé les limites. Sans aucun doute, cet homme me prend pour une chose avec laquelle il peut soulager ses tensions, s'amuser à sa convenance. Et il se croit intouchable. »

À vingt-huit ans, elle a l'impression que sa vie sentimentale et amoureuse est un champ de ruines. Elle n'a rien construit de bon, de solide, de viable, de vrai. Elle reste dans le temporaire, dans le faux, dans l'inacceptable.

— Durant trois ans, murmure-t-elle, j'ai tout donné, j'ai sacrifié ma vie, mes rêves et mes pensées, à un joueur, un tricheur, un menteur, un vaurien. C'est affreux.

La rage de Nadia augmente et devient insupportable, lorsqu'elle comprend qu'elle s'est laissé faire pendant des années, comme une idiote, et qu'à présent elle est enceinte. Le comble de la naïveté!

Ce n'est pas l'erreur qui fait mal, mais la conviction qu'on aurait pu l'éviter, ce qui entraîne des regrets, de la culpabilisation de soi, une douleur insoutenable, accablante. Nadia éclate en sanglots. Elle pleure à chaudes larmes, pendant plusieurs minutes.

14

Sur la route d'El-Jadida, reliant l'aéroport
Mohamed v à la ville de Casablanca, un trajet
de trente kilomètres environ, Nadia et Francis
étaient tranquillement assis sur la banquette arrière du
taxi. Ils étaient silencieux, chacun étant occupé ou plutôt
préoccupé par les pensées de l'autre.

Nadia avait pris la main de Francis dans la sienne et
elle la serrait fort comme si elle voulait encourager son
ami à accepter cette relation, leur relation. Par moments,
elle s'accrochait à son bras, cette fois comme un singe qui
s'agrippe à une branche, mais pas n'importe laquelle : celle
que le vent est sur le point de faire choir. Ils restèrent serrés
l'un contre l'autre durant tout le trajet qui les menait vers
leur destination.

À l'entrée de la ville, Nadia enleva son voile et le mit
dans son sac à main. À Casablanca, dans cette métropole
économique de plus de six millions d'âmes aussi stressées
que pressées, il y avait peu de chance qu'elle fût reconnue,
beaucoup moins qu'à Montréal, selon ses propres convic-
tions.

Elle ne courait aucun risque d'être surprise par une
connaissance. Les membres de sa famille n'avaient pas les
moyens de voyager et ne quittaient leur patelin qu'à de
rares occasions.

Elle se rappela que certaines filles de son village, parmi elles des amies d'enfance, choisissaient cette agglomération pour fuir les diktats des mâles de leur famille ou l'humiliation et le rejet à la suite d'un viol par un père, un frère, un oncle, ou un inconnu, et elles se retrouvaient, pour survivre, à exercer incognito le métier de prostituées.

Nadia, fille d'imam, ne sortait presque jamais de chez elle et toujours accompagnée d'un mâle de la famille, un garçon de dix, quinze, ou vingt ans et, évidemment, elle devait couvrir son corps entièrement et garder les yeux constamment baissés.

Elle arrangea ses cheveux et les noua par-derrière avant de répondre avec irritation au chauffeur qui insistait pour savoir où les déposer, après moult slaloms comme s'il conduisait une ambulance ou un camion de pompiers.

— L'hôtel Idou Anfa.

Le taxi passa en face des deux tours jumelles du Twin Center, emprunta un méandre de ruelles pour éviter la circulation intense du samedi soir et déboucha enfin sur le boulevard Anfa, en face de leur hôtel.

Sitôt les bagages déposés à la réception de l'établissement, en attendant que les chasseurs les amènent à la chambre, Francis proposa qu'ils prennent d'abord une bouchée. Il était vingt heures trente. À Montréal, il avait l'habitude de manger à dix-huit heures.

L'Anoual, un des restaurants de l'hôtel, offrait ce soir-là un buffet espagnol. Il y avait les principaux plats ibériques, des tapas à la paella, en passant par les churros, la tortilla de patata, le jambon de montagne serrano, que Francis ne connaissait pas, et ainsi de suite…

Nadia demanda à son compagnon s'il aimait la cuisine méditerranéenne. Il répondit qu'il adorait ce qu'il voyait là, mais précisa qu'il ne fallait pas compter sur lui pour faire le choix.

— Je m'en chargerai, le rassura-t-elle.

Elle ramena un ensemble d'assiettes, entrées et plats principaux, le tout en même temps.

Il y avait du monde et il fallait presque jouer du coude pour se frayer un chemin.

Francis commanda une bouteille de vin rouge, un merlot Reserva, pour accompagner le repas. Nadia était partante et hochait la tête avec un enthousiasme excessif, pour approuver le choix de son ami, comme un parent qui, à table, permet tout à son enfant boudeur dans l'unique espoir de le voir finir son assiette. Ils étaient là pour vivre, pour s'aimer, pour relancer leur histoire, avait-elle finalement résolu, tout en contradictions. Elle désirait ramener ce voyage à sa raison d'être, à son objectif, du moins selon les dires de Francis, et à agir désormais dans ce sens.

Le repas se termina avec le dessert proposé par Nadia, une pâtisserie typiquement marocaine.

— Sa particularité réside dans son onctuosité et son arôme de menthe fraîche dans la bouche, dit-elle avant d'aller en chercher.

« Pourvu que le reste du séjour soit aussi agréable que ce délicieux entremets », se disait Nadia. Cela augurait bien. Ce dîner, tel un appât, devait être réussi, parfait, pour s'assurer que, par la suite, la proie ne rechignerait pas à mordre à l'hameçon, à se prêter au jeu de ce voyage. Mais, paradoxalement, c'était la proie, Nadia, qui tenait à préparer le piège.

Chez certaines espèces animales, les femelles s'offrent aux prédateurs pour protéger leur progéniture. Ce que Nadia voulait à tout prix préserver était sans conteste précieux à ses yeux. C'était sa relation avec son âme sœur, son vis-à-vis, le yang, Francis.

15

Après s'être essuyé le visage avec un mouchoir jetable, toujours incapable de tarir ses larmes, Nadia se lève et, les mains tremblantes, ramasse son sac ouvert. Elle entre dans les toilettes pour se laver le visage et retoucher son maquillage. Elle ne parvient pas à se regarder longtemps dans le miroir : elle ne se reconnaît pas. Elle a vieilli. Son visage est défait, ses yeux sont cernés, son esprit est en feu. « Depuis quand suis-je comme ça ? » se demande-t-elle.

La perspective d'affronter Francis, de passer pour une personne ingrate, mauvaise, et surtout de provoquer le désordre dans la compagnie lui est particulièrement intolérable. Elle pleure à chaudes larmes en se tapant la tête contre le miroir à plusieurs reprises.

« Va-t-on au moins croire que Francis a fait une telle chose ? Va-t-on même prendre le temps de m'écouter ? Vais-je passer au travers de cette épreuve ? Je ferais mieux de me taire, conclut Nadia. Le temps fera son œuvre. La vie recommencera. Dans quelques jours, j'aurai oublié l'humiliation et l'échec que je viens de subir. Pour la grossesse, je verrai aussi plus tard. » Elle se dit qu'elle l'interrompra sûrement.

Par contre, elle n'a plus la force de rester là. Mais il lui faut un prétexte pour abandonner ses tâches. Elle n'en trouve pas un seule acceptable, à part dire la vérité, cette atroce vérité. Elle sort des toilettes, prend le temps de refermer son sac, ajuste sa jupe et son chemisier, remet en ordre la table de travail et, en s'efforçant de garder la tête haute, se dirige vers le département des finances.

Encore debout devant la porte du bureau qu'elle partage avec Francine, une collègue et amie, Nadia sent le regard insistant et étonné qui se pose, comme un couperet, sur sa petite jupe; une véritable accusation, sent-elle dans ces yeux scrutateurs. L'idée qu'elle n'est pas une victime s'accentue dans sa tête. Elle est à l'origine de ce qui lui est arrivé.

Un brouillard épais envahit son esprit. Elle sent aussitôt ses jambes la trahir. Elles sont molles comme de la ouate. Elle s'effondre. Prise de panique, Francine vient à son secours, lui tapote les joues, lui offre sa bouteille d'eau. Nadia est d'une pâleur effrayante, un zombie, l'ombre d'elle-même. Sa collègue l'aide à se relever et l'assoit sur sa chaise.

Nadia se met à trembler. Elle est au bord de la crise de nerfs. Aucune explication n'est possible. Francine préfère rester à côté d'elle sans rien dire ou tenter. Nadia ouvre grand les yeux. Son regard devient vitreux et glisse sur son amie comme si elle était transparente. Elle pose ensuite ses mains sur son visage, respire péniblement et bruyamment comme si elle allait étouffer. Enfin, elle se met à baver. Elle ferme les yeux et pose sa tête sur la table, où elle reste immobile, la gorge gonflée, le dos bombé, la respiration coupée.

Quelques minutes plus tard, pendant lesquelles Francine a l'impression de perdre sa collègue, Nadia inspire et expire bruyamment, quatre grands coups. Elle revient à elle après cet épisode spectaculaire.

À présent, Francine est assise sur son bureau. La tête de Nadia est sur ses cuisses. Elle pleure en douceur, avec de fréquents hoquets. Dans les bureaux voisins, les collègues ne se doutent de rien.

Nadia est physiquement épuisée. Son visage est couvert de sueur, et elle donne l'impression d'une basketteuse après un long et épuisant match achevé sur une défaite cuisante. Francine croit que l'absence de Nadia, le vendredi précédent, est la clé de ce malaise. Elle bombarde sa copine de questions.

— Nadia, étais-tu malade, la semaine dernière? Prends-tu des médicaments? Es-tu enceinte? As-tu vu un médecin que je pourrais contacter?

Nadia se contente de secouer latéralement la tête. L'idée qu'elle aurait eu une brouille avec son petit ami n'effleure pas l'esprit de Francine. Étonnamment, personne ne lui connaît d'histoire amoureuse.

— Tu peux tout me dire, tu sais...

Elle prend Nadia par les épaules et la serre dans ses bras en silence pendant quelques secondes. Nadia fond en larmes.

— Tout ceci est ma faute, Francine. Ça ne serait pas arrivé si je ne l'avais pas provoqué.

Nadia raconte en détail ce qui s'est passé dans le bureau de Francis. Francine est ahurie, révoltée.

— Tu dois porter plainte, Nadia. C'est une agression sexuelle. Il va faire de la prison.

— Arrête, dit Nadia en mettant sa main sur la bouche de sa collègue. Je t'interdis de prononcer ces mots devant moi. S'il te plaît! insiste-t-elle.

— C'est criminel, Nadia. Est-ce la première fois qu'il te fait ça?

—Non, répond Nadia. Mais, je t'en prie, Francine, je ne veux pas que cette histoire fasse de vagues. Que vont penser les gens? Que je suis une pute, je le sais, je le sens. Tout ça est ma faute. En tout cas, ça ne se serait jamais produit si je n'avais pas mis cette tenue. Tu vois toi-même à quel point elle est provocante.

—Parle au moins à notre patronne, insiste Francine. Pour un autre avis. Raconte tout à Leila. Elle te comprendra et t'aidera, j'en suis sûre. Elle est droite et compréhensive, contrairement à d'autres supérieurs ici. C'est notre mère à toutes, tu le sais.

—Laisse-moi le temps de respirer, dit Nadia, le souffle encore faible. Peut-être demain! Je vais y réfléchir.

Elle se tapote la tête.

—Il y a tellement de pensées là-dedans! Ce n'est pas aussi simple que ça en a l'air. Il faut que je trouve la bonne façon d'aborder ce problème avec Leila. Elle représente beaucoup pour moi et surtout elle a grandi dans un monde où ce genre d'abus est inimaginable. Elle risque d'être choquée, déçue. En attendant que je lui parle, c'est bouche cousue, d'accord?

—D'accord.

—Merci, Francine. Qu'aurais-je fait sans ton aide? Je sais que je peux toujours compter sur toi. Je suis heureuse que tu sois mon amie.

16

Nadia était fatiguée. Le voyage Montréal-Casablanca s'était révélé long, bien que ce fût un vol direct. Mais Nadia s'efforçait de combler tous les vides dans sa conversation avec Francis, de les colmater pour éviter toute fuite vers des sujets fâcheux qui auraient pu pourrir l'ambiance.

Elle tenait à garder la maîtrise de la situation et privilégiait des thèmes d'intérêt général, plaisants, tels que la culture marocaine, les villes à visiter à tout prix vers le sud, Marrakech, Agadir, Ouarzazate, ou peut-être, dans la direction nord, Fès, Tanger, Tétouan, Asilah, Larache...

À vingt-deux heures trente, ils étaient au bar Bab Assama, au seizième étage de l'hôtel, sur la proposition de Nadia, elle-même conseillée par un des serveurs qui était tombé sous le charme de la jeune femme. Ils s'étaient isolés dans un coin. C'était elle, principalement, qui entretenait la discussion. Son vis-à-vis enchaînait whisky sur whisky comme on mange des amuse-gueules.

Vers minuit trente, Francis n'était plus qu'une éponge imbibée d'alcool, qu'on aurait pu faire flamber sans difficulté, semblait-il à Nadia. Elle s'excusa, se leva et dit qu'elle allait aux toilettes. Seul à table, Francis se demandait ce qu'il faisait là, si loin de chez lui. Il était en train de boire, de prendre du bon temps, de se changer les idées, et il n'y avait pas de mal à se faire plaisir. Que ferait-il avec Nadia pendant les trois, quatre jours à venir? C'était sa plus grande préoccupation.

Nadia revint dix minutes plus tard. Francis avait les yeux presque fermés de fatigue.

—Tout va bien, chérie? demanda-t-il en s'efforçant de sourire.

—Oui.

—Tant mieux!

Nadia parla à un serveur en arabe avant de s'asseoir. Elle venait de demander l'addition, expliqua-t-elle à Francis qui acquiesça de la tête.

En attendant le retour du serveur, ils s'attelèrent à finir la dernière tournée.

—Qu'espères-tu de moi, Nadia? demanda Francis, comme irrité par la tournure que prenait ce voyage.

Il ne supportait pas ses initiatives, sembla-t-il à Nadia dans un premier temps. Elle se rappelait qu'à l'aéroport c'était elle qui avait appelé un taxi, puis elle avait choisi cet hôtel et, au final, elle ne s'était pas gênée pour choisir le menu au restaurant. Il avait souvent la fâcheuse manie de se prendre pour son grand frère protecteur, de faire tout pour son amie avec un zeste de condescendance. Était-il mal à l'aise de voir les rôles s'inverser? Il perdait son emprise sur la situation. Il ne dominait plus son environnement, ce qui le rendait habituellement nerveux et irritable, selon ce qu'elle connaissait de lui.

—Regarde-moi ce gars! Quel est le problème si je m'occupe de toi, pour une fois, Francis? demanda-t-elle sur un ton où se mêlaient étonnement et agacement. Tu es ivre. Allons nous coucher.

Elle était fâchée, et l'envie de s'éclipser et de laisser Francis seul, au milieu de nulle part, la démangeait fortement.

Soudain, elle se rendit compte que, mine de rien, la question qu'il venait de formuler était la plus lucide et la plus importante qu'il eût jamais posée. Elle était au cœur de leur relation. Qu'espérait-elle, en effet? Qu'attendait-elle de lui? Qu'il s'engage un peu plus? Qu'il montre ouvertement son amour? Qu'ils soient enfin heureux ensemble? Qu'il l'épouse?

La balle était dans son camp. Elle jugea néanmoins inutile et dangereux de répondre tout de suite. C'était une patate chaude, qu'il venait de lui lancer, se convainquit-elle pour échapper à la question. L'idée de mariage avant d'avoir approfondi leur liaison ou d'avoir résolu certaines questions importantes, surtout leurs divergences sur les enfants et la famille, lui semblait choquante. Pourquoi se taisait-elle, alors, maintenant qu'on lui offrait sur un plateau d'argent l'occasion de parler?

En réalité, elle redoutait la réaction de Francis. Elle avait peur de réduire à néant ses chances d'être avec lui.

Elle venait en effet de comprendre pour la première fois, avec une acuité incroyable, comme un éclair tombé du ciel, qu'elle n'avait jamais rien fait concrètement pour pousser plus loin leur relation. Elle n'en avait jamais eu l'intention.

Qu'avait-elle à offrir dans cette relation? Surtout, qu'avait-elle à y gagner? Avait-elle une fois, une seule, considéré leurs rapports dans la perspective d'une contribution mutuelle? Cela comptait-il, qu'elle en retire quoi que ce soit de tangible?

Les enfants, la perspective d'une famille nombreuse,

reconnaissait-elle à présent, constituaient certains des moyens qu'elle utilisait pour subtilement décourager Francis.

Elle n'était pas moins manipulatrice qu'il ne l'était. Ce voyage était peut-être l'occasion de prouver qu'elle n'avait pas de problèmes personnels, qu'elle était capable de s'engager, si effectivement il avait l'intention de quitter sa femme. Elle devait donc sortir le grand jeu, montrer sa détermination sans ambiguïté, s'offrir sans retenue.

— Qu'espères-tu d'un type comme moi, Nadia? répéta-t-il. Dis-le-moi sincèrement.

L'insistance de Francis finissait par l'énerver sérieusement. Cette question avait à présent un arrière-goût amer, acide, offensant, qui semblait vouloir signifier: «Tu perds ton temps avec un gars comme moi. Tu ne penses pas que tu te fais souffrir pour rien? On dirait que tu tires ton plaisir de cette situation ambiguë de dépendance.»

De toute évidence, c'était la phrase qu'elle redoutait. Qu'il eût percé le mystère de son comportement étrange, à la limite de l'absurde et qui s'apparentait carrément à une imposture saupoudrée de beaucoup de fausses bonnes intentions, embarrassait Nadia. Elle venait de se rendre compte que la raison de son mutisme était inavouable. Elle ne savait pas exactement ce qu'elle voulait, mais elle ressentait quelque chose de grisant dans cette relation qui lui paraissait pourtant impossible, presque incestueuse, malsaine, interdite, affligeante.

— Arrêtons de parler de ça, dit-elle sèchement.

Elle était choquée, profondément blessée dans son amour-propre. Elle avait le droit de s'éclipser, cette fois pour les bonnes raisons.

— Tu n'as pas tort, répondit-il en passant tendrement

un doigt sur le nez de Nadia et en arborant un sourire triomphal, mais discret. Je ne suis pas raisonnable. On commence à se prendre au sérieux, n'est-ce pas? Il avait encore sa belle amie dans son filet aux mailles solides et bien resserrées. Mais, à la lumière des dernières révélations que Nadia venait de se faire, on aurait été en droit de se demander qui tenait qui dans cette histoire.

De son côté, Nadia était surprise par sa lâcheté, son manque de courage. Qu'elle fût incapable de décider la désolait. Elle faisait souvent croire à Francis qu'elle était une âme délicate, romantique, sentimentale et réservée, et qu'il ne la comprenait pas. C'était bien sûr un subterfuge inconscient, un masque qui lui cachait son propre handicap, une manière élégante de protéger son âme, de lui éviter de souffrir.

Pourquoi, merde, l'initiative ne pouvait-elle pas venir de lui? Pourquoi ne montrait-il pas ouvertement sa volonté de vivre avec elle ou d'arrêter cette relation, quitte à la forcer? se disait-elle en fin de compte, irritée et déçue par son incapacité à décider qu'elle venait de voir derrière son propre rideau de fer protecteur. C'était comme si, au retour d'une visite d'une somptueuse villa, on constatait soudain la médiocrité, la vulgarité, la banalité de sa demeure qu'on croyait jusqu'alors coquette, spéciale, unique.

On aurait dit qu'elle n'avait jamais enlevé son voile, qu'elle avait encore besoin des jeunes mâles de sa famille pour la conduire, la protéger, l'encourager à affronter le monde, prendre les décisions à sa place. Elle manquait d'autonomie et de confiance en elle. Plus de quinze ans à porter le voile avaient eu raison de son âme, aurait-on été tenté de conclure.

Mais Nadia ne souffrait peut-être pas uniquement

d'un manque de sécurité intérieure. Il s'était sans doute mué en quelque autre difformité plus complexe qui expliquait le plaisir qu'elle éprouvait à garder Francis à ses côtés, malgré ce qu'il lui faisait subir.

Quel être humain se hasarderait à s'affirmer capable de répertorier, de façon exhaustive, les conséquences de pratiques aussi simples que le port forcé du voile musulman? D'ailleurs, même avec toute l'honnêteté dont on pourrait faire preuve, serait-on en mesure de plonger assez loin dans le cœur humain pour y voir les véritables fondements de ses amours, de ses actes? Le cœur a ses raisons… que la raison ne connaîtra sans doute jamais.

Elle se leva pour aller payer au comptoir la dernière consommation qu'ils n'avaient pas eu le temps de terminer. Quand elle revint, Francis était debout, dispos, prêt à partir.

—Allons dans la chambre, dit-il.

—Profite de l'hospitalité du pays et du peuple marocain, répondit-elle, le visage grave et défait. On aura le temps de parler.

Nadia prit Francis par la main en essayant de jouer le rôle de sa femme, du moins d'une amante véritable. Elle le tira vers l'ascenseur et ils descendirent au quatorzième étage.

17

Dix-huit heures. Nadia est assise devant son ordinateur, dans son salon. Elle est arrivée à dix-sept heures. Elle n'a pas sauté dans la douche, contrairement à son habitude lorsqu'elle revient du bureau, le soir. Elle a à peine pris le temps de troquer sa jupe pour un bermuda avant de s'installer devant son écran.

Quelques magazines féminins traînent en désordre sur la table basse. Certains sont ouverts à côté de nombreuses cannettes vides de Cola Zéro. Une trousse de maquillage, une bouteille de vin blanc – un chardonnay à moitié entamé –, un album de photos familiales, des CD et DVD de chansons arabes, Oum Kalthoum, Fairouz, sont également dispersés sur la table. Quatre télécommandes, deux paires de chaussures et le téléphone sont sur le tapis, éparpillés. La vaisselle de plusieurs jours emplit l'évier de la cuisine. C'est un champ de bataille.

Dans l'unique chambre à coucher de l'appartement, le lit à deux places est défait, les rideaux sont fermés et les lampes de nuit, comme épuisées par des heures et des jours de service, peinent à éclairer l'endroit. Une bouteille d'Advil extra-fort est posée sur une des tables de chevet, à côté de deux romans format poche, un d'Agatha Christie, *Je ne suis pas coupable*, écorné à la page 101, et *Le Liseur* de Bernhard Schlink, ouvert et retourné sur les deux dernières pages de la première partie, le titre et la quatrième de couverture vers le haut. Le téléviseur du salon est en marche depuis plusieurs jours sans répit, et le volume est à son minimum. On dirait que le son, comme la lumière, fait partie du décor. Nadia n'a pas l'intention de regarder son feuilleton préféré, *Top Model*, qui commencera dans une minute, annonce-t-on à TVA. Elle pourrait pourtant l'enregistrer comme elle le fait parfois, mais elle n'en a pas envie. Elle a encore moins le courage de commencer ses recherches sur Internet, au sujet du harcèlement et des agressions sexuelles au travail, alors qu'elle est là pour ça, comme elle l'a prévu à la sortie du bureau.

Elle est épuisée à force de tourner et de retourner dans sa tête la scène du matin pour tenter de capter l'expression du visage de Francis, de comprendre le sens de ses phrases, d'imaginer l'origine de sa haine et de son mépris. «Qu'ai-je fait qui a pu le pousser à changer son comportement et son avis sur moi au retour de notre voyage?» se demande-t-elle sans cesse. Sans force, morte de faim puisqu'elle n'a rien mangé depuis deux jours, elle hésite à allumer l'ordinateur.

Elle appréhende les mots crus, et sans doute culpabilisants, qui sortiront comme des rafales de la boîte en face d'elle. Les mots peuvent être plus agressifs que les actes les plus barbares. Ils ont le pouvoir de pénétrer aussi loin qu'une balle de calibre douze. Nadia se passerait de ces recherches si elle avait le choix.

Elle finit par se décider et se lance, clique sur le premier lien Internet qui lui donne d'emblée les caractéristiques du harcèlement sexuel: des paroles, des gestes, des comportements d'un individu sans le consentement de la personne visée, ou des contacts physiques qui ont un caractère sexuel, généralement répétés, non désirés par la personne qui les subit, homme ou femme, et qui ont un effet négatif.

Premier coup. Nadia se lève et se dirige vers la cuisine. Elle prend un yaourt minceur dans le réfrigérateur et une cuillère à café dans un des tiroirs de la table de cuisine. Il lui faut des forces. Elle met ensuite en marche le ventilateur pour diminuer la sensation de chaleur dans la maison. Puis elle retourne à sa chaise.

Elle relit deux fois le texte affiché à l'écran de l'ordinateur avant de le faire défiler vers le bas pour découvrir les recours possibles. Ils sont nombreux. Ils vont du simple fait de demander à la personne qui harcèle d'arrêter, jusqu'au recours à un juge de la Cour du Québec ou de la Cour supérieure. Nadia comprend qu'elle pourrait aussi passer par Jean, le responsable des ressources humaines, ou parler à Leila, sa patronne, qui demanderait à Francis de mettre fin à son comportement.

Plus loin, on l'informe qu'elle a également la possibilité de déposer une plainte à un poste de police. Le harcèlement sexuel est un crime. Mais sa plainte pourrait-elle être prise au sérieux si Nadia dévoilait qu'elle a une relation intime avec son agresseur et, de surcroît, qu'elle est enceinte de lui?

Deuxième coup. Nadia retourne dans la cuisine, ouvre de nouveau le réfrigérateur et sort deux œufs qu'elle pose sur la paillasse de la cuisine. Elle se rend compte qu'ils pourraient tomber et se casser. Ils sont en déséquilibre constant et roulent sans cesse sur la surface plane. Elle les dépose dans un bol de porcelaine.

Nadia est à présent devant les œufs, un face-à-face étonnant, intrigant. On penserait qu'elle hésite à les casser, comme si elle avait peur de leur faire du mal. Pensive, elle a plutôt la tête ailleurs.

Les possibilités de recours sont nombreuses. La difficulté réside justement dans cette multiplicité. Par où aller? Par quoi commencer? Lequel de ces recours fera le moins de dégâts et de bruit? Une fois la machine en marche, Nadia pourra-t-elle contrôler la suite? Ne risque-t-elle pas de se retrouver noyée dans un imbroglio impossible à conduire ou à arrêter? Veut-elle porter plainte, finalement?

Elle ne voudrait pas faire de mal à Francis. Il est malgré tout le père de son enfant. Elle ne voudrait pas non plus qu'il s'en sorte à petits frais comme d'habitude. Est-ce vraiment le souci de ne pas faire de mal à autrui qui l'empêche d'agir? N'est-ce pas plutôt la peur de bouleverser l'état des choses, y compris sa propre situation?

Elle va devoir casser les œufs si elle veut faire son omelette. Sans vraiment les voir, elle regarde les deux boules ovales posées dans le bol de porcelaine sur la paillasse de la cuisine. Elle est encore perdue dans ses réflexions. Enfin, elle les tâte l'une après l'autre, comme si elle évaluait les différentes possibilités de les transformer en quelque chose d'exploitable, de mangeable. Elle esquisse un sourire en coin. Elle est sur le point de prendre sa décision, sans doute.

Elle casse les deux œufs, met la poêle sur le feu et s'empresse d'y verser l'huile.

—Ne fais pas cette tête, se chuchote-t-elle pendant qu'elle verse sur l'huile chaude les œufs frappés. Après tout, ce n'est pas la fin du monde. Où est passé ton cuir épais, dur à cuire, ma belle? Abandonne tout. Tu passeras au travers.

Elle retourne s'asseoir sur sa chaise, devant l'ordinateur. Alors qu'elle est sur le point de l'éteindre, une phrase attire son attention: *Les déclarations d'amour ou les propositions indécentes ne sont pas nécessairement du harcèlement sexuel au sens de la loi, même si vous sentez une pression forte ou si ces demandes sont insistantes et excessives.*

— Merde, que fais-tu? s'écrie Nadia. Pauvre omelette! Tu l'as presque brûlée.

Nadia se lève d'un bond et enlève la poêle du feu juste à temps. L'omelette était sur le point de cramer. Elle se décide finalement à préparer aussi le reste du repas, soit un jus d'orange pressé et deux toasts beurrés. Elle dépose le tout sur la table d'ordinateur.

Ce qui est affiché à l'écran la conforte finalement dans sa conviction inavouée de ne pas aller de l'avant. Ce sont les mots qu'elle aurait aimé voir dès le début, et uniquement ceux-là. Elle apporte un verre qu'elle remplit de jus d'orange et se met à manger, le cœur allégé. Une fausse alerte, somme toute. Elle parlera à Francis, et tout rentrera dans l'ordre.

Elle clique sur un autre lien Internet, au hasard de la liste affichée par le moteur de recherche Google, avec l'espoir d'affermir sa position, son idée de laisser tomber. Est-ce seulement son amour-propre qui lui joue un sale tour, qui la pousse à vouloir s'acharner sur Francis? se questionne-t-elle.

Ce n'est pas une plaisanterie, annonce-t-on d'emblée dans l'article, ce n'est pas du flirt. Ce qui est affiché semble à présent parler à Nadia directement, l'acculer, installer un mur derrière elle pour l'empêcher de faire un pas en arrière, comme si l'auteur de cet article avait lu dans ses pensées pendant qu'il écrivait. Ce sont des gestes, des paroles, des actions qui offensent, qui intimident, qui humilient. Contrairement au flirt qui rehausse l'estime de soi, le harcèlement sexuel abaisse la victime. C'est un acte de violence.

La pression monte. Les coups sont forts, d'une brutalité à assommer un éléphant. Alors qu'elle est sur le point de s'évanouir, parce qu'elle a des vertiges, elle a subitement des douleurs au ventre, comme des torsions des intestins, comme si quelqu'un s'amusait à les essorer tel un linge humide. Saisie soudain par l'envie de vomir, elle se précipite à la salle de bains et rejette le peu de nourriture qu'elle a pu avaler. D'un coup, elle se sent lasse, totalement malade.

À genoux, les mains appuyées sur la cuvette, Nadia ne cesse de cogiter. Elle pense maintenant qu'elle devrait plutôt porter plainte à la police. Mais elle se rend vite compte qu'elle n'a pas les preuves matérielles de ce qu'elle pourrait avancer, à part son témoignage, qui serait susceptible d'être considéré comme non crédible. Cela aurait un effet boomerang sur elle.

Mais, dans les faits, a-t-elle vraiment beaucoup de choix, maintenant que Francine est au courant de l'agression? Nadia regrette d'avoir parlé trop vite. Elle maudit le moment de faiblesse, le court épisode d'effondrement dont elle a été victime et qui l'a poussée à se confier à son amie. En même temps, elle se félicite de l'avoir fait, parce que, autrement, elle ne voit pas comment elle pourrait expliquer sa grossesse à Leila et à ses parents.

Qu'elle se soit volontiers donnée avant le mariage est une honte chez elle, au Maroc : *H'chouma*[3], et même plus, un péché, *Haram*[4].

Nadia sort de la salle de bains, confuse, déboussolée. À présent, elle est assise au salon, à même le tapis, la tête entre les mains. Elle se surprend à pleurer en caressant son ventre. Elle demande pardon à son enfant pour ce qui va suivre et dont elle ignore tout, jusqu'à l'issue finale.

«Qu'il aille en enfer», dit Nadia à voix basse à l'intention de Francis, avant de se mettre à trembler. Elle est nerveuse. Les larmes mouillent ses yeux, et sa vue se brouille. Elle respire difficilement, bruyamment, comme si elle allait s'étouffer.

Nadia se calme enfin. Elle a su s'arrêter avant que sa crise ne se déclenche. Mais elle sait que ce qu'elle vient de lire sur Internet va peupler ses cauchemars, dès ce soir et pour longtemps.

---

3. *H'chouma* est un mot du dialecte marocain dérivé de hichma, qui signifie, en arabe classique, la pudeur, et parfois la timidité. L'équivalent marocain a souvent le sens de «honteux, qui va à l'encontre des mœurs».
4. *Haram* : ce qui est interdit par le Coran.

18

Arrivée dans la chambre de l'hôtel, Nadia laissa Francis seul et se rendit directement dans la salle de bains. La chambre était grande et agréablement décorée. Les meubles étaient en pin, et les tableaux, au mur, de bon goût. Il y avait un petit salon, et une télévision posée sur un joli meuble diffusait une émission de sport en arabe. Un minibar occupait un coin. L'air conditionné, agréable, emplissait le moindre espace de la pièce. Un balcon d'une assez bonne taille donnait sur le boulevard Anfa et permettait une vue inégalée sur la ville de Casablanca, en particulier sur la côte atlantique et sur la mosquée Hassan ii.

«Pendant que j'étais seul au restaurant, Nadia a pris le temps de monter dans la chambre», constata Francis. Il sentait son parfum, et plusieurs autres indices en témoignaient. Son sac était posé sur le double lit, à côté d'un carnet ouvert, une sorte de journal intime; sa vie était étalée là, en face de lui.

«Est-ce fait exprès?» se demanda-t-il. Il y avait peut-être un message qui lui était destiné. Il refusa de lire le journal. Il n'avait aucune raison de s'y intéresser, de s'attacher aux symboles ou aux mots de Nadia.

Il oublia ses questionnements lorsqu'elle sortit de la salle de bains, transformée. Elle portait une djellaba transparente qui laissait entrevoir sa culotte, le seul sous-vêtement qu'elle avait sur elle. Il remarqua la fermeté de ses seins nus. Les cheveux étaient relâchés.

Elle se dirigea vers Francis et, arrivée à sa hauteur, elle lui enserra la taille de ses deux bras. Son parfum, à base de jasmin et de fleur d'oranger, était épicé, chaleureux, intense, exotique, oriental, absolument irrésistible, infiniment séduisant et féminin. Il exaltait le mystère et le charme que Nadia portait en elle. Ce parfum était ensorcelant. Il avait été concocté spécialement pour cette fille, aurait-on pu penser.

Il émanait de cette femme la fraîcheur, la jeunesse, l'amour de la vie, la sensualité d'une déesse, mais aussi la docilité et la naïveté d'un agneau. Elle était prête à tout, à s'offrir en sacrifice pour prouver son amour à Francis.

Elle laissa sa djellaba glisser par terre, lentement.

— Pourquoi t'es-tu donné tant de peine pour mettre ta djellaba, si c'était pour l'enlever quelques secondes plus tard?

Francis trouvait finalement que leur relation prenait, ma foi! une allure quasi religieuse, sacrée, alors qu'il ne voyait pas ce qu'il pouvait donner en échange.

Par ailleurs, les proies faciles font peur aux authentiques prédateurs. Ils veulent bien pourtant apaiser leur faim, mais pas au point de se nourrir de cadavres. Les charognes n'ont pas le même goût que la viande fraîche et elles peuvent cacher des surprises; elles sont capables de se révéler dangereuses pour les organismes inadaptés à ce genre d'alimentation.

— C'est ce que tu trouves à dire en premier, répliqua-t-elle, sans toutefois s'énerver, mais froissée par cette remarque. Tu ne peux pas te passer de faire des commentaires désagréables? On dirait que ça t'amuse, de constamment m'humilier.

Puis, elle changea de ton.

—Mais ton regard ne ment pas, Francis. Je sais que tu apprécies. Si je me fiais uniquement à tes paroles, il y a bien longtemps que j'aurais lâché prise. Avoue au moins que tu aimes.

La petite voix intérieure de Nadia lui disait que cet homme n'était pas aussi mauvais qu'il voulait le montrer. Se trompait-elle? Elle n'avait pas assez d'expérience avec les hommes pour avoir une intuition aiguisée, se résolut-elle enfin à croire.

—Oui, bien sûr, répondit-il. Excuse-moi pour mes paroles déplacées. Tu es si belle, si splendide, que tu me fais perdre la tête, Nadia. Tu es bien, dans cette tenue.

Elle s'écarta.

—De quelle tenue parles-tu? Je n'ai plus rien sur moi.

—Je parle de ta tenue d'Ève…

Elle comprenait qu'il essayait de s'en sortir comme il pouvait.

—Comment me trouves-tu? reprit-elle sérieusement. Dis-le avec ton cœur. Sois sincère, pour une fois.

—Finies les histoires. Viens par là. Tu sais bien que je parle toujours avec mon cœur.

Nadia balança la tête de gauche à droite pour dire non, tout en s'approchant de Francis avec un léger sourire malin qui exprimait une pensée comme: «Je t'aurai, ce soir.» Ils s'embrassèrent debout pendant un court instant.

Elle le repoussa délicatement, amoureusement, et alla se coucher sur le lit, le torse nu, ses seins bronzés et fermes pointant vers le ciel. Elle laissa lentement glisser sa culotte rouge le long de ses cuisses lisses et minces. Elle était nue, offerte à Francis qui, effrayé par le soudain retournement d'humeur de son amie, n'arrivait pas à se décider à passer à l'action. Un changement dans les habitudes des proches partenaires, même s'il est positif, fait toujours peur.

Après quelques secondes d'hésitation pendant lesquelles il se demandait s'il n'était pas en train de commettre une erreur fatale, de tisser la corde qui le pendrait, de plonger délibérément sa tête sous une guillotine, de croquer dans une pomme interdite, il se déshabilla finalement. L'envie de posséder cette créature était telle qu'il lui était impossible de penser plus longtemps, et la possibilité de se retrouver dans une vie d'enfer après ce qu'il s'apprêtait à faire disparut comme la rosée du matin, sans laisser de traces. Ses mains tremblaient, son corps tressaillait, son esprit bouillonnait, la testostérone emplissait ses vaisseaux sanguins et son sexe se dressait.

Il se mit à son tour au lit où il n'eut aucun mal à retrouver les réflexes de l'époque où Nadia le considérait comme son amant attitré. Couchés, ils roulaient sans cesse, d'une extrémité à l'autre du lit. Francis couvrait sa maîtresse de baisers. Elle hurlait. Elle mordait dans tout ce qui était à sa portée. N'en pouvant plus, elle l'attira en elle sans l'aviser. Il ne s'était pas protégé comme il avait l'habitude de le faire. Tout s'était enchaîné très vite.

Un moment, il prit peur tout de même et voulut tout arrêter. Quelque chose avait changé dans les gestes de Nadia; il l'avait clairement senti dès le début de leurs ébats. Pourtant, elle était aussi démonstrative, agile, souple et bonne à baiser que d'habitude, la salope, se disait-il, irrité, vulgaire, incapable de mettre le mot approprié sur sa vague perception. De son côté, Nadia ressentait autant de joie à faire l'amour que dans le passé.

Mais Francis avait la nette impression que chaque mouvement qu'exécutait à présent sa partenaire était empreint de sentiments particuliers qui donnaient à cet acte d'amour fabuleux une connotation spéciale, peut-être le début d'une relation nouvelle possible, sérieuse celle-là.

Inquiet devant son impuissance à déceler exactement ce qui se cachait derrière son pressentiment, il se laissa néanmoins aller dans l'ambiance, comme s'il ne voulait pas décevoir son amie en l'interrompant dans son élan, ou plutôt comme s'il ne pouvait pas se retenir devant la démonstration d'un tel appétit sexuel et d'un plaisir si pur. Il fallait qu'il participât à ce festin avec tout son esprit.

Nadia criait, soupirait, se tordait.

— Je t'aime, Francis, mon amour, disait-elle sans cesse.

Elle entraînait son ami dans un tourbillon de plaisir qui ne cessait de s'élever vers le ciel.

Vingt minutes plus tard, Nadia tomba sur le côté. Elle était épuisée, mais satisfaite. Elle avait atteint son but : elle était presque certaine qu'elle serait enceinte et que Francis serait pris cette fois dans un piège dont il lui serait difficile de s'échapper.

Francis scruta les yeux de sa maîtresse et remarqua pour la première fois du vrai bonheur dans son regard. Elle était allée au bout de son sacrifice pour sauver leur relation et, dans quelques jours, elle pourrait exhiber la preuve de sa détermination à s'engager aussi loin que possible. Elle aurait surtout démontré qu'elle n'avait jamais fait preuve de mauvaise foi, ce qu'avait insinué plus tôt son amant. Elle ne pouvait se permettre que Francis doute d'elle.

Pourtant, avant cette soirée, Nadia n'était pas enthousiaste à l'idée d'entretenir une relation sérieuse, officielle, avec Francis. Devait-elle questionner la force de sa foi en une possibilité d'engagement durable avec cet homme, en une possibilité de mariage? Comment pourrait-elle succomber à ce qu'elle avait subtilement évité durant trois ans?

La culpabilité peut être aussi persuasive et stimulante que la menace d'une arme sur la tempe ou la perspective de mourir de faim. Nadia avait jusqu'alors usé du jeu de la tromperie pour garder Francis à sa portée, et en même temps assez loin d'elle pour éviter qu'il eût quelque espoir de mariage. Elle savait que sa famille accepterait difficilement que leur fille se lie à un non-musulman. Le fait de devenir enceinte constituerait donc son attachement profond à Francis et illustrerait de façon éclatante le choix qu'elle avait fait de s'engager pleinement. On pourrait conclure avec peu de risque de passer à côté de la vérité que cette décision était motivée par son sentiment de culpabilité.

À trois heures du matin, ils étaient à bout de souffle. Nadia s'endormit quelques secondes après. Francis resta éveillé pendant plusieurs minutes, à écouter et à regarder Nadia dormir comme un ange, en se demandant avec inquiétude où cette histoire les menait.

«Qu'espère-t-elle de moi?» Cette question l'obsédait. «Est-elle sincère quand elle se montre amoureuse? Est-elle mue par quelque autre intérêt?» Comment allait-il arrêter la machine qu'il avait mise en branle? Francis avait l'impression que Nadia n'y allait pas avec le dos de la cuillère, et c'était bien le cas. Elle essayait de forcer le destin, de changer le cours des choses en sa faveur. Quelques instants plus tard, le sommeil l'emporta lui aussi.

19

Vingt-deux heures. Nadia ouvre une bouteille de vin et en avale un verre en prévision d'une soirée qu'elle pressent déjà difficile et longue. Moins de deux minutes plus tard, elle s'en verse un deuxième, qu'elle boit également d'un trait, pour se soûler, pour tenter d'oublier, pour essayer d'effacer de sa tête cette journée pourtant belle, ensoleillée, mais qui n'aurait jamais dû se lever.

À minuit, allongée sur le lit, elle a encore les yeux ouverts. Le sommeil lui résiste, la laisse à ses interminables réflexions. Vers trois heures, elle est submergée par de vagues remords qui rongent profondément son cœur, une sensation désagréable, sourde, abyssale, épaisse, étouffante. Elle est triste, envahie par une mélancolie diffuse. Elle se sent mal comme quand on vient de perdre une chose très précieuse par sa faute, par sa stupidité. Est-ce sa relation avec Francis? ou, plutôt, sa dignité et sa jeunesse sacrifiées? Elle ne sait pas trop. Mais elle a une sensation de véritable deuil.

Chez l'humain, la douleur causée par une perte ou une erreur est toujours plus grande, plus vive que le bonheur engendré par un gain. C'est sans doute pour cette raison qu'on ne connaît mieux la valeur d'une chose que lorsqu'on est sur le point de la perdre. L'homme ne célèbre pas toujours la présence, mais il pleure chaque fois l'absence.

Le mardi matin, Nadia a les yeux rougis par une nuit sans sommeil. Elle prend sa douche à six heures, s'habille et s'assoit au salon, attendant elle ne sait quoi. Elle n'a aucune envie d'aller au travail. À sept heures, elle décide qu'elle ira plutôt voir une travailleuse sociale, qui lui fournira sûrement plus d'information et l'aidera à prendre la bonne décision, espère-t-elle.

20

L e lendemain matin, Francis se réveilla à huit heures. Nadia dormait encore comme un bébé, dans la position fœtale, les poings fermés. Son visage était inexpressif. Francis la trouva encore plus belle que la veille. Il avait espéré le contraire pour ne pas s'attacher. Il se retint de lui donner un baiser sur la joue. Il y avait déjà trop de passion entre eux, et il ne voulait pas en rajouter.

Il entra dans la salle de bains, prit sa douche, se rasa, se parfuma avec un Paco Rabanne qu'il utilisait pour la première fois de sa vie et enfila des habits neufs dont l'odeur dénaturait celle de son eau de toilette. Il pensait déjà aux commentaires de Nadia.

Elle se réveilla à neuf heures, au moment où il était déjà à la terrasse en train de parcourir le Télécontact, l'annuaire téléphonique marocain, à la recherche des sites à visiter.

Le soleil était au rendez-vous. L'air matinal, avant la pollution de la journée, était agréable. Quelques personnes commençaient à s'amasser dans les rues. Il n'y avait pas beaucoup de monde; le dimanche, la plupart des magasins étaient fermés.

L'hôtel était dans le quartier des affaires, à dix minutes à pied du centre-ville et de ses rues piétonnières nombreuses aussi bien que charmantes. En moins d'une vingtaine de minutes à pied, on atteignait l'océan Atlantique et la Grande Mosquée Hassan II.

La vue sur la ville était imprenable. On voyait la mer au loin. Les rues du centre-ville étaient bordées de boutiques, de restaurants, de centres commerciaux, de pâtisseries à la fois salons de thé, d'immeubles à appartements ou à bureaux… Partout, le vieux délabré côtoyait le neuf hypermoderne.

Des villas petites et blanches, plus ou moins amochées, se trouvaient à quelques mètres de l'hôtel. C'était le quartier juif en cours de disparition. Francis se sentait bien. Ce devait être cela, le bonheur, un ensemble d'infimes moments comme celui-là, offerts par hasard, par la vie, et attrapés à la volée.

Nadia se leva et mit un long tee-shirt, sans se soucier que Francis l'observait. Elle avait l'air heureuse et arborait le visage d'une petite fille satisfaite, le lendemain de Noël, au milieu de ses cadeaux.

Aussitôt qu'elle eut fini de tirer sur son tee-shirt pour bien se couvrir, elle retrouva Francis au balcon. Elle avait dans sa main un morceau de chocolat, qu'elle mit dans la bouche de son compagnon.

Elle s'installa entre ses jambes sans rien dire, une lueur de bonheur sur le visage. Ses gestes étaient à présent naturels, comme si elle était mariée à Francis depuis des années. On aurait dit qu'à la suite de leur nuit torride la paix s'était installée dans son âme. Pour une fois, elle avait pu prendre le contrôle des gestes, des postures, des paroles, de telle sorte qu'elle pourrait vivre avec cet homme, pensait-elle. Elle tenait peut-être même en main, du moins l'espérait-elle, la clé de son destin, sa grossesse. Son sacrifice du soir serait reconnu à sa juste valeur, elle en était certaine. Tout ça l'avait visiblement aidée à retrouver momentanément ses capacités de séduction, sa confiance en elle. Son voile était cette fois tombé, ou, tout au moins, il s'était sérieusement déchiré.

Francis passa sa main sous le tee-shirt et sentit la peau nue et chaude de Nadia. Elle arrêta cette main dans sa course vers l'avant. Elle avait seulement besoin de tendresse. Il n'insista pas. Il reposa sa main sur le Télécontact et se mit à le caresser.

Nadia constatait le désarroi de Francis. Elle prit sa main dans la sienne et la posa sur son ventre. Il y fit le même geste circulaire que sur l'annuaire téléphonique. Elle sourit, satisfaite de l'avoir mis à ses ordres comme un gamin, pour une fois.

Elle posa sa tête sur la poitrine de son compagnon et respira son parfum. Il s'attendait à une remarque déplaisante sur ses mauvais goûts.

— Tu sens bon, dit-elle en se tournant vers lui.

— Merci, Nadia.

Il était content, soulagé, et surtout surpris de voir à quel point les commentaires de Nadia pouvaient être importants pour lui.

Elle se leva, passa sa main sur le visage de son amant, s'attarda sur sa bouche, l'embrassa sur la joue et, sans rien dire, posa sa main sur le Télécontact qu'elle caressa pendant un temps qui parut une éternité à Francis. Il retenait son souffle.

— Je vais prendre ma douche et on ira déjeuner en bas, dit-elle en retournant dans la chambre.

Ce geste intrigua Francis et l'empêcha de continuer ses recherches. Nadia avait eu un petit moment de doute.

Il se disait qu'elle avait peut-être compris que ses efforts pour le changer étaient vains. Mais elle ne voulait pas lui dire explicitement ce qui la chagrinait, pensait-il aussi. Par contre, cet annuaire téléphonique aurait bien reçu le message, s'il avait eu une intelligence quelconque.

Les réactions et les paroles de Nadia, leur authenticité, leur simplicité, leur naïveté inquiétaient de plus en plus Francis. Il était maintenant certain qu'elle l'aimait d'un véritable amour, d'un amour pur, mais il se demandait toujours sincèrement ce qu'elle espérait de cette aventure. Il était temps qu'il atténuât discrètement ses ambitions, pour ne pas compliquer outre mesure sa situation.

Lorsque Nadia retrouva Francis, encore à la terrasse, elle s'était métamorphosée. La vue de cette femme lui faisait malgré tout oublier toutes ses résolutions. Elle le rendait fou et aveugle. Elle était ensorcelante, surtout quand elle ne voulait pas l'être, quand elle était naturelle et spontanée.

Nadia portait un pantalon noir et un chemisier couleur bordeaux, un très bel ensemble sensuel en matières légères qu'on imaginait facilement nobles. Cet ensemble était en osmose avec son corps, et Nadia était fière, dans cette tenue.

Elle avait mis des escarpins à hauts talons en cuir, assortis à son sac à main qui était lui aussi en cuir fin de couleur beige. Elle s'était fait un chignon qui donnait un air sérieux à son visage de petite fille. Son maquillage était sobre et discret.

Elle était debout devant Francis et le dévisageait. Elle se mit à sourire. Enfin, elle rit allègrement en lui demandant si elle lui avait fait peur. Il répondit:

—Oui. Tu m'as surtout impressionné par ton air solennel.

—Je suis contente d'avoir réussi mon coup, avoua-t-elle. C'était l'effet recherché. J'ai besoin de cette attitude grave, posée, et plus encore de paraître méchante de temps en temps pour que les gens me prennent au sérieux.

Nadia avait-elle besoin de jouer à l'adulte? Ne l'était-elle donc pas?

Elle embrassa Francis avec enthousiasme et l'informa qu'ils iraient manger dehors. Elle pensait que le café de l'hôtel était fermé à cette heure-là.

—Je m'occuperai bien de toi tout le temps de ce voyage, pour que tu ne me mettes pas dans la corbeille ou que tu ne zappes pas notre histoire à notre retour à Montréal, promit-elle en riant et en faisant le geste du clic de la souris de l'ordinateur. Tu en es capable.

Il était amusé par cette image. Sans le savoir, elle était la femme fatale par excellence. Dans un film d'horreur, on aurait certainement inséré des dents de vampire dans la bouche de la belle Nadia, afin d'accentuer cet aspect de sa personnalité qu'elle ignorait.

21

À quatorze heures, Nadia est reçue par la travailleuse sociale. Plus tôt, à midi, elle est
arrivée en ville, près du port de Montréal,
et s'est assise pendant quelques minutes en face du quai
Jacques-Cartier, dans un parc public. Le temps est beau en
ce dernier jour du mois de mai; un aperçu de la période
estivale qui s'annonce, qui pointe son nez avec insistance.

Sur un banc, à sa gauche, un vieil homme, le torse nu,
dormait la bouche ouverte, peinard. À droite, une jeune
femme, belle, fraîche, la vingtaine à peine, nourrissait un
petit garçon charmant qui mangeait la vie avec enthousiasme, assurance et optimisme. Un peu plus loin, à
l'ombre des arbustes, deux couples de jeunes gens se
câlinaient et s'aimaient.

Les vacanciers sont curieux et nombreux à cet endroit
dès que le soleil se fait un tant soit peu chaud. Ils faisaient
la queue pour entrer dans un pavillon de la Marine royale
canadienne, un impressionnant navire échoué là, dans le
canal.

Devant le mastodonte, des hommes en uniforme,
la poitrine et les épaulettes couvertes de médailles et de
galons, donnaient des explications, sans doute sur l'art de
la guerre ou de la surveillance des eaux territoriales cana-
diennes.

À la surface du fleuve, des canards nageaient allègrement entre de nombreux petits bateaux et ne semblaient pas effrayés par le vacarme des moteurs. Ils en ont l'habitude.

Toutes les terrasses étaient bondées. La bière coulait à flots. Le monde vivait, s'amusait, riait. Les trottinettes, bicyclettes, tricycles et quadricycles inondaient la route qui longe les différents quais du port de Montréal, sur le canal de Lachine, le quai des Éclusiers, le quai King-Edward, le quai Jacques-Cartier. Parfois, on les retrouvait même à l'intérieur du quartier, entre les bâtiments alentour du port.

Derrière Nadia, il y avait des immeubles de bureaux et d'appartements luxueux, le long d'une route à plusieurs voies où étaient stationnées des voitures de prestige, la plupart décapotables et européennes, des Mercedes, des BMW, des Maserati, des Ferrari…

La piste cyclable, qui serpente à travers Montréal, sur sa section longeant le canal de Lachine, ne désemplissait pas de vélos qui filaient à des allures différentes selon l'âge des cavaliers. Les couples de l'âge d'or y allaient prudemment, grands-pères et grands-mères polis, pour la plupart en survêtements. Quant aux jeunes téméraires, torse et pieds nus, ils circulaient à vive allure, sans se soucier des piétons.

Une belle journée d'été, déjà, avant l'heure. Vingt-sept degrés à l'ombre. Le soleil était au zénith et le ciel était bleu. Montréal était superbe ce jour-là. Belle, animée, en vie, elle ne se privait pas d'étaler sa richesse. Tout était déjà en ordre pour la saison estivale.

Ne pouvant supporter ce trop-plein de vie qui exaspérait sa détresse, Nadia s'est éloignée pour aller se cacher dans un coin tranquille qu'elle venait de découvrir, sous un viaduc de béton, à l'ombre du soleil offensant, loin de la vie insolente de Montréal, sous l'autoroute 10.

De là, on voit au loin les grands bâtiments du centre-ville érigés en points d'exclamation, sur plusieurs kilomètres. Dans ce coin, personne ne s'attarde, à part une poignée de joggeurs qui s'arrêtent quelques minutes pour faire des étirements, avant de reprendre leur course. Un moment, Nadia a pensé : « Il faudrait que je vienne faire comme eux, deux fois par semaine, quand le temps le permet. »

Elle s'est assise sur un banc de ciment, après avoir observé avec attention les graffitis sur les façades du viaduc. Un en particulier, fraîchement peint, l'a interpellée : un homme avec une gueule grande ouverte d'où jaillissaient des injures contre l'injustice sociale. « Sans doute un laissé-pour-compte comme moi », a-t-elle songé.

Ensuite, elle s'est détournée du dessin pour penser à son existence, pour méditer, pour se maudire. « À vingt-huit ans, ma vie n'a aucune direction, pas de sens ! » a-t-elle conclu. Elle s'est finalement levée à treize heures quarante-cinq, pour se diriger vers le lieu de son rendez-vous, à quelques centaines de mètres de là.

La travailleuse sociale est une petite femme solide, constamment en mouvement, une boule de feu, agitée, à la poignée de main ferme, aux gestes secs et rapides, qui roule des yeux de merlan frit pour un oui ou pour un non, et semble écouter d'une oreille. Ses soixante ans et plus ne semblent pas avoir entamé sa vitalité.

Au début, Nadia n'est pas sûre de pouvoir se fier aux jugements et sentiments de son interlocutrice. Est-elle sincère ? Joue-t-elle la comédie ? se demande-t-elle.

Aussitôt qu'elle a fini de détailler l'agression sexuelle et le harcèlement psychologique de Francis dont elle a fait l'objet durant plus de deux ans, Nadia se tait et attend avec appréhension la réaction de la dame assise en face d'elle.

Elle a tout de même pris soin, pour éviter de compliquer son cas, de ne pas évoquer sa relation intime avec son agresseur.

La travailleuse sociale se redresse et racle sa gorge, pour aiguiser sa voix, comme une cantatrice s'apprêtant à entrer en scène. Ensuite, après avoir fidèlement restitué, structuré et résumé les paroles de Nadia, elle confirme qu'elle dispose de moyens de recours innombrables, et qu'elle devrait absolument les utiliser. Pourquoi ne pas commencer par porter plainte à la police? C'est un cas très sérieux et d'une gravité certaine, une agression sexuelle.

La petite femme prend cette histoire à cœur comme si elle connaissait personnellement Francis, sa perversité et son cynisme. Sans doute a-t-elle en tête l'affaire DSK. La passion et l'indignation que ce dossier a soulevées ne sont probablement pas étrangères à sa vive réaction.

La boule de feu se révèle en définitive maligne, redoutablement efficace, professionnelle et impitoyable. Elle promet à Nadia de la supporter dans sa démarche, et lui donne quelques conseils importants, pour commencer:

— Assure-toi d'avoir le maximum de preuves, enregistre ses appels, n'efface pas ses courriels, surtout s'ils ont quelque lien avec ce qui s'est passé hier et, si possible, pousse-le à parler de son acte, à s'excuser.

Après une courte pause pendant laquelle elle passe plusieurs fois la main dans sa chevelure, elle reprend:

— Essaie de trouver des personnes à qui il aurait fait la même chose; il y en a sûrement. Puis reviens me voir. On l'aura, ma chère. On le coincera. Il ne s'en tirera pas.

Elle s'arrête encore une fois comme pour s'assurer que son interlocutrice suit son raisonnement avant de continuer:

— Ta plainte doit obligatoirement être déposée dans les quatre-vingt-dix jours suivant la dernière manifestation de la conduite constitutive de harcèlement.

Enfin, la femme, qui agit désormais comme si elle venait de prendre une cure de rajeunissement, imprime une tonne de documents, des adresses, des numéros de téléphone, des noms de contacts, y compris des avocats spécialisés dans les cas de harcèlement et d'agressions sexuelles. Elle laisse à sa cliente le sentiment qu'il n'y a pas d'autre issue que d'attaquer avec force.

Nadia se donne quelques jours pour réfléchir, en fin de compte, et en avise son interlocutrice. Elle a la sensation qu'elle n'a pas eu l'aide qu'elle espérait en venant là. Peut-être voulait-elle uniquement un réconfort psychologique, un conseil amical, savoir qu'elle n'a pas à s'en faire parce que le comportement de Francis est dans la norme chez les hommes. Probablement qu'elle avait espoir que la conseillère sociale lui concocterait une stratégie, une façon nouvelle, infaillible d'atteindre Francis, de lui parler, plutôt que de lui offrir cette montagne de documents et de références. Il y a peut-être autre chose derrière la mauvaise conduite de son agresseur, préfère-t-elle encore croire. Elle voudrait lui accorder une autre chance.

Quiconque ne connaît pas Nadia pourrait s'étonner de cet optimisme à toute épreuve. Comment une femme aussi belle et aussi intelligente peut-elle être dépendante d'un homme à ce point? Ce comportement déroutant est sans doute la manifestation extérieure de la force mystérieuse subtile, polie comme un diamant pur, sans inclusions, qui la pousse constamment vers son harceleur.

22

Tranquillement, main dans la main, ils marchaient vers le quartier Maârif, après un petit-déjeuner copieux à la marocaine. Ils avaient commandé le mlaoui, le pain traditionnel, une sorte de galette trempée dans l'huile d'olive, et le behgir, la crêpe berbère aux mille trous. La harira, une soupe traditionnelle, à base de viande, de pois chiches, de légumes et de vermicelles, était du menu. Le tout était accompagné de pâtisseries et de dattes. Enfin, côté boisson, on leur avait servi le délicieux thé à la menthe trop sucré, le jus d'orange marocain très parfumé, et l'excellent lait d'amande.

De temps en temps, Nadia lâchait la main de Francis pour lui montrer un détail sur un bâtiment, comme des tapis accrochés sur toute une façade pour être aérés ou séchés. Ou, sur la route, une famille entière, mari, femme et deux fillettes, sur une motocyclette. Ou encore, devant une cabine téléphonique : une file d'attente d'hommes, de femmes et d'enfants qui ne finissait pas de s'allonger.

Elle confia que les cabines publiques étaient, pour ses compatriotes qui n'avaient pas de téléphones cellulaires, un lieu où se révélaient les secrets, tout ce qu'on n'avait pas envie que les autres membres de la famille entendent. Les téléboutiques étaient l'outil tout indiqué pour toute personne en quête d'un tant soit peu d'intimité. Les familles marocaines sont généralement grandes et encombrantes, de telle sorte qu'il y a toujours une personne de trop à la maison. Et Dieu sait que les Marocains sont curieux, dans le bon comme dans le mauvais sens. Les téléboutiques étaient donc pleines du matin au soir.

L'autre jeu préféré de Nadia consistait à demander à Francis d'admirer les filles et les femmes qu'ils croisaient et de commenter la beauté arabe. Chaque fois, il lui disait que c'était la sienne qui l'intéressait. Mais elle insistait. Elle lui affirmait qu'elle n'était pas embêtée qu'il apprécie d'autres femmes et qu'il lui fasse part de ses commentaires. Elle aimait avoir son avis sur la tenue et la beauté de chacune de celles qu'elle lui montrait.

Après lui avoir mentionné qu'il ne saurait être impartial – c'était justement cela qui intéressait Nadia –, Francis finit par s'y mettre. Il passa en revue tout ce qui constituait les critères de beauté et de charme de la gent féminine : les fesses, les seins, les jambes, les ventres, les chevelures, les voix, l'habillement, les parfums…

Quelques heures après leur promenade, ils étaient assis sur la terrasse d'un beau salon de thé, en face des deux tours jumelles du Twin Center, sur le boulevard Zerktouni. Les dimanches après-midi, il n'y avait pas grand monde dans les rues de Casablanca. Les magasins dans les alentours du salon étaient fermés. Seuls les bars et les cafés étaient ouverts. Concentré, Francis consultait un guide touristique avec sérieux et acharnement pour trouver la meilleure direction à prendre lors du voyage prévu pour le soir.

—Veux-tu savoir ce que je pense du physique et du charme des hommes qui passent dans la rue? demanda Nadia. Fais toi-même la sélection.

—Ce que tu penses des hommes? dit Francis, surpris et comme s'il revenait d'une longue plongée sous-marine.

L'être humain n'était intéressant pour Francis qu'à partir du moment où il pouvait en tirer quelque profit personnel. La vie d'un prédateur est organisée autour de ses besoins primaires de survie. Ce genre d'animal est au centre de sa propre existence et en occupe le moindre espace. Il n'y a pas de place pour quelque autre individu. Un prédateur ne contemple pas ses proies en se disant: «Comme elle doit être bonne, celle-là!» pour passer ensuite son chemin. À partir du moment où il se dit qu'une proie est parfaite, il arme ses muscles, montre les crocs et fonce. Sinon, quand il est rassasié, il est capable de cohabiter avec ses prochaines victimes sans les inquiéter, comme s'il ne les voyait pas.

—Mais ça m'importe peu, Nadia, enchaîna-t-il sur un ton condescendant et décontracté avant de s'immerger encore dans son guide touristique, comme s'il fallait qu'il retrouve une pépite d'or lâchée, perdue, par la faute de son amie.

Nadia ne se vexa pas, parce que Francis ne semblait pas irrité par sa question. Au contraire, il semblait excité, enchanté, heureux d'être là.

—C'est ton choix si tu ne veux pas connaître mes goûts, lui mentionna-t-elle en fin de compte. Mais c'est dommage, parce qu'on se raconte mieux avec le «il» ou le «elle» qu'avec le «je». Le «je» ne permet pas vraiment de se livrer. J'en connais plus sur toi depuis que tu t'es livré à mon jeu tout à l'heure. Tu es un romantique qui s'ignore.

Francis redressa la tête. Les sourcils relevés, il fixa Nadia pendant quelques secondes, surpris par ces propos, par leur profondeur et leur vérité. Il venait effectivement d'ouvrir son cœur, malgré lui, se rendait-il compte.

— Je passe des moments agréables avec toi, Nadia. Et je pense sincèrement ce que je dis.

— Pourquoi dis-tu ça? demanda-t-elle après quelques secondes de silence.

— Parce que tu m'obliges à apprécier les moments présents, avoua-t-il. Même quand je suis au repos, j'ai la fâcheuse tendance à m'inventer un tas de choses à faire dans quelques minutes ou dans quelques heures. C'est vraiment agréable, de prendre le temps de penser à ce qu'on est en train de réaliser. Je me sens bien. J'ai fait la grosse erreur de te laisser pour Nathalie et j'aimerais la corriger. Je voudrais aller plus loin avec toi. Je vais quitter ma femme.

Ses yeux ne mentaient pas. Francis baissa son regard sur sa tasse de café. Nadia lui prit la main qui était posée sur la table, comme pour le remercier de sa sincérité, mais aussi pour le soutenir dans sa décision. Francis essayait à présent de retirer sa main bien retenue par Nadia.

Il aurait fallu que Nadia soit intriguée par cette tentative de Francis de se soustraire à son étreinte, mais l'envie d'être à la hauteur dans cette relation, de la réussir coûte que coûte, était trop forte. Dans ce geste, elle aurait dû remarquer l'embarras de son amant et, possiblement, son manque de sincérité. Pour Nadia, le comportement de Francis signifiait plutôt un défi qu'elle devait relever : le faire sien.

— Il y a quelques détails pratiques importants à régler, bien sûr, reprit-il en relevant la tête. Parce que Nathalie me tient fermement. Mais c'est une autre affaire. Pour l'instant, profitons de la vie. Nous verrons le reste à Montréal, d'accord?

— D'accord, dit-elle sans demander à Francis pourquoi il parlait ainsi de Nathalie.

Nadia avait réussi sa mission, se disait-elle, elle avait relevé le défi. C'était le plus important. Quelques larmes de joie humidifiaient ses yeux. Le bonheur était évident, clair, visible chez elle, comme chez Francis d'ailleurs.

Quatre jours plus tard, la veille de leur retour à Montréal, ils avaient tout compte fait parcouru l'axe sud, Casablanca-Agadir, dans la même complicité que ce dimanche après-midi. Nadia était persuadée qu'il s'agissait là d'un aperçu de ce qui les attendait à Montréal. Du moins, elle l'espérait.

Deuxième partie

23

C'était un samedi, durant les vacances d'été. Leila avait prévu de passer une bonne partie de cette journée à la plage. C'était la veille de son dix-huitième anniversaire. Avant la grande cérémonie prévue chez elle pour cette circonstance, elle voulait fêter seule avec ses amis, Amina, sa plus grande copine de deux ans son aînée, et trois garçons, dont son petit ami de vingt et un ans, Abdallah, fils unique d'un industriel propriétaire d'un empire qui valait plusieurs dizaines de millions de dollars.

Leila s'apprêtait à commencer, dans huit semaines, sa formation supérieure dans une prestigieuse école de commerce de Casablanca, sur la route d'El-Jadida. Quelques mois plus tôt, elle rentrait de Paris où elle venait de finir ses études secondaires. Elle avait annoncé à ses amis que cette escapade à la plage serait l'enterrement de sa vie de lycéenne.

Elle savait que son père, monsieur Bennani, n'accepterait pas qu'elle célèbre son anniversaire en dehors du cadre familial. C'était un homme strict, qui ne faisait jamais la moindre concession sur les valeurs familiales et religieuses. Il avait une cinquantaine d'années, les cheveux grisonnants, le visage mince et grave, le dos légèrement courbé d'un homme croulant sous le poids de grandes responsabilités, à moins que sa voussure ne soit une altération due à la pratique assidue de la prière[5] à laquelle il se livrait comme s'il s'agissait d'une autoflagellation.

Monsieur Bennani donnait l'impression d'un coffre rempli de secrets millénaires, qu'on avait constamment envie d'ouvrir, mais, hélas, dont la clé avait été délibérément perdue. Dans les conversations, il ne s'éparpillait ni ne disait un mot de trop, comme s'il avait peur que quelque individu mal intentionné devine sa pensée profonde. Et il ne haussait jamais le ton. Ses mots étaient pesés sur une balance de haute précision. Ses phrases, toujours lourdes de sens, étaient préparées avec la rigueur d'un apothicaire. Cet homme mystérieux, opaque, n'accordait son sourire qu'à de rares amis intimes.

Monsieur Bennani, malgré son âge relativement jeune, était le patriarche d'une prestigieuse famille de banquiers de Casablanca, les Bennani, justement, dont le patrimoine s'élevait à plusieurs centaines de millions de dollars. Cet homme était respecté, mais aussi envié et craint comme s'il se fût agi d'un parrain d'une puissante famille mafieuse. On ne l'appelait que par son nom de famille. Cet homme avait ses entrées auprès du roi quand il le voulait, de nuit comme de jour. Tout lui était facile, dans ce pays.

Comme les autres anniversaires de sa fille unique, ce dimanche serait prétexte pour cet homme d'inviter un tas de gens, tous porteurs de noms de famille prestigieux tels que Bennani, Filali, Lahlou, Benjelloun, Benchekroun, essentiellement des Fassis[6], grands hommes d'affaires et politiciens du Maroc, et aussi des étrangers, diplomates,

---

5. Dans l'islam, à chaque prière correspond un nombre donné de prosternations.
6. Personnes originaires de la ville de Fez, au Maroc.

intellectuels français et américains principalement, sans oublier les membres de la famille royale.

Tous ces invités, comme d'habitude, s'extasieraient devant la beauté de la petite Leila. «Comme elle a grandi», diraient-ils encore. Elle poussait vite, effectivement, comme une plante s'épanouit dans un sol où le dosage des engrais est parfait. Ils étaient grands de taille, dans leur famille. Leila avait sans le moindre doute hérité du gène de la croissance facile et rapide. Sa beauté et sa silhouette de jeune femme se précisaient de plus en plus, comme dans un tableau de maître en cours de réalisation dont on devine déjà le coup de génie. Elle serait un chef-d'œuvre, pouvait-on déjà conclure. Les illustres invités n'hésiteraient pas à user de tous les qualificatifs possibles et imaginables pour souligner sa gentillesse et sa perfection.

Surtout, le charme des lieux serait le principal personnage du jour: les tableaux, les tapis, les lustres, les meubles, les rideaux, les tissus des canapés, les décorations murales, l'originalité du salon marocain situé au premier étage de la somptueuse villa, toutes ces merveilles de l'art marocain de l'intérieur, tous les signes ostentatoires de la réussite de cet homme seraient commentés et appréciés à leur juste valeur.

Bref, Leila craignait ces instants où s'exacerbait son sentiment de faire partie des meubles, d'être une chose à la fois insignifiante et précieuse, appartenant à un homme, son père, monsieur Bennani, qu'elle connaissait à peine, en réalité. Elle avait parfois l'impression d'avoir atterri là comme un héritage d'un oncle lointain, d'être un cadeau qu'on ne refuse pas, mais qu'on n'a ni sollicité ni souhaité.

Le matin, elle se leva à huit heures. Un record personnel durant les périodes estivales. Elle prit rapidement son bain, mit un pantalon et un tee-shirt de plage et descendit au rez-de-chaussée. Son père était à la terrasse principale. Il portait un polo et un jeans. Il lisait le journal, comme à son habitude à cette heure-là les samedis et les dimanches matin, avant de se rendre au Golf Royal d'Anfa, à Casablanca, ou au Royal Club Dar Es Salam, à Rabat. Une tasse de café fumante était posée sur la table.

Leila sentit le regard de son père se poser sur elle comme une masse de plomb, et, en se retournant, elle vit effectivement qu'il la fixait par-dessus ses petites lunettes de lecture, d'un regard froid, inquisiteur, qui glaça son sang. Elle sentit l'obligation de s'expliquer, comme d'habitude.

—Je vais à la plage, papa, dit-elle, craintive, en s'approchant.

Son père posa le journal sur la table. Il enleva ses lunettes et les déposa par-dessus le journal. Comme un prisonnier qui demande une permission spéciale de sortir, Leila s'agenouilla et tendit son front que son géniteur prit de ses deux mains pour y appliquer un baiser. Elle ne sentit aucune tendresse, aucune chaleur dans ce geste plutôt mécanique, nerveux et précipité. Elle sut tout de suite que son père s'apprêtait à lui faire encore des reproches.

—Fais attention à toi, Leila. Tu as à présent un corps de femme. Méfie-toi des hommes. Ton corps est la chose la plus importante à protéger contre les regards indiscrets et malveillants qui peuvent se transformer en actes très graves. Ton corps n'appartient plus qu'à ton futur mari. Tu devrais sérieusement penser à mieux le couvrir. Tu n'es plus une gamine!

«Il n'apprécie donc rien chez moi? se demanda-t-elle en silence. N'ai-je pas droit à autre chose qu'aux jugements et à la morale?» Leila se leva dans l'intention de partir au plus vite. Elle savait ce que son père désirait, au demeurant: qu'elle arrête de traîner avec ses amis plus âgés qu'elle.

Leila aimait Abdallah. Elle aurait voulu le dire à son père. Mais elle savait qu'on n'affrontait jamais monsieur Bennani de face et que, de toute façon, il avait toujours raison. Il aurait passé au peigne fin la vie, les amis, le caractère de son copain, et le moindre défaut aurait été une bonne raison d'empêcher sa fille de le fréquenter. Mais elle était prête, même dans ces conditions, à défendre son petit ami, s'il le fallait, quitte à se mettre à dos son père pour la vie.

Elle s'éloigna, bouche cousue, comme à son habitude. Cette fois, elle eut le pressentiment que quelque chose allait se passer cette journée-là, à son dix-huitième anniversaire. En raison des paroles de son père, prononcées du fond de sa caverne secrète comme une prophétie, elle avait subitement peur de sortir de son enfance et de devenir une femme.

Une pensée, deux, plutôt, traversèrent l'esprit de Leila: serait-elle capable d'obéir à son mari au doigt et à l'œil sans discussion comme le faisait sa mère? Pourrait-elle passer toute sa vie dans une famille où la chaleur, la spontanéité, l'ouverture seraient un péché originel, et l'amour, un privilège inaccessible?

24

Trois mois après l'entrevue d'embauche, Francis invita Leila au restaurant pour faire le point sur le travail des douze semaines qu'elle venait de passer dans son service. Il avait réservé une table dans un restaurant éthiopien, sur la rue Saint-Denis. On était vendredi.

Francis était arrivé à dix-neuf heures, seul. Il s'était isolé dans un coin, même s'il ne pensait pas y rencontrer de connaissances. Il avait choisi cet établissement pour sa discrétion, mais on n'était jamais assez prudent.

Leila apparut dans l'embrasure de la porte du restaurant dix minutes après Francis. Elle était superbe dans sa minijupe beige; elle avait de belles jambes, une tenue corporelle impeccable, un sourire irrésistible. Elle était fidèle à l'image qu'elle avait exposée le jour de son embauche.

Leila secoua sa chevelure noire, abondante et relâchée, ajusta sa jupe et son chemisier, prit une bonne respiration et, du regard, balaya discrètement l'ensemble du restaurant, telle une guerrière qui s'apprête à entrer dans l'arène.

Un serveur enthousiaste se présenta devant Leila, un jeune Québécois sans doute nouveau dans ce restaurant, selon ce que son zèle permettait de déduire. Il se frotta les mains et ouvrit grand des yeux admiratifs, impressionné qu'il était par le charme de la cliente.

Leila glissa à l'oreille du serveur quelques mots qu'il ne comprit pas immédiatement. Il secoua la tête. Francis s'était entre-temps levé. Elle remercia le jeune homme en lui donnant une tape amicale sur le bras.

Laissant le serveur sur sa faim, la jeune femme se dirigea vers la table de son hôte, avec, à mesure qu'elle s'approchait, le sentiment d'avoir finalement pris une mauvaise décision en acceptant ce rendez-vous dans cet endroit.

25

À onze heures trente, Leila et ses amis étaient à la corniche d'Ain Diab. Le ciel s'était vite couvert d'une couche épaisse de poussières rougeâtres suspendues à quelques mètres à peine au-dessus des têtes humaines, composant un toit fluide. Ce nuage artificiel empêchait la lumière solaire de s'épanouir et l'air de circuler. Il faisait chaud. On étouffait. Il n'y avait pas le moindre mouvement d'air. Dans ces conditions, la chaleur et l'humidité se faisaient sentir encore plus. Il n'y avait rien qui pût atténuer la sensation de moiteur qui collait à la peau.

Toutes les terrasses de la corniche étaient noires de monde. Les cafetiers, restaurateurs, hôteliers et gérants de piscine ne cachaient pas leur satisfaction, malgré ce climat de fin du monde. Il faisait chaud, il ne pleuvait pas, n'était-ce pas l'essentiel pour les affaires estivales?

Leila et ses amis se dirigèrent vers une plage privée, qui ne comptait pas moins d'une dizaine de piscines. Pour son plaisir, la jeune fille voulut payer l'entrée de tout le monde. Son copain, catégorique, refusa et sortit de l'argent de l'unique poche de sa culotte de plage, une poche ridiculement petite. Il se chargea de leur admission.

Personne ne se demanda pourquoi ils n'étaient pas allés de l'autre côté, là où la majorité des gens se baignaient et où l'accès à la plage était gratuit. Celle-ci était desservie par deux ou trois lignes de bus qui étaient tout le temps bondés, du matin au soir.

Ces jeunes gens gâtés, ridiculement nantis, ne devaient pas savoir ce qui les dégoûtait dans ce monde qui se baignait allègrement à quelques mètres d'eux sans avoir déboursé un seul sou. Leila et ses amis avaient seulement grandi dans un univers où il était important de faire la distinction entre les deux mondes, et tous les stratagèmes étaient bons pour avoir le sentiment d'appartenir à un univers noble et puissant, la haute bourgeoisie.

La plage privée était délimitée par une petite clôture toute frêle, plutôt symbolique, mais qui séparait bel et bien les deux mondes. Une toute petite ligne pour l'homme, mais un gouffre infranchissable pour les deux communautés qui se côtoyaient sans jamais se toucher, sans jamais se mélanger. Personne n'osait traverser cette frontière pour passer d'un monde à l'autre. Beaucoup de choses séparaient les deux milieux, non pas parce que la plage privée était payante et propre, et l'autre, gratuite et sale, mais parce que les règles de jeu étaient différentes.

C'était la conséquence d'une espèce de loi naturelle, indéfinissable, mais profondément enracinée dans la société marocaine, qui poussait les habitants de ce pays à respecter cette hiérarchie. Celui qui s'opposait à cet état de choses se condamnait à errer entre les deux mondes comme une loque, comme un fantôme, sans jamais goûter aux bienfaits du bonheur.

La misère ne rend heureux que dans la mesure où on assume sa condition de misérable, et la richesse rend malheureux quiconque ne sait pas s'en servir. Dans la société marocaine où on naissait pauvre ou riche et où on ne devenait pas autre chose que ce qu'autorisait sa naissance, le riche n'était pas capable d'assumer la pauvreté, et le pauvre ne savait pas manier la richesse.

Leila et ses amis retournèrent au café. Il était climatisé. Bien sûr! Au prix qu'on y exigeait, il fallait bien que l'air soit bon à respirer. Et pourquoi rafraîchissait-on l'air, puisque les gens étaient là pour la chaleur? Pour faire différent du monde d'à côté, évidemment.

Même à cette heure plutôt tardive, Abdallah décida que tout le monde prendrait un petit-déjeuner, le même. Il imposa du jus d'avocat et des croissants. Il affectionnait les méthodes dictatoriales. Tout le monde ne trouvait pas cette combinaison intéressante, mais on se contenta de manger en silence sans faire de commentaires.

Les deux filles du groupe, Leila et Amina, discutaient en aparté. Elles n'avaient pas fini de manger qu'elles se levaient et sortaient. Elles avaient à peine chatouillé leurs croissants. Elles allaient mettre leur maillot de bain, dirent-elles de concert, déjà parvenues à la porte du café. Leur harmonie les amusait. Elles parlaient et riaient en même temps.

Leila et Amina retournèrent dans le café dix minutes plus tard. Leila portait un minuscule bikini. Ses seins, pourtant petits, sortaient par le haut et les côtés. Le soutien-gorge peinait à cacher sa poitrine. Comment, d'ailleurs, le pauvre, aurait-il pu remplir sa tâche? Il était tellement délicat qu'il aurait tout au plus couvert deux petites clémentines. Ce maillot de bain était en plus négligemment noué sur le dos, de sorte qu'on avait l'impression qu'il pouvait tomber à tout instant.

Cette extravagance aurait été de mauvais goût et aurait passé pour de la vulgarité si Leila n'avait pas eu une taille magnifique. Elle avait un corps de rêve, qui se prêtait bien à ce jeu de séduction.

C'était aussi en raison de cette tenue très suggestive que les deux amies ne pouvaient pas aller de l'autre côté, sur la plage des indigents. C'était une excuse réaliste et terre à terre, plus évidente que l'incompatibilité des classes sociales.

Dans l'autre monde, Leila se serait fait violer ou lyncher; ça aurait été l'un ou l'autre, en fonction des hommes en face: les délinquants en mal de sensation forte ne se seraient pas privés de goûter à cette pomme interdite tombée directement du paradis terrestre qui leur était inaccessible. Les Frères musulmans, frustrés de ne pas être écoutés dans leurs sermons coraniques, l'auraient lapidée au nom de l'islam, la dernière religion monothéiste révélée, pour nettoyer cette terre des éléments impies. Dans les deux cas, elle se serait fait malmener sauvagement, en moins de temps qu'il ne lui aurait fallu pour comprendre ce qui se passait.

Dans ce petit monde de riches, où la norme consistait justement à être corporellement dépouillé, Leila ne risquait rien, elle le savait. Elle ne craignait ni pour sa vie ni pour sa réputation. Au contraire.

Son amie Amina était tout de même plus sobre dans son habillement. Elle avait mis un maillot classique, une couverture acceptable qui aurait passé le test de la décence même dans le monde d'à côté, à moins qu'elle ne tombe sur des islamistes radicaux, ceux qui ne voulaient pas voir les cheveux d'autres femmes que les leurs, ceux qui s'estimaient incapables de se retenir devant la femme d'autrui si elle était un tant soit peu sexy et féminine. Amina portait une tenue qui n'aurait pas justifié un viol collectif spontané; il n'y aurait pas eu de consensus quant à son caractère excitant.

Leila remarqua qu'un des garçons de son groupe, Ahmed, la regardait avec envie, peut-être même avec amour. Elle s'approcha de lui et, en faisant semblant de s'adonner à un jeu inoffensif comme une sœur s'amuse avec un frère, elle s'assit entre ses jambes. Abdallah ne dit rien, mais il observait avec attention ce nouveau couple d'exhibitionnistes presque nus et indécents. Du moins, c'était l'image qu'il avait en tête. Il n'était pas enchanté par les initiatives de sa petite amie. Leila posa ses bras sur la tête d'Ahmed et bascula la sienne vers l'arrière. Son dos était à présent plaqué sur la poitrine de son compagnon de jeu. Les cheveux de Leila sentaient bon. De son corps émanaient la fraîcheur, la jeunesse, l'ardeur, la provocation, de quoi faire tourner la tête de son partenaire du moment.

Cette scène ne dura pas plus d'une minute. Leila savait que, si elle persistait sur sa lancée, elle serait suspecte aux yeux d'Abdallah et n'aurait plus l'effet recherché. Le comportement de son petit ami, qui rappelait beaucoup celui de monsieur Bennani en raison de son penchant à soumettre les autres plutôt qu'à privilégier le compromis ou l'adhésion, n'était pas étranger au geste de Leila. C'était sa façon de se rebeller, de montrer sa désapprobation, d'attirer l'attention d'Abdallah sur son caractère insociable, égoïste, sauvage.

On aurait pensé que le geste de cette jeune fille s'adressait plutôt à son père. Certes, le modèle parental que monsieur Bennani incarnait ne lui convenait pas, elle ne s'en cachait pas. On aurait aussi dit qu'à travers ses amoureux elle partait à la recherche du père, d'un modèle imaginaire, forcément idéalisé, inventé de toutes pièces. Cet idéal s'était sans le moindre doute substitué, au fil du temps, à son géniteur qui brillait par son absence, même si l'ombre de monsieur Bennani, encombrante et effrayante, était partout présente.

Contrairement à une certaine croyance bien ancrée dans les mentalités populaires, le père de famille est aussi utile que la mère auprès des enfants. N'est-il pas le premier homme avec lequel les jeunes filles peuvent apprendre à confronter, à amadouer autrui, à négocier?

Les prétendants à la main de Leila devaient en toute logique être à la hauteur de son nouveau standard inaccessible, être des princes charmants, sans failles, jusqu'au jour où elle comprendrait que son modèle n'existait pas.

Au moment de se lever, Leila prit tout de même deux ou trois secondes de trop pour frotter ses fesses presque nues sur les jambes d'Ahmed. Une maladresse. Une petite rougeur défigura ses joues. Elle venait de constater que le visage d'Abdallah s'était transformé en un feu rouge de circulation qui semblait signifier: «Arrête, sinon je t'en colle une!» Elle était embêtée. Elle avait presque envie de s'agenouiller pour demander publiquement pardon pour son geste irrespectueux, inapproprié. Elle s'en voulait.

Elle avait poussé trop loin le bouchon, constatait-elle à présent.

Abdallah ne se laissa pas faire. Il demanda à Ahmed de se lever pour l'examiner. L'endroit où se porta son regard confirma la nature de ses soupçons. La rage était palpable dans ses yeux.

—Tu devrais être plus attentive à ce que tu fais, chuchota-t-il à l'oreille de Leila sur un ton qui lui rappela son père, monsieur Bennani. Ton comportement n'est pas digne de notre rang. Tu as été pire que les filles de la rue, les *kahbas*, les putes.

Leila n'avait plus envie de s'excuser. Elle était choquée. Ce gars-là ne comprenait jamais rien, se disait-elle. Sans doute avait-elle en tête, sans que l'idée soit claire, qu'elle avait seulement voulu lui ouvrir les yeux sur son machisme, lui montrer que les filles avaient besoin d'être appréciées, d'être aimées.

Abdallah était beau, charmant, irrésistible. Il en était conscient et en abusait.

Leila eut finalement envie de lui dire qu'après tout elle n'était pas sa propriété, mais elle se retint de justesse. Elle n'avait ni l'envie ni l'intention de rompre. Elle ne voulait pas non plus se montrer impolie devant ses amis. Elle le lui dirait plus tard, se promit-elle, lorsque la poussière serait retombée. Peut-être même lui avouerait-elle qu'il était dépourvu du savoir-vivre et de sens de l'humour, deux défauts qui la mettaient mal à l'aise et l'empêchaient de le présenter à son père.

Abdallah embrassa Leila sur la bouche, sans ménagement, comme pour affirmer qu'elle était à lui, qu'elle lui appartenait, qu'elle était sa chose, qu'il pouvait disposer d'elle quand il le voulait, qu'elle n'avait rien à dire dans leur relation, qu'elle devait toujours s'accommoder de ses exigences. Il confirmait son caractère impertinent, impossible.

26

Leila tendit la main à Francis en conservant, mine
de rien, une distance appropriée, visiblement pour
éviter de se laisser engloutir dans la bulle d'intimité de son hôte. Francis tomba sous le charme de la
demoiselle. Il l'invita à s'asseoir. Les lumières tamisées, les
tons tendant vers le rouge, le jaune et le vert, couleurs de
l'Éthiopie, participaient au calme des lieux. L'air était frais,
bon à respirer. Une musique classique, douce, éthiopienne,
diffusée de partout et de nulle part à la fois, aurait-on dit,
parvenait à leurs oreilles. Elle complétait bien l'ambiance
romantique et exotique des lieux.

Francis ne pouvait s'empêcher de regarder Leila en
silence, discrètement, ostensiblement ému. «Quelle bonne
chair», semblait-il se dire à cet instant. Après plusieurs
secondes, il se décida enfin à lui faire des compliments,
pour la première fois explicites, sur sa beauté et son habillement. Leila sourit, sincèrement flattée, mais elle rougit
lorsqu'elle se rappela que Francis était son patron et qu'elle
était là pour un rendez-vous professionnel, non pour une
rencontre de charme.

Un couple de jeunes femmes, une métisse et une
blanche, était plongé dans des sujets pas forcément pas-
sionnants, mais probablement sérieux. Le visage grave,
elles s'embrassaient souvent sur les joues ou sur les mains.

La métisse paraissait plus émotive, plus agitée, alors que l'autre, belle comme une déesse, était posée et contenait mieux ses émotions.

Francis et Leila étaient en tête-à-tête, comme deux amoureux qui se connaissent depuis longtemps et se comprennent dans le silence. Ils ne conversaient pas beaucoup. Francis faisait de temps à autre des commentaires sur la décoration du restaurant ou sur le beau temps qu'il faisait depuis quelques jours. Il aurait pu et même dû aborder le sujet du travail, mais il ne voulait pas s'éloigner de son objectif d'attirer dans son piège cette jeune gazelle du désert.

Il évitait de parler de lui et de sa famille ou de poser des questions personnelles. Leila avait l'impression que c'était pour qu'elle fasse de même, pour garder une certaine distance entre eux. Il ne voyait aucun intérêt à faire plus ample connaissance avec cette stagiaire qu'il ne garderait pas de toute façon, finit-elle par se convaincre. Sans doute était-il gêné de le lui avouer, se dit-elle enfin.

Leila n'avait plus envie d'entendre le verdict de Francis. Sa déception était à la hauteur de l'énergie et de l'intelligence qu'elle avait mises dans son nouveau travail pour répondre aux attentes de la compagnie. Leur discussion restait dans les généralités, dans le respect de l'intimité de chacun, hésitante, froide, comme si personne ne voulait se lancer et se mouiller en premier.

Cette distance mise entre eux comme un champ de rayons nocifs qui aurait dû satisfaire Leila accablait la jeune femme, en fin de compte. Cet espace signifiait certainement la fin de leur collaboration, leur divorce.

Au fil de la conversation, Francis se permit d'observer son invitée sans se cacher. Il lui fallait trouver le moyen efficace de faire basculer cette femme dans son filet. Le corps de Leila, légèrement penché vers lui, bougeait peu. Ses mains, la plupart du temps posées sur la table, attiraient l'attention de Francis lorsque Leila regardait ses ongles manucurés ou manipulait son téléphone cellulaire qui n'allait jamais sonner de toute la soirée, du moins jamais en présence de Francis. Leila ne portait pas de bagues. À son poignet gauche était attachée une montre qu'elle consultait souvent, subtilement.

Leila jetait aussi des regards suspects et discrets à Francis, qu'il interprétait comme suggestifs. L'idée d'être assise dans un coin isolé, enfermée avec cet homme qu'elle connaissait à peine, ne l'enchantait plus. Peut-être avait-elle un peu senti le poids et l'avidité du regard de Francis. Mais elle aurait sans doute fait un effort supplémentaire pour le supporter si elle s'était attendue à recevoir des commentaires positifs sur son travail.

Lorsque Leila se sentait en danger, elle avait une façon particulière, préoccupée, anxieuse, de poser ses yeux sur les choses ou sur les gens. Mais elle le faisait toujours sans brutalité, avec tendresse même. C'était ce regard qu'elle lançait à présent à Francis. Il dévoilait une fragilité, une délicatesse, une sensibilité et une inquiétude certaines et propres aux personnes victimes de traumatismes violents. Ce regard exacerbait maintenant l'inclination prédatrice de son patron.

Comme elle peinait à s'accommoder de cette ambiance tendue, ambiguë, suffocante, Leila demanda la permission d'aller aux toilettes, dans l'espoir de retrouver des émotions tout au moins neutres, sinon positives. Elle éprouvait une sorte d'étouffement qui lui comprimait la poitrine. Sa bouche et sa gorge étaient sèches, et son ventre était noué.

Le serveur se présenta à nouveau au moment où Leila ajustait sa jupe. De la main, elle indiqua au jeune homme qui lui tendait la carte du restaurant qu'elle ferait confiance à Francis pour le choix du repas. Elle ne connaissait pas ce restaurant. Francis opina du bonnet. Pour la boisson, il hésita à prendre la décision pour Leila. Une limonade? L'invitée réfléchit pendant quelques secondes:

— Un verre de martini sans glace fera l'affaire! lança-t-elle nerveusement.

Leila regrettait déjà d'être là. Elle n'aimait pas la tournure que prenait ce rendez-vous.

27

Tous les cinq, Leila, Abdallah et leurs amis sortirent du café et se dirigèrent vers la plage. Ils ne s'adressaient plus la parole. Un terrain de volley-ball avait été aménagé sur le sable. Ils y rejoignirent d'autres personnes qui les attendaient pour commencer le jeu. Cependant, Abdallah s'allongea sur un transat, ruminant ce qu'il considérait comme une humiliation ultime.

Leila s'avérait une piètre joueuse que personne n'aurait voulue dans son équipe, mais que tout le monde se disputait; elle incarnait la gaieté, la rage de vivre et la richesse. Le monde adorait cette combinaison magique.

Abdallah regardait le corps de Leila se déployer, se dévoiler, s'afficher, s'offrir au monde, jouir de la vie, toujours différent à chaque mouvement qu'elle exécutait. Les gens se rinçaient l'œil sur sa copine avec envie, s'imaginait-il. Chaque coup d'œil qu'il posait sur elle était comme un poignard qu'on plantait dans son cœur et qui lui donnait envie d'administrer le même châtiment au corps de sa copine. Il ne supportait pas l'esprit libertin de sa petite amie.

À quinze heures, les cinq se retrouvaient dans le restaurant du complexe touristique. Les deux filles avaient enlevé leur maillot de bain et étaient maintenant en pantalon et tee-shirt de plage. Tous attendaient là, en silence.

Ils ne commandaient rien à manger ni à boire. Personne n'osait proposer quoi que ce fût à cause de l'incident survenu plus tôt.

Abdallah demanda à Leila de le suivre.

—À l'extérieur, précisa-t-il.

Personne ne trouva à redire. Après tout, elle était sa petite amie. Leila pensa que ce serait l'occasion de s'expliquer, de se comprendre, de régler leur différend de façon civilisée. Ils s'isolèrent près des cabines de toilettes, dans un coin retiré.

Avant le premier regard, avant le premier échange visuel pour jauger la température de part et d'autre, une gifle fusa, ferme, hargneuse, sifflante, et fit tanguer Leila. Elle ne l'avait pas vue venir, celle-là. Puis une deuxième, qui la surprit également, aussi dure que la première, la mit à terre, K.-O. Leila s'affala à genoux et, sur le point de s'étaler de tout son long, elle posa ses mains sur le sable, expira fort et secoua la tête, l'esprit désarçonné.

La surprise passée, mais à moitié inconsciente, alors qu'elle voyait encore des étoiles et qu'elle entendait des sifflements, Leila ramassa ses boucles d'oreilles qui étaient tombées sous les ondes sismiques des coups. Elle leva les yeux et, au moment où elle allait parler pour se défendre, elle s'aperçut qu'Abdallah était déjà à plusieurs mètres. Il retournait dans le café, laissant sa petite amie à terre en train de se demander ce qui venait de se passer. Une agression physique, constatait-elle amèrement. Jamais personne ne l'avait frappée, pas même son père ou sa mère.

Une boule se forma dans sa gorge. Elle étouffait. Une larme soudaine et involontaire roula sur sa joue droite encore chaude. Une deuxième suivit sur la gauche, et les larmes déferlèrent derechef sur son visage. En essayant de sortir la boule de sa gorge parce qu'elle l'empêchait de respirer normalement, elle se surprit à sangloter légèrement, puis les gémissements prirent une ampleur inattendue. «Que le diable l'emporte», n'arrêtait-elle plus de se dire.

Elle se releva, la rage au cœur, dépoussiéra son pantalon et son tee-shirt, s'essuya le visage et entra dans une des cabines de toilettes. La préposée aux lieux la suivait de son regard empreint de compassion, de pitié, d'étonnement, d'horreur et de colère.

En cachette, l'employée avait suivi la scène de A à Z. Leila faisait semblant de ne pas la voir. La bonne femme s'interdisait de se mêler des affaires des gens d'un monde dont elle ignorait tout, les codes, le langage, et même la langue, le monde des riches. Elle parlait l'arabe de la rue, tandis que les autres, les extraterrestres, s'exprimaient principalement en français.

Leila se regarda dans le miroir. Son visage était zébré de traces de doigts, très visibles. Elle s'efforça de revivre le déroulement de la scène, la première gifle, puis la deuxième, en essayant en vain au passage de capter l'expression du visage d'Abdallah. Souriait-il? Était-il seulement en furie? Et, à présent, qu'était-il en train de dire à ses amis? Étaient-ils tous en train de rire à s'étouffer? Pourrait-elle les affronter? Elle avait honte.

Pour éviter de se perdre dans les suppositions, Leila se convainquit qu'Abdallah était en droit de s'emporter. Il lui fallait trouver une excuse solide au geste impardonnable de son agresseur. Ne l'avait-elle pas humilié devant ses amis? Elle avait cherché cette correction, l'avait méritée et l'avait eue. Il était temps qu'elle demande pardon. Publiquement s'il le fallait. Elle avala une gorgée d'eau en même temps que sa fierté, comme on avale un comprimé amer.

Dans un autre petit moment de lucidité, quelques secondes seulement après s'être convaincue qu'elle était coupable, elle se dit que son explication ne tenait pas la route et n'était pas de nature à la satisfaire. «Abdallah avait-il vraiment le droit de me frapper? se demanda-t-elle enfin. Il aurait dû réfléchir, me parler avant d'en arriver aux coups.» Elle ne savait plus quoi penser de ce qui venait de se produire.

Elle prit une autre gorgée d'eau et se laissa tomber par terre. Recroquevillée, les mains sur le visage, elle resta assise quelques minutes, une éternité, à ne rien faire, à se demander comment il était possible qu'elle se retrouve dans cette situation de fille battue, faible, impuissante. Tout ce qu'elle détestait et méprisait!

Après ces quelques minutes pendant lesquelles elle avait résisté à la tentation de hurler, Leila, en se relevant, surprit son visage dans le miroir. Elle ne put s'empêcher de pleurer en se tapant la tête des deux mains. Elle tremblait de dégoût et de rage.

Elle regarda le ciel à travers l'unique vitre de la cabine, comme pour surprendre un bout d'explication inscrite sur la voûte céleste. Comment le ciel avait-il permis une telle réaction? Elle se tapa encore la tête de rage et d'incompréhension. Elle regretta amèrement d'avoir organisé cette escapade à la plage.

Elle ne put s'empêcher de penser que, si elle avait accepté les conseils de son père, cela ne serait pas arrivé. Et pourquoi, diable! avait-elle eu l'idée de passer cette maudite journée à la plage?

Elle se demanda enfin si elle devait retourner dans le café au risque de paraître ridicule devant ses amis dans le cas où ils étaient déjà au courant de cet incident, ou si elle devait plutôt prendre un taxi pour rentrer à la maison et risquer d'éveiller des soupçons si Abdallah n'avait rien dit à ses amis.

Elle choisit la première option en espérant que personne ne parlerait des traces de coups sur son visage et, surtout, qu'Abdallah ait eu au moins la décence de taire ce qui s'était passé entre elle et lui. Il s'était peut-être même rendu compte de son erreur et était prêt à demander pardon, se dit-elle enfin pour s'encourager.

28

eila revint cinq minutes plus tard, le visage grave. Elle n'avait pas pu se défaire du sentiment d'étouffement qu'elle éprouvait. Le serveur n'était plus là. Francis avait dans la main un verre de vin rouge, qu'il s'empressa de déposer. Il se leva et tira la chaise de Leila pour l'inviter à s'asseoir. Il n'était plus souriant : il avait compris le malaise de son invitée et se demandait ce qu'il avait pu faire de mal.

— Tout va bien, Leila ? demanda-t-il en s'efforçant de rester positif et de garder la tête haute.

— Oui, dit-elle, sans conviction.

— Tant mieux, répondit-il avec un sourire gêné.

Il resta muet pendant un court instant, se donnant l'air de réfléchir. Il hésitait à dire quelque chose. Il regarda Leila droit dans les yeux. Elle baissa aussitôt le regard. Elle était persuadée que c'était le moment fatidique qui était arrivé, celui qu'elle craignait. Il leva son verre en invitant Leila de la main gauche à faire de même. Ils firent tchin-tchin et déposèrent leurs verres. En quel honneur ? se demandait-elle en silence, interdite.

Francis réfléchit pendant quelques secondes et dit :

— Tout compte fait, ce n'était pas une bonne idée.

— Pardon ?

— Ce rendez-vous était une mauvaise idée.

Leila regarda Francis droit dans les yeux pendant quelques secondes, essayant d'analyser cette phrase, de la décoder. Elle restait abasourdie. Elle ne savait quoi penser de tout ce qui se passait.

— C'est moi.

— C'est à mon tour de demander ce que tu veux dire, Leila.

— Toute cette confusion, c'est ma faute, balbutia-t-elle en essayant de prendre sur elle le blâme, si la situation était aussi inconfortable. Certains contextes, même anodins, me mettent mal à l'aise, me rendent paranoïaque. J'ai dû imaginer un scénario catastrophe.

— Disons que j'aurais dû te donner plus de détails sur la nature de ce rendez-vous.

— Et ce serait quoi le but de cette rencontre? demanda-t-elle avec encore plus d'appréhension qu'elle en avait plus tôt.

Elle hésitait à ajouter que c'était pourtant clair, qu'ils étaient là pour faire le bilan de ses trois mois dans la compagnie. Elle était à présent méfiante.

— D'abord, j'aimerais te remercier d'avoir accepté ce travail. En fait, j'avais espéré qu'on ferait un peu plus connaissance aujourd'hui…

Leila fronça les sourcils. Francis se ravisa rapidement.

— Écoute, je trouve que tu fais du bon boulot, impeccable. Avec toi, je sais que j'irai loin. Je vais pouvoir obtenir le poste de vice-président des ventes et du marketing, et pourquoi pas celui de président? Je sais que, professionnellement, c'est dangereux de dire ça, mais j'ai besoin de réussir. C'est une question de vie ou de mort. C'est également égoïste de vouloir profiter de toi pour arriver à mes fins. J'en suis conscient.

Leila s'était tue pour écouter. Elle savait à présent qu'elle avait encore de beaux jours devant elle dans la compagnie, puisque son patron était satisfait du travail qu'elle avait effectué. Mais cette manière qu'avait eue Francis d'expédier son évaluation en quelques phrases restait étonnante, étrange. On aurait dit que les compétences de Leila n'avaient aucune importance en ce moment. Elles constituaient un détail dans ce qui était en jeu. Francis était-il vraiment heureux de l'avoir comme collaboratrice? Qu'appréciait-il chez elle, au juste? Leila ne pouvait savoir que l'être humain n'était important pour son patron que pour ce qu'il pouvait en tirer dans l'immédiat.

Francis se grattait maintenant la tête. Il réfléchissait, son cerveau carburait, ses yeux de félin rapetissaient, ses griffes sortaient de ses pattes, sa crinière se gonflait.

— Je m'efforce d'avoir les bonnes manières, affirmat-il, changeant subitement de registre. Je suis en fait un pauvre type qui a grandi dans un sale quartier, sans père, et avec une mère pauvre.

Il se tut et arbora un sourire séducteur afin de désarmer sa vis-à-vis, qui semblait trop raide, prête à fuir. Il avait la nette impression qu'elle risquait de lui glisser entre les doigts.

Pourquoi avait-il bifurqué si vite vers sa vie personnelle? s'interrogeait de son côté Leila. Elle n'était pas à l'aise dans cette conversation plus intimiste. Ils étaient là, bon Dieu! pour discuter de son travail.

Elle espérait à présent que Francis ne l'obligerait pas à parler de sa famille ou de son passé, et surtout qu'il ne tenterait rien de déplacé, qu'il resterait le gentleman qu'elle avait connu jusqu'alors. Elle leva son verre de martini pour prendre une petite gorgée. Francis fit instinctivement de même.

Le serveur arriva à point nommé; le silence devenait pesant. Souriant et fier de son apport à l'édification de ce nouveau couple en devenir, selon ce qu'il sentait, le jeune homme déposa sur la table deux assiettes vides et des galettes injera, le pain éthiopien, délicieux, fait avec de la farine de teff.

Il fit ensuite place à un homme plus âgé et plus expérimenté qui le talonnait. Le type déposa une grande assiette, un plat unique contenant une sorte de ragoût d'agneau, un mélange de viande, de légumes et de pommes de terre cuit à feu doux dans une sauce spéciale. Le serveur invita Francis et Leila à se laver les mains, s'ils souhaitaient manger à la traditionnelle.

—Comment as-tu connu ce restaurant? s'enquit spontanément Leila, impressionnée par le service.

—Un ami. Tiens, c'est Jean, notre directeur des ressources humaines. Pour ma première entrevue d'évaluation, il m'a invité dans ce restaurant. J'ai compris qu'il avait plutôt l'intention de me séduire. Jean est homosexuel. À l'époque, avant ce rendez-vous-là, je ne le savais pas. Depuis lors, nous sommes devenus des amis inséparables.

Leila était surprise, même un peu froissée. Elle ne pouvait pas imaginer Jean homosexuel. Elle essaya d'intégrer cette idée dans sa tête, mais c'était difficile. Avant Jean, elle n'avait jamais rencontré un homosexuel en chair et en os, du moins quelqu'un qui acceptait volontiers cette orientation sexuelle. Surtout, elle ne comprenait pas comment Francis pouvait en parler sans gêne, naturellement. Elle venait d'un monde où ce type de personnes étaient rejetées et considérées comme des parias.

—O. K., se contenta-t-elle de dire, évitant tout commentaire, étouffant toute mauvaise pensée comme un bon chrétien qui, par peur du châtiment céleste, doit s'abstenir de penser du mal de son prochain ou de dire des obscénités.

Elle avait fait taire sa raison aussi rapidement qu'un adolescent écrase un mégot de cigarette jusqu'à ce que la moindre fumée n'en sorte plus, avant de se parfumer rapidement quand, surpris, il veut cacher son vice à sa mère qui frappe à la porte de sa chambre.

Plus tard, après l'avoir mieux connu, Leila allait apprendre à apprécier Jean et à l'aimer sincèrement.

29

À quinze heures trente, Abdallah conduisait en direction du quartier Anfa, chez eux. Sans ménagement, il avait dit à Leila de monter à l'arrière de la BMW de son père. Honteuse, elle évitait à présent le regard de son petit ami lorsqu'il tentait d'entrer en contact visuel avec elle, visiblement pour la sermonner encore.

Il n'avait rien dit de l'incident, mais il ne reconnaissait pas son erreur. Au contraire, il essayait de faire accepter sa faute à Leila. Il abandonna complètement toute tentative d'amorcer une conversation avec elle. La tension entre les deux tourtereaux était telle que personne n'osait parler dans la voiture.

Abdallah était sans pitié, dur. Il ne faisait aucun effort pour ramener à sa juste proportion ce que Leila considérait comme un simple jeu de provocation. De son côté Abdallah voyait une trahison, un crime de lèse-majesté dans l'attitude qu'avait eue Leila. Il prenait un malin plaisir à obliger son amie à y penser constamment, pour mieux l'enfoncer dans son sentiment de culpabilité.

Elle se sentait négligée, diminuée, insignifiante, réduite à l'état d'accessoire. Lui refusait de lui tendre la perche, de lui donner l'occasion de s'expliquer ou de s'excuser. Elle était anéantie.

Le silence dans la voiture pesait une tonne. Il transperçait les oreilles. Un genre de silence qu'on ne rencontre qu'à plusieurs mètres sous les eaux de la mer. Heureusement que la voiture était climatisée. Le contraste avec l'air extérieur était saisissant. Le parfum des deux filles, bon, frais, agréable, embaumait l'ambiance.

Leila était découragée, frustrée. Son visage était défait. Ses amis avaient remarqué les traces de coups, mais ils n'y avaient pas fait allusion. Ils éprouvaient certes de la peine pour leur amie, mais, dans cette société, il était légitime qu'Abdallah lui eût infligé une correction. Dans la voiture, la gêne était palpable.

Soucieuse d'adoucir le climat lourd engendré par le silence, Amina ouvrit un peu la vitre de son côté de manière à faire entrer le bruit de l'extérieur. En fait, c'était une façon subtile d'aider son amie. Un peu de légèreté, un peu de vie ne feraient de mal à personne, pensait-elle. Une véritable complicité existait entre Leila et Amina, même dans le silence.

Le concert des klaxons, les insultes échangées entre les piétons et les automobilistes qui se retrouvaient sur les mêmes chaussées plus souvent qu'il ne le fallait, le bruit des moteurs diesel, les crieurs des menus devant certains restaurants le long de la corniche, les hurlements des marchands ambulants permirent au groupe de tenir le coup jusque chez Leila.

Abdallah stationna la voiture devant l'entrée de la maison blanche, comme on la surnommait. La mère était près du portail de la propriété familiale. Leila sortit presque en courant, soulagée d'échapper à cette ambiance suffocante. Elle se réfugia dans les bras de sa mère comme un petit chiot effrayé qui retrouve son maître.

La maman, surprise, lança aux jeunes gens un regard inquiet, inquisiteur, accusateur. Que se cachait-il derrière cette envie subite de sa fille de se faire cajoler? Abdallah se contenta de compter le nombre de blocs de ciment qui formaient le trottoir devant la villa. Les autres scrutaient le ciel rougeâtre à la recherche d'une évasion imaginaire. La mère de Leila somma Abdallah et ses amis de partir tout de suite.

Quand ils ne furent plus là, elle relâcha sa fille et, sans vraiment prendre le temps de la regarder en face, lui ordonna d'aller dans sa chambre se changer et se faire belle avant le retour de son père.

Pendant qu'elle partait vers la porte d'entrée, Leila se retourna pour répliquer, mais sa mère fut plus rapide.

— Tu es dans un tel état, on dirait les filles de la rue! lui lança-t-elle au moment où elle allait ouvrir la bouche. Qu'as-tu fait à ton visage? Chaque jour, je prie Dieu que tu ne fasses rien de répugnant avant ton mariage. Ton père t'étranglerait de ses propres mains. Va t'arranger comme il faut avant son retour.

Leila se convainquit qu'elle n'avait pas entendu ces paroles. La vie de sa mère tournait autour de cet homme: ton père par-ci, ton père par-là, le bon Dieu en personne qui décidait de la vie et de la mort de tous. « Je les déteste! » se dit Leila à voix basse au moment où elle franchissait la porte, à l'abri du regard de sa mère. Le machisme des hommes marocains l'horripilait. La complaisance de leurs femmes aussi.

Son dix-huitième anniversaire commençait sur une note discordante.

30

es serveurs s'activaient. Ils passaient d'une table à l'autre dans une harmonie parfaite, comme les fourmis ou les abeilles ouvrières s'acquittent naturellement de leurs tâches. On se serait cru dans une colonie d'insectes où chaque client était une véritable reine. Il suffisait qu'il lève le doigt pour qu'un garçon en habit noir et blanc se présente sans délai. Les clients ne finissaient pas de se croiser à l'entrée. Les tables ne désemplissaient pas.

Francis se mit debout le premier pour aller se laver les mains. Leila, encore secouée par la nouvelle de l'homosexualité de Jean, prit quelques secondes avant de se lever à son tour. Ils revinrent quelques instants plus tard.

Ils mangeaient en silence lorsque le jeune serveur installa près d'eux un couple, un homme et une femme qui parlaient bruyamment, comme s'ils voulaient attirer l'attention de tous. Ils s'embrassaient à tout propos, se câlinaient, se donnaient en spectacle. On aurait volontiers pensé qu'ils étaient ivres ou drogués à l'ecstasy. Quinze minutes plus tard, pour une raison inconnue de Francis et de Leila – peut-être ne se sentait-il pas en osmose avec eux –, le couple demanda à être changé de place.

Francis, qui s'était abstenu de faire tout commentaire sur ce duo envahissant même s'il était gêné par sa proximité, fit à Leila un clin d'œil complice. Elle se contenta de sourire. Elle n'était pas à l'aise avec les manières de son compagnon. Il était franchement aux antipodes des hommes qu'elle souhaitait voir dans son sillage.

Le repas se termina dans une ambiance assez étrange, où Francis n'arrivait pas à trouver une façon de mettre Leila à l'aise, de l'inviter à s'ouvrir, de l'inciter à la confidence, d'établir un climat d'intimité. Et Leila essayait d'éviter toute parole et tout geste compromettants, comme si elle avait compris les manèges de son hôte. Mais, visiblement, pour l'instant, était-ce uniquement par une simple réaction automatique, un instinct de conservation, qu'elle faisait tout pour esquiver la toile invisible tissée par Francis? Pour y être tombée dans le passé, elle connaissait l'efficacité de ce genre de piège.

31

Dix-huit heures trente. Le cellulaire de Leila sonna. Après avoir pris sa douche et s'être habillée en jeans et polo, elle s'était allongée sur le lit pour tenter d'oublier sa virée malheureuse à la plage. Elle reconnut le numéro d'Amina, sa plus grande amie. Elle hésitait à prendre l'appel. Après cinq sonneries, elle décrocha cependant.

—Viens nous voir, dit à l'autre bout du fil une voix féminine calme, avenante.

—Pour quoi faire, Amina? demanda Leila, cassante, furieuse.

—Je suis avec Abdallah, chez lui. Il voudrait s'excuser pour cet après-midi, se justifia Amina.

—S'excuser de quoi? fit Leila, inquiète. Il vous a parlé de son agression?

—Quelle agression? demanda Amina en faisant semblant d'ignorer ce qui s'était passé entre Leila et son ami.

—Non, il n'y a rien, se contenta de répondre Leila.

Un voile de soulagement couvrit son visage.

—Et alors, tu viens? insista Amina. Abdallah t'attend pour ta surprise d'anniversaire.

Leila resta silencieuse un moment. Valait-il le coup de donner une seconde chance à son petit ami?

—Il paraît que toi et Abdallah avez une tonne de

choses à vous dire, ajouta Amina. Ses parents et les employés sont absents toute la fin de semaine. La maison est à nous ce soir.

Leila se leva, elle en aurait pour une heure maximum, se dit-elle. Elle jugea alors inutile d'aviser sa mère qui s'activait dans la cuisine et peinait à organiser sa petite équipe de quatre employés en vue de la préparation de la fête d'anniversaire de sa fille, une célébration qui s'annonçait grandiose.

Leila sortit par la porte située à l'arrière de la maison. Abdallah habitait à dix minutes de marche. Lorsqu'elle sonna chez lui, il lui ouvrit avec empressement. La maison était calme, silencieuse, curieusement tranquille. Elle s'arrêta devant la porte principale de la villa, refusant d'entrer. Abdallah retenait la porte. Le soleil était encore chaud. Le ciel était devenu limpide.

—Où sont les autres? s'enquit-elle d'emblée.

Elle avait un mauvais pressentiment, pareil à celui du matin, lorsqu'elle était avec son père. Elle n'avait jamais été seule avec un garçon dans une maison.

—Qui, les autres? répondit-il spontanément, avant de se reprendre. Ah! ils sont partis acheter des pizzas pour ta fête.

Elle hésitait à entrer. « Si ça se trouve, Amina a peut-être appelé de chez elle sur la demande d'Abdallah », se dit Leila. Elle eut le réflexe d'ouvrir son téléphone pour appeler Amina, puis se ravisa. Elle se refusait à mettre en doute l'honnêteté de son amie.

—De toute ma vie, je ne me suis jamais senti autant jaloux et mal. Je m'en veux. Je suis fâché contre moi-même. Je ne comprends pas ma réaction. Je n'aurais pas dû me comporter aussi durement avec toi. Je suis chanceux de t'avoir, toi, si belle, tendre, aimable, amoureuse.

Abdallah s'arrêta pour observer Leila. Elle était sur le point d'être convaincue de la sincérité, certainement feinte, de son petit ami.

—Ma réplique était insensée et exagérée, parce que, après tout, Ahmed et toi ne faisiez que vous amuser. Ahmed ne pourrait jamais coucher avec toi, n'est-ce pas? Tu ne le lui permettrais pas, j'en suis sûr.

Leila était bouche bée. Certes, elle aimait la vie, elle aimait s'amuser, flirter même, mais coucher avec un homme, faire l'amour avant son mariage était simplement inconcevable et contraire à ses principes. Elle se taisait. Elle ne voulait pas aborder ce sujet.

—Ne t'en fais pas, Leila, reprit Abdallah après avoir constaté le malaise de son amie. J'ai déjà oublié ce qui s'est passé.

C'était le comble de l'absurde: Leila était la coupable désignée, et Abdallah, la victime qui absolvait son bourreau. Elle ressentait cette situation ainsi, mais de manière vague, imprécise. Elle ne trouvait pas les mots appropriés pour se l'expliquer, pour en prendre pleinement conscience. Il lui manquait l'expérience qui permet aux personnes échaudées de transformer leur intuition en une conclusion quasi certaine.

Le malaise de Leila s'amplifiait. Sa colère aussi. Mais les mots refusaient d'être à son service pour exprimer, pour préciser ses sensations. Les poètes ont l'avantage de comprendre les mots, de les manier à leur guise, de les utiliser pour exprimer l'insaisissable, mais ces compétences échappaient à la jeune femme.

Abdallah se rendait compte que son ressentiment était sur le point d'être mis au jour, compris, démasqué. L'air devenait pesant, oppressant. Le jeune homme retenait toujours la porte principale de la villa, hésitant à l'ouvrir entièrement, sans doute pour ne pas donner l'impression à Leila de la forcer à entrer.

Pour alléger l'atmosphère, il tenta le tout pour le tout. Il déroula une série de phrases apprises par cœur auxquelles il ne croyait pas et qui, de plus, lui donnaient mal au cœur.

En silence, Leila écoutait Abdallah la consoler, la rassurer, les mots glissant douloureusement de sa gorge, l'égratignant au passage, l'obstruant parfois, mais finissant chaque fois par se frayer un chemin pour percuter le cœur de Leila. En soufflant sans répit, ces rafales empêchèrent Leila de revenir à son intuition de départ. Au contraire, elle s'en éloignait, comme une barque légère emportée par un torrent puissant. À son insu, elle s'enlisait dans les sables mouvants que constituaient les paroles d'Abdallah.

Il se faisait de plus en plus convaincant. Le regard de Leila changeait. Ce qui n'était au début qu'un jeu de mots, une comédie, se transformait en un piège difficile à éviter. C'était le pouvoir des mots en pleine action.

Subitement, Leila embrassa Abdallah avec ferveur, acharnement, comme pour l'empêcher d'en dire trop, de tisser encore plus sa toile, de la ligoter. Elle lui obstrua la bouche, risquant au passage de l'étouffer. Ferme ta grande gueule, ça suffit, tu n'as pas besoin d'aller plus loin, semblait-elle vouloir lui faire comprendre. Elle l'embrassa ensuite avec douceur et il comprit que sa copine était conquise.

Il ouvrit plus grand la porte, et Leila, rassurée, entra. Ils passèrent par le salon sans s'arrêter et montèrent en silence dans sa chambre. Dans son élan de réconciliation, elle proposa de bonne foi à son petit ami une baignade, dehors, dans la piscine familiale, puisqu'ils n'avaient pas eu l'occasion de se baigner à la plage.

Elle entreprit de déboutonner son jeans et, pendant qu'elle descendait son pantalon, un trouble indéfinissable envahissait Abdallah. Il était embêté. Il entra dans la salle de bains et, la porte ouverte, demanda à Leila de l'y rejoindre. Il préférait qu'ils prennent leur douche ensemble plutôt que d'aller dans la piscine, parce qu'il était fatigué, prétendit-il.

Elle accepta pour lui faire plaisir, sans trop se préoccuper de la raison boiteuse qu'il avait évoquée pour expliquer sa préférence.

Elle avait gardé sa petite culotte et son soutien-gorge. Lui, son maillot de plage. Au début, ils évitaient de se toucher. Chaque fois que leurs corps se frôlaient, ils s'excusaient. Subitement, sans qu'il sache pourquoi, Leila lui tomba dans les bras et se mit à pleurer à chaudes larmes.

Abdallah était impressionné et satisfait : Leila pouvait se montrer fragile, faible. Habituellement, elle lui semblait tellement gaie, pleine de vie, positive, et même naïve qu'il pensait que rien ne pouvait négativement la toucher, encore moins la bouleverser. Il la regarda pleurer pendant quelques secondes sans rien faire, puis il se contenta de lui caresser les cheveux. Il la serra enfin dans ses bras pour la rassurer. Comme si elle n'attendait que ce signal, elle se mit à parler :

— J'ai besoin qu'on m'aime, Abdallah, qu'on s'occupe de moi, comme en cet instant, qu'on me montre que je compte et qu'on me fasse confiance. C'est un besoin profond chez moi, une question de vie ou de mort. Ça n'a pas de prix.

Elle se remit à l'embrasser. Il répondait à ses baisers chauds, d'abord dans la froideur, car il était fâché que ce soit elle qui mène la danse. Quelques secondes plus tard, elle réussit à l'entraîner dans l'ambiance. Ils s'embrassèrent pendant quelques minutes. Ensuite, elle le repoussa, sortit de la salle de bains, se sécha et alla s'étendre sur le lit d'Abdallah.

Perplexe, il resta dans la douche quelques secondes. Les mots pouvaient être plus efficaces que la force physique. Il n'avait pas eu besoin de lever un seul doigt pour forcer Leila à entrer dans sa chambre. Enfin, il la rejoignit.

Comme son désir pouvait être facile à combler! se disait-il, époustouflé. La petite s'offrait sur un plateau d'argent. Il n'aurait jamais imaginé qu'une telle scène fût possible. Les poils de son corps se redressaient, tant la surprise était grande.

— Peux-tu me toucher? demanda-t-elle en voyant qu'Abdallah hésitait à venir s'étendre près d'elle. J'ai envie que tu me fasses plaisir avec tes mains, délicatement. Tu peux faire ce que tu veux, à la seule condition que je garde ma culotte. Tu promets de faire attention?

Il dit oui de la tête et, maladroitement, entreprit de la caresser. Elle ferma les yeux, tout offerte, confiante. Il était si proche de son but, constata-t-il.

Couchés sur le lit, ils roulaient sans cesse d'une extrémité à l'autre. Abdallah couvrait Leila de baisers. Elle hurlait. Son corps tremblait de plaisir. Elle avait toujours les yeux fermés. Au moment où il fut par-dessus sa copine, qui avait les deux bras le long de son corps et les jambes pliées et écartées, un flash s'alluma dans la tête d'Abdallah, un éclair, et il se dit que le moment de sa vengeance était venu. Il repoussa alors discrètement la petite culotte de Leila et, sans l'aviser, la pénétra violemment.

Un cri infernal comme celui d'un animal mortellement blessé déchira l'atmosphère. Leila hurlait moins en raison de la douleur que de la surprise, de la déception et de la rage. Abdallah enroula ses deux mains autour de la gorge de Leila pour l'empêcher de crier. Elle essaya de se relever, mais l'étreinte était ferme. Son corps était solidement plaqué sur le lit. Elle tentait de hurler, mais c'était de plus en plus difficile. Elle suppliait et pleurait. Mon Dieu! qu'es-tu en train de faire, espèce de taré, disait-elle, les yeux exorbités, pendant que les va-et-vient d'Abdallah se faisaient de plus en plus rapides, intenses. L'étreinte sur la gorge de Leila était de plus en plus resserrée et la rendait de moins en moins combative. Elle était occupée plutôt à aspirer le moindre souffle d'air capable de passer dans sa gorge.

Il beugla comme un mouton qu'on vient de décapiter le jour de l'Aïd el-Kabir[7]. Ses mouvements ralentirent et, enfin, s'arrêtèrent. Il relâcha sa prise. La vengeance était consommée.

En quelques secondes d'inattention, de relâchement, de naïveté, le monde de Leila venait de basculer. Il y aurait désormais un avant et un après cet épisode de sa vie, qui constituerait une charnière aussi vraie et irréversible que le passage de la vie utérine à la vie terrestre. Son monde ne serait plus jamais pareil.

Abdallah se laissa tomber sur le côté, épuisé. Dans la foulée, encore dans la folie de l'action, il regarda Leila et remarqua pour la première fois dans les yeux de sa victime l'épouvante et l'humiliation, ce qui amplifia sa satisfaction.

---

7. L'Aïd el-Kabir est l'une des fêtes importantes célébrées par les musulmans. Elle symbolise la soumission totale d'Abraham et, par extension, de tout croyant à Dieu. Les musulmans doivent égorger un mouton pour commémorer le sacrifice d'Abraham.

Leila inspira et expira un grand coup douloureusement, puis referma les yeux et dit:

— Mais qu'est-ce que tu viens de faire, imbécile! Tu avais promis. Pourquoi as-tu fait ça, Abdallah?

— C'est moi qui porte la culotte, ici, c'est moi qui décide quoi faire, comment et quand, répliqua-t-il de la voix hésitante d'une personne surprise, un peu effrayée par l'ampleur de son acte, mais désireuse de se défendre tant bien que mal. C'est moi, l'homme, pas toi

— Mon Dieu, qu'est-ce que tu viens de faire, espèce de con, d'imbécile, d'inconscient, ne cessait de dire Leila dans un murmure douloureux.

Elle restait couchée sur le dos, les bras le long du corps, la culotte maculée de sang, les yeux fermés comme si elle refusait de voir la réalité, une réalité abominable à laquelle elle devrait faire face.

32

Au retour des toilettes, Francis constata qu'il avait déjà pris quatre verres de vin. C'était beaucoup. Il craignait de trop se laisser aller et de commettre une bêtise, tant la tension entre son invitée et lui était forte. Leila en était encore à son premier verre, qu'elle avait à peine touché. Elle n'avait pas l'intention de le finir, pensa-t-il.

Leila tira nerveusement sur la fine chaînette qu'elle portait au cou, obsédée par le sentiment qu'elle pourrait se tendre et l'étrangler. L'impression d'étouffer était si forte qu'elle la sortit de son encolure, laissant apparaître le pendentif en forme de cœur qui s'y balançait. D'un geste qui parut d'une extrême sensualité à Francis, elle détacha deux boutons de son chemisier pour libérer sa gorge.

Francis l'observait en silence. Il ne savait comment reprendre la discussion. Il profita de ce moment pour demander l'addition. Il fallait détendre un peu l'atmosphère.

Leila remit sa chaînette dans son chemisier, qu'elle agita légèrement pour s'éventer. Elle posa ses deux mains sur la table, les paumes vers le bas. Elle observait ses ongles pour s'évader, pour oublier l'ambiance suffocante, pour essayer de se relaxer. Elle avait hâte de partir. Francis tenta d'approcher sa main, que Leila arrêta dans sa course. Cette main s'était aventurée plus loin que ce qui était visiblement autorisé.

— On dirait que je t'embête, finit-il par énoncer à voix haute.

— Non, répondit Leila en retirant ses mains de la table.

Elle croisa ses bras sur sa poitrine pendant quelques secondes, puis, sentant que son geste exacerbait son sentiment d'étouffement, elle posa ses mains encombrantes sur ses jambes.

— J'aimerais en savoir un peu plus sur toi. J'ai l'impression que tu évites de parler de ta personne ou de ta famille. Est-ce que je me trompe?

Leila fut saisie de panique. Cet homme savait-il lire dans ses pensées? Sur le point de parler, elle se ravisa. Elle passa la main dans ses cheveux en se demandant s'il fallait qu'elle dise la vérité, à savoir qu'elle n'avait pas envie d'aborder ce sujet. Elle ne voulait pas non plus se montrer impolie envers son patron.

— Pourquoi pas? dit-elle d'une voix à peine audible, les yeux baissés. Que veux-tu savoir que tu ne saches déjà?

— Je ne sais rien de ta famille. Ton père et ta mère sont-ils ici?

— Non.

Ils vivaient au Maroc. Son père était président du conseil d'administration dans deux ou trois banques, se contenta-t-elle de dire sans insister, préférant parler d'elle. Leila avait commencé ses études secondaires au lycée français de Casablanca, puis elle s'était envolée pour Paris, où elle avait fait ses deux dernières années avant d'être rappelée d'urgence par ses parents qui n'avaient pas bien vécu l'éloignement de leur fille unique, tout comme la liberté dont elle profitait. Ils avaient eu quelques échos selon lesquels elle fréquentait un jeune Parisien de famille modeste qui abusait de l'argent de leur fille, ce qui était inacceptable. De plus, elle n'avait que dix-sept ans.

— Je constate que nous venons de milieux très différents, pour ne pas dire que nous pourrions nous considérer comme des extraterrestres l'un pour l'autre, la coupa Francis pour l'empêcher d'aller plus loin. Je suis au moins content que tu ne te comportes pas comme la petite chipie de fille gâtée que tu as sans doute été un moment.

À voir cette fille à l'œuvre, au bureau, Francis avait espéré que Leila fût une femme du peuple, une pauvre fille immigrée au Canada dans l'espoir d'avoir une vie meilleure, une fille partie de rien. En somme, quelqu'un de son acabit. Il était surpris, froissé, déçu. Il regrettait presque de s'être ouvert un peu plus tôt et, surtout, d'avoir tenté de mieux connaître cette fille. De trop s'enquérir n'était pas bon. Francis avait un préjugé latent contre le monde des riches auquel il espérait cependant et ardemment appartenir un jour.

33

eila se sentait comme une bête saignée qui se vide et n'attend que la mort imminente. Les remords la rongeaient déjà jusqu'au plus profond de son être. Pourquoi n'avait-elle pas suivi son intuition, son sixième sens qui l'avait mise sur la piste du guet-apens?

Entre-temps, Abdallah s'était levé et s'était assis sur le bord du lit. Il était impressionné, surpris par le calme et le silence de sa petite amie. Il avait peur. Il manquait visiblement d'expérience dans ce jeu de la terreur; il s'en rendait compte, à présent. Il n'était qu'un apprenti qui se demandait maintenant, le ventre noué, ce qui allait se passer. Allait-elle alerter la police?

Il ne regrettait pas particulièrement son acte, l'humiliation et la démonstration de force qu'il venait d'infliger à Leila, mais il savait que le prix à payer pour une si éphémère satisfaction pourrait être fort et durable.

Il se mit à câliner Leila, à caresser son ventre et ses épaules, dans l'espoir qu'elle finirait par dévoiler son plan, qu'elle lui révélerait ce qu'elle envisageait de faire, mais il avait l'impression de toucher du bois mort. Il ne la sentait plus. Elle se trouvait déjà loin et ne souhaitait plus que disparaître sous terre.

Elle se leva et jeta un coup d'œil triste et méprisant à son agresseur, toujours immobile, dont le visage laissait transparaître la peur. Elle ramassa ses habits et entra dans la salle de bains où elle constata la tache de sang à sa culotte.

Elle n'était pas surprise, elle s'y attendait, même, car elle avait senti l'odeur du sang dès les premiers coups de hanches d'Abdallah. Elle était presque soulagée qu'il y en eût si peu.

Elle enleva sa petite culotte. Elle fut dégoûtée par le mélange de sperme et de sang qui la maculait. Elle prit le temps de se récurer scrupuleusement. Elle lava ensuite son vêtement et le passa sous le séchoir à cheveux avant de l'enfiler à nouveau.

Devant le miroir, elle se demanda comment elle pourrait s'assurer que cette histoire resterait entre Abdallah et elle, qu'elle ne parvienne jamais aux oreilles de ses parents, qu'elle ne fasse pas le tour de la ville. Comment pouvait-elle l'étouffer, l'anéantir pour qu'elle ne quitte jamais cette chambre. Il lui fallait maintenant négocier avec son violeur. C'était insupportable, mais elle devait s'y résoudre. Avait-elle d'autres choix?

Surtout, elle espérait ne pas tomber enceinte…

34

Offusquée par les suppositions de Francis, mais toujours digne, Leila ne trouva pas utile de continuer son discours, sa mise à nu, son vis-à-vis n'étant plus disposé à l'écouter. Tant mieux! Il y avait longtemps qu'elle avait fait le deuil des confidences.

Francis lui jeta un coup d'œil rapide et procéda ainsi avec un regard méprisant à un balayage expéditif, mais complet de son employée avant de se ressaisir, puis de sourire. « De quoi veut-il s'assurer sur ma personne, sur mon corps? » se demanda Leila, intriguée. Elle avait senti une certaine bizarrerie, une sorte d'animosité dans les yeux de son hôte.

Quelque chose avait profondément touché Francis lorsqu'elle avait parlé de sa vie, elle en était certaine. Ses propos semblaient avoir eu un impact fort négatif sur cet homme, même s'il essayait à présent de montrer le contraire, d'instiller dans son regard de la douceur et de la gentillesse, ce dont Leila se méfiait à présent. Elle avait peur; elle se demandait ce qui allait se passer. Quelles seraient les conséquences de la maladresse qu'elle semblait avoir faite? Elle aurait dû tenir sa langue, se convainquit-elle.

— Je m'excuse, Leila. J'espère que tu n'as pas mal pris mes paroles.

Elle répondit par le silence. Il reconnut qu'il avait exa-

géré, qu'il avait été le premier surpris par ses propos cho-
quants, et qu'il n'avait pas eu l'intention de la rabaisser ni
de l'insulter. Il en était sincèrement désolé, conclut-il sur
cette ultime excuse.

Mais ne venait-il pas inconsciemment de lever le voile
sur le fond de sa pensée? Son but était bel et bien d'affaiblir
sa proie pour mieux la croquer et se gaver de son énergie.
Il versait à présent des larmes de crocodile, pareilles à celles
que ce reptile doté de fortes mâchoires meurtrières laisse
échapper lorsque sa gueule est entièrement ouverte, prête à
engloutir sa victime, un phénomène purement mécanique
qui n'a forcément rien à voir avec un quelconque chagrin.

— Qu'est-ce qui m'a pris? se demanda-t-il dans un
murmure à peine perceptible, la tête baissée, en retroussant
ses lèvres tel un enfant pris en faute.

Déstabilisée par le retournement inattendu de la situation en sa faveur, surprise, touchée par l'apparente fragilité
de Francis, Leila accepta ses excuses afin de consoler cet
homme visiblement meurtri par sa bourde.

— Ce n'est pas grave, c'est déjà oublié, le rassura-t-elle
encore.

Elle décida de considérer les paroles de Francis comme
un compliment. Effectivement, elle n'était pas une fille
gâtée. Si au moins son hôte savait les épreuves qu'elle avait
dû surmonter, se répétait-elle en silence, il se comporterait
sans doute autrement.

Elle vida d'un trait son verre de martini, puis en
demanda un deuxième, consciente qu'elle retardait ainsi la
fin de ce rendez-vous, mais curieuse de voir si son patron
continuerait d'exprimer sa vulnérabilité. Francis en profita
pour commander de la bière avant de changer d'avis.

— Plutôt un whisky, dit-il, double, s'il te plaît!

Leila but son nouveau martini plus rapidement qu'elle ne l'avait fait avec le premier. Elle secouait souvent ses cheveux pour les ramener en arrière, un réflexe habituel lorsqu'elle était sur le point de perdre la maîtrise de soi, de s'abandonner à ses émotions profondes. Non seulement les excuses de Francis l'avaient touchée, mais elle considérait que toute personne avait droit à une seconde chance, quelle que soit sa faute. Elle avait fait de ce principe un mode de vie.

Moins de dix minutes plus tard, tous deux passèrent une autre commande : un verre de martini pour Leila et un double whisky pour Francis. Celui-ci fit remarquer à son invitée que le restaurant n'était pas un endroit indiqué pour trinquer. Il valait mieux continuer ailleurs.

— J'ai déjà trop bu, Francis. J'ai peur d'être déjà soûle.

— Allons prendre un dernier verre sur Crescent, supplia-t-il.

Leila hésita un moment. Elle n'était pas sûre que ce fût une bonne idée. Elle n'aimait pas les manières de son compagnon ; elle trouvait tout de même injustes ses préjugés sur les riches et craignait ses sautes d'humeur imprévisibles.

Surtout, elle avait peur de ses propres bouffées d'angoisse qui commençaient à pointer leur nez. Elle avait un mauvais pressentiment. Des monstres du passé menaçaient de sortir de leur tombe et de refaire surface. Elle ramena à plusieurs reprises ses cheveux en arrière, puis finit par agiter la tête deux fois verticalement, timidement. C'était oui, malgré elle. Elle serait aux aguets, se promit-elle.

35

Lorsque Leila réapparut dans la chambre, elle était habillée et semblait calme comme si elle n'avait jamais subi de viol. Elle essayait de ne plus penser, de ne pas regretter d'être venue dans cette maison, de s'être elle-même donnée, d'avoir si naïvement fait confiance à cet homme qui l'avait pourtant agressée quelques heures plus tôt; elle faisait tout pour ne pas penser à ses amis, en particulier à Amina, qui l'avait sacrifiée. Il fallait qu'elle garde quelque force pour retourner chez elle et faire semblant que tout allait bien, pour ne rien laisser paraître devant ses parents.

Avec ses mains mouillées et froides, elle essuya des larmes chaudes et rebelles qui venaient de la surprendre, puis, rassemblant ce qui lui restait de courage, elle dit calmement à Abdallah:

— Promets-moi que cette histoire restera entre nous. Nos amis n'en sauront jamais rien, n'est-ce pas?

— Juré, s'empressa de répondre Abdallah.

C'était un acte brutal, barbare et d'une haute gravité, qu'elle avait subi. Un crime. Mais la perspective d'affronter ses parents et d'être mise au ban de la société était si menaçante qu'il était préférable, elle en était convaincue, de prendre tout sur elle, de se taire à jamais, d'assumer toutes les conséquences de l'événement, à ses risques et périls.

Abdallah comprenait maintenant qu'il n'avait pas la force dont il se croyait nanti. C'était un lionceau en papier. Pour protéger sa réputation et sa relation avec ses parents, Leila comptait sur la discrétion de ce minus, tel qu'elle le qualifiait à présent dans son esprit. De son côté, Abdallah avait besoin du silence de sa victime pour sauver sa tête.

Leila se leva et s'en alla, laissant son agresseur pensif, introspectif, soucieux, lamentable.

36

À vingt-deux heures, Leila et Francis étaient sur la rue Crescent, au centre-ville de Montréal. Les lumières scintillaient au point de donner le vertige. *Montreal by night.* La chaleur sèche donnait le goût de se dévêtir, tellement elle faisait du bien aux corps, tel un massage asiatique bien administré. Les promeneuses ne s'inquiétaient pas de leur jupe ou de leur robe qui voletait, flottait au gré du vent. Les hommes avaient pour la plupart ouvert deux ou trois boutons de plus de leurs chemises à courtes manches pour dégager une partie de leur poitrine. Pour rien au monde on ne se serait privé des bienfaits de ce climat aux allures d'un sauna sec.

Il fallait aussi jouer du coude pour se déplacer. On aurait dit que tout Montréal s'était donné rendez-vous à cet endroit, que toutes les banlieues et tous les quartiers de la ville s'étaient vidés et avaient déversé leur contenu humain sur la rue Sainte-Catherine et ses environs.

Leila eut l'impression que Francis l'entraînait au hasard dans le premier club. Mais non, il connaissait tout le monde, des serveuses aux clients. Chaque soir, épuisé par le travail au bureau, il avait pour habitude de venir dans ce bar avant de rentrer à la maison pour s'échouer dans son lit, seul ou en charmante compagnie.

D'emblée, avec son légendaire sourire, il proposa une

danse à Leila. Elle déclina l'invitation. Elle voulait d'abord prendre le pouls de l'endroit, prétendit-elle. Elle pensait ce qu'elle affirmait, mais en partie seulement. Les mœurs des gens qui l'entouraient lui paraissaient suspectes et elle n'était pas à l'aise. Elle s'excusa et alla s'asseoir dans un coin isolé.

Francis se dirigea vers le comptoir pour commander à boire. Il fut vite entouré de plusieurs filles, des fourmis autour d'un morceau de sucre, sa garde rapprochée, des amazones sexuelles, comprenait-on tout de suite. Elles s'appelaient Isabelle, Sandra, Chantal, Naïssa, Daniela, toutes des habituées du club dont il touchait les fesses à sa guise.

Hébétée, dépaysée, Leila se contentait pour le moment de regarder de loin l'odieux spectacle. Elle collectionnait les verres envoyés par Francis. Ils s'accumulaient rapidement sur sa table. Cet homme se montrait un bon vivant, mais aussi un pervers de première classe, lui vint-il à l'esprit. Les minutes s'allongeaient. Elle avait hâte de partir.

Trois verres de whisky sec avalés à la va-vite semblèrent donner de l'assurance à Francis. Il rappliqua vers son invitée de la soirée. Elle sentit qu'il était décidé à l'entraîner sur la piste de danse. Elle ne résisterait pas inutilement, pour ne pas créer un scandale dans cet endroit où elle ne connaissait personne et où elle ne pourrait compter sur aucun secours, se dit-elle en le voyant approcher, déterminé. Francis n'était plus une personne que l'on pouvait raisonner, lui semblait-il. Elle était inquiète. Mais elle espérait vivement que deux ou trois danses le calmeraient et qu'ils pourraient alors partir de là, rentrer chez eux.

Francis tendit la main à Leila. Elle se retrouva malgré

elle dans ses bras et sentit son haleine alcoolisée. Par une musique douce, le célèbre DJ français de la boîte de nuit, l'une des plus branchées de Montréal, salua l'arrivée du nouveau couple sur la piste de danse. Pour le répertoire des chansons, il n'y avait pas deux animateurs comme Jo le Marseillais. Le jeune homme fit jouer beaucoup de chansons romantiques françaises, à la demande de son ami Francis. Les deux complices ne cessaient d'échanger des clins d'œil de connivence chaque fois qu'ils se croisaient. Leila était la conquête espérée du jour.

À un certain moment, pendant qu'ils dansaient serrés l'un contre l'autre, Francis avoua à Leila : « J'ai envie de toi. » Il désirait tester la jeune femme pour savoir jusqu'où elle était prête à aller.

Leila répondit par un sourire gêné et, confuse, tenta de demeurer impassible. Elle ferma les yeux et s'efforça de contenir les spasmes dans son ventre. Elle se retenait difficilement de vomir. Après un silence chargé de tension, elle lui murmura à l'oreille :

— Il est temps de partir, Francis. Nous sommes fatigués.

Il regretta aussitôt de n'avoir pas compris ces quelques mots. Les paroles lui semblaient tendres. C'était probablement une invitation à lui faire l'amour comme une bête sauvage, se dit-il. Peut-être une déclaration romantique du genre : « Mon cœur est en train de chavirer. »

Avait-elle mordu ? se demandait Francis. Elle avait pu aussi dire, le visage serré : « C'est encore trop tôt pour ce genre de déclarations ! » Ou n'était-ce pas une insulte dite gentiment, plutôt ?

Francis ne détestait pas les filles qui lui résistaient. Au contraire, elles lui donnaient des ailes pour se surpasser, elles l'encourageaient à faire leur conquête. Mais, lorsqu'il sentait le moindre signe de moquerie dans les gestes ou dans les paroles, l'amertume envahissait son cœur. C'est pourquoi, tiraillé par le doute, il était incapable de demander à Leila de lui répéter ce qu'elle avait soufflé à son oreille.

L'étreinte de la jeune femme n'était-elle pas la preuve de sa tentative de camoufler son outrage? Oui, car cette fille s'était certainement payé sa tête durant toute la soirée, pensa Francis en fin de compte, mais il voulut tout de même s'en assurer en lui proposant une nouvelle danse.

Leila déclina l'invitation. Elle était fatiguée et avait sommeil. De plus, Francis tenait à peine debout. D'ailleurs, il était temps de partir, puisque la boîte de nuit allait bientôt fermer. Leila enroula son bras autour de la taille de Francis, fermement, pour le soutenir. Ils sortirent, bras dessous bras dessus, à la grande surprise des filles, Isabelle, Sandra, Chantal, Naïssa et Daniela.

— Merci, Leila, bafouilla Francis, reconnaissant la valeur de l'aide fournie. Tu es un amour.

Il essayait de l'embrasser sur la bouche, mais ses gestes restaient suspendus dans le vide. Leila évitait subtilement ses indésirables baisers. Cette proie s'avérait difficile à maîtriser, gluante.

— Il faut bien que les amis servent à quelque chose, disait-elle pour s'épargner quelque malentendu.

Leila n'avait aucune envie de se laisser séduire par Francis. Elle devrait trouver une manière de se soustraire aux avances importunes de son patron, sans pour autant le vexer.

37

À vingt heures, enfin de retour chez elle, Leila fut accueillie devant le portail principal par sa mère affolée, qui l'informa immédiatement qu'elle n'avait pas intérêt à dire qu'elle avait quitté la maison. Son père, monsieur Bennani, était furieux de ne l'avoir pas trouvée dans sa chambre. «Pas la veille de son anniversaire, quand même! avait-il dit à sa mère avant de se décider à fouiller toute la maison comme on recherche un criminel en liberté. Cette fille va me rendre fou. »

— J'ai essayé de te couvrir le mieux que j'ai pu. Alors, ne me déçois pas.

Leila se laissa discrètement entraîner dans sa chambre. Sa mère la fit asseoir sur son lit et se mit à parler à voix basse, comme pour lui faire une confidence.

— Monsieur Bennani est...

Elle s'interrompit. C'était que Leila, surprise d'entendre sa mère appeler son père ainsi en s'adressant à elle, avait levé la tête brusquement.

— Écoute, je ne vais pas tourner autour du pot longtemps, reprit-elle. Tu es à présent grande et capable de comprendre ce que je vais te dire.

Elle serra sa fille dans ses bras.

— Monsieur Bennani est quelqu'un de très bien,

murmura-t-elle dans le dos de sa fille. Il ne cherche que ton bonheur et ta protection.

Leila ne comprenait pas le but de cette discussion, et encore moins pourquoi sa mère tenait à dire monsieur Bennani au lieu du «ton père» habituel.

—J'ai toujours dit à monsieur Bennani que, dans ton intérêt, il faudrait un jour que tu connaisses la vérité. Il n'a pas le courage de te la dire.

—Quelle vérité, maman? s'impatienta Leila.

—Monsieur Bennani n'est pas ton père, finit-elle par lâcher. C'est ton oncle. C'est le frère de ta mère.

Leila se libéra brusquement de l'étreinte. Elle voulait lui demander qui elle était, alors, elle, celle qui prétendait être sa génitrice. Mais les mots refusaient de sortir de sa bouche, comme si la discussion sur ce sujet était impossible, inutile, dérisoire devant l'énormité de ce qu'elle venait d'apprendre.

—Je ne suis pas ta mère non plus, ajouta madame Bennani, répondant à la question silencieuse de Leila. Je suis désolée de te l'annoncer ainsi, brutalement. Je suis ta tante, la femme de ton oncle. Mais nous t'aimons comme notre fille.

Leila se recroquevilla, rapetissa, devint minuscule, presque inexistante, et entra dans un tunnel noir sans fond, comme un rat jeté dans un puits vide, sec et profond. À présent, elle entendait sa tante de loin, avec des échos qui l'empêchaient de saisir l'ensemble du discours.

Elle comprenait à présent pourquoi elle était un trésor encombrant pour les Bennani. Beaucoup d'éléments s'expliquaient et s'emboîtaient comme dans un puzzle, pour enfin laisser entrevoir une image plus ou moins claire de sa vie obscure.

38

L e lundi suivant la soirée sur Crescent qui lui avait laissé un goût amer, Leila, simple stagiaire, était arrivée au bureau trente minutes avant son horaire de travail, une habitude qu'elle conservait au fil du temps.

Chaque matin, elle avait besoin d'être seule, dans le calme, pour planifier les tâches de la journée, établir la liste des appels à faire, effectuer les dernières révisions des dossiers traités la veille par son équipe, et ainsi de suite.

Francis surgit pendant qu'elle classait le courrier du vendredi précédent. Elle faisait une liasse des messages qu'il était pertinent de remettre à son patron. Il se dirigea vers elle. À mesure qu'il s'approchait, elle ouvrait grand des yeux inquisiteurs et inquiets.

Francis aimait le regard de sa nouvelle collaboratrice.

Lorsque Leila entrait dans son bureau en le dévisageant avec un air vaguement réprobateur, mais tendre, il avait envie de l'attirer dans ses bras, de la serrer, de lui caresser les cheveux afin d'atténuer la tension soudaine provoquée en lui. Dans ce regard, il entendait presque : «Qu'est-ce que tu as encore fait, mon chéri?» Francis n'arrivait pas à s'expliquer cette réaction, cette effusion d'émotions profondes et cette envie qui lui prenait de croquer vive cette fille.

Cette fois-ci, Leila semblait demander s'il y avait un

problème. « Mais non, il n'y a rien », répondait Francis de la tête. Il souriait comme un vilain garçon qui prépare un mauvais coup, une plaisanterie de goût douteux.

Parvenu à la hauteur du bureau de Leila, il se pencha comme s'il allait prendre un dossier ou un crayon sur la table. Subitement, il embrassa sa collaboratrice sur la joue et faillit lui donner un baiser sur les lèvres. Il se contenta alors de poser sa main sur la bouche de Leila avant de se retourner pour sortir, sans avoir dit quoi que ce soit. Sans aucune explication.

Leila, offusquée, se convainquit qu'elle avait rêvé. Elle se dit que c'était sans doute une façon maladroite de la remercier pour la soirée du vendredi. Elle trouvait tout de même étranges, étonnantes, vulgaires, les manières d'agir de son patron.

39

L a mère de Leila s'appelait Fatima. Leila l'avait déjà vue sur quelques rares photos familiales. Elle y apparaissait comme une image floue. Elle était toujours en retrait par rapport aux autres membres de la famille; soit elle regardait dans la direction opposée à celle des autres, comme si on avait volontairement voulu qu'elle ne sache pas qu'on prenait une photo, soit elle était en train de se retourner comme si elle était surprise par le flash de l'appareil photo qui s'était déclenché avant qu'elle prenne position avec le groupe.

Fatima était surnommée la rebelle, le mouton noir de la famille, la brebis galeuse, et on ne prononçait jamais son nom. Dans la famille, on n'était guère bavard à son sujet. Les plus jeunes ne savaient pratiquement rien d'elle, sauf qu'elle aimait la vie, qu'elle était intelligente et qu'elle était morte jeune, à l'étranger. Mais où? Peu de gens connaissaient le pays où elle avait été enterrée.

Le père de Leila était un Canadien. Dix-neuf ans plus tôt, il était arrivé au Maroc pour s'acquitter d'une mission officielle de plusieurs mois. Il avait rapidement fait la connaissance d'une splendide demoiselle, qu'il avait surnommée d'emblée «la fleur du désert», tant elle était unique, tant elle brillait par sa beauté parmi les jeunes filles de son entourage. Elle était comme un diamant dans une étendue de sable. Il était tombé amoureux de la précieuse pierre.

La famille Bennani était contre cette fréquentation et encore davantage opposée à la possibilité d'une union entre une des leurs et un *kafir*, un non-musulman, un barbare. La fierté et la dignité de la grande famille étaient en jeu.

Fatima était amoureuse. Sans toutefois s'en moquer, elle trouvait dérisoires, sans fondement, les restrictions diverses, notamment sexuelles, prônées par l'islam et sa famille. Son ami n'y était pour rien. Fatima avait toujours été ainsi.

Le Canadien hésitait à s'engager. Il ne se voyait pas en train d'affronter la puissante famille Bennani. Surtout, de se convertir à l'islam pour épouser la femme aimée, comme le voulait la tradition musulmane, lui semblait un obstacle qu'il n'était pas prêt à franchir.

Une conversion de façade, lui disait Fatima chaque jour pour le rassurer.

Le plus important, c'était qu'elle avait l'assurance que son amoureux ne se ferait jamais choper dans une église par la police secrète marocaine, ce qui aurait été une trahison et la honte pour elle et sa famille. Cela arrivait à certains musulmans fraîchement convertis, ceux qui avaient du mal à se défaire de leurs anciennes habitudes d'assister à la messe du dimanche et surtout celles de Noël et de Pâques. La surveillance était accrue pendant ces journées-là. Le Canadien n'était pas athée, mais il ne pratiquait aucune religion.

Son ami accepta en fin de compte le principe de la conversion, mais posa quelques conditions. Il exigea qu'on ne l'oblige pas à faire la prière et que Fatima admette de partir chez lui si le besoin s'en faisait sentir. Fatima accepta toutes ces conditions avec empressement, sans hésitation.

Elle proposa cet arrangement à sa famille. Ce fut la perte des deux amoureux.

Son ami canadien reçut le lendemain un avis d'avoir à quitter sans délai le pays. Une semaine plus tard, il prenait l'avion pour Montréal. On effaça toute trace de son passage au Maroc, jusqu'à son nom, que peu de gens connaissaient d'ailleurs dans la famille Bennani.

Malheureusement, Fatima était déjà enceinte. Elle fut exilée dans un petit village, au sud de Marrakech, dans les montagnes désertiques et caillouteuses.

Pour dissimuler cet exil, la famille Bennani invoqua un voyage à l'étranger sans indiquer le pays. Fatima vécut sept mois dans l'isolement et le dénuement. On lui servait le repas typique des indigents du Maroc: du thé à la menthe et du pain qu'elle trempait dans de l'huile d'olive; de temps à autre, on ajoutait à ce pauvre menu des morceaux de sardine et de légumes frits. C'était l'enfer, pour une fille qui avait grandi dans l'opulence.

Elle accoucha d'une fille mignonne, en santé, vigoureuse, déjà amoureuse de la vie. Le lendemain de la naissance de la petite, on annonça dans le journal de la monarchie, *Le Matin*, la mort de Fatima, survenue à l'étranger. Son corps ne sera pas rapatrié, disait le communiqué officiel. Nous l'aimions tous. Que Dieu, le Miséricordieux, ait son âme.

L'enfant issu de cette relation honnie par les convenances sociales, le fruit de la honte, fut confié à monsieur Bennani, l'aîné de la famille. Il avait alors trente-deux ans. On donna à la pauvre fille le prénom de Leila, dont la signification était: née la nuit, dans l'obscurité, dans le noir.

Le jour de son dix-huitième anniversaire, Leila perdait en une soirée ses repères : sa mère, son père, ses amis et tout ce qui avait été jusque-là son histoire personnelle. Ses amis étaient-ils au courant qu'elle avait été adoptée, qu'elle était une intruse dans leur groupe?

40

Une semaine après que Francis eut cherché à embrasser Leila, il tenta une nouvelle approche. Ils étaient tous les deux debout, côte à côte, dans le bureau de Francis. Elle lui expliquait un dossier épineux. Francis sentit qu'elle s'était placée trop près de lui et que son sein effleurait son bras, comme si elle recherchait une certaine excitation. Ce fut du moins ainsi qu'il interpréta l'événement.

Il se mit à caresser l'épaule gauche de Leila, d'abord timidement, de telle sorte qu'elle ne s'en rendit pas compte. Ensuite, il passa son bras autour de sa taille et, pendant qu'elle essayait de s'écarter, gênée et étouffée par cette étreinte surprise qu'elle croyait accidentelle, Francis fit glisser la fermeture éclair de son pantalon et…

Abasourdie, Leila devint toute rouge et se figea comme la statue de la Liberté. Le bras droit levé, elle se retenait à peine de vomir. Stop.

Francis était surpris par la spontanéité de sa collaboratrice. C'était une agression très grave, sentait-il dans la réaction de son assistante, mais son acte n'était pas prémédité; il était presque inconscient. Francis ne pensait pas aller jusque-là. Il avait à présent honte d'avoir cédé à son instinct animal. Il lui arrivait d'avoir des scrupules. Il avait surtout peur des conséquences de son geste malencontreux.

—Excuse-moi, Leila, balbutia-t-il pendant qu'il refermait sa braguette. Je suis désolé. J'ai été trop loin, merde! Honte à moi!

Comme pour minimiser la portée de son acte, il ajouta sur un ton qui se voulait plaisant:

—Mais ce n'est pas si grave que ça, après tout, Leila. Tu n'en mourras pas. Tu ne vas pas me dire que c'est la première fois que tu vois ça. Tu n'es quand même pas une gamine, voyons!

Leila ne répondait rien. Elle avait encore le bras levé et les yeux fermés. Elle essayait de reprendre ses esprits et son souffle. Elle secouait la tête en signe d'incompréhension. Elle n'en revenait pas qu'un homme de la carrure de Francis eût pu faire un tel geste. Le choc avait été tel qu'elle resta dans cette position, debout, deux ou trois minutes pendant lesquelles Francis, coi, la regardait, la peur au ventre, anticipant la suite des événements.

«Qu'y a-t-il en moi qui attire particulièrement les violeurs? Mon attitude? Mon corps? Ma personnalité?» se demandait Leila. Elle ouvrit enfin les yeux, déposa le dossier sur le bureau de Francis et sortit sans avoir dit quoi que ce soit. Francis se contenta d'abord de la suivre des yeux, puis il se laissa tomber sur sa chaise. «Que va-t-il se passer, à présent?» se demandait-il.

Elle pourrait tout raconter et il se retrouverait dans de sales draps.

41

Devant son école, Leila attendait son oncle, monsieur Bennani. Désormais, seuls lui importaient ses études et son projet secret de quitter définitivement le Maroc et sa famille. Elle était avec ses copines de classe, ses seules amies depuis un bout de temps. Comme elle, elles étaient toutes voilées. Leila en était à sa dernière année dans une prestigieuse école supérieure de gestion de Casablanca. Elle préparait son mémoire de fin d'études. Elle avait vingt-trois ans.

Depuis cinq ans, elle s'était plutôt murée derrière des djellabas sombres qui couvraient tout son corps, à l'exception des mains et du visage. Sa nouvelle tenue était une armure contre toute possibilité d'amitié et, surtout, contre toute approche amoureuse.

Sous ses nouveaux habits, elle n'avait pas de corps, pas de jambes, pas de bras, pas de visage, pas de formes, pas d'âme… Elle était invisible. Elle était un corbeau, une ombre. Elle n'existait pas et ne s'imaginait pas entrer en relation avec qui que ce fût. Mais, une fois hors de ce monde, elle reprendrait sa vie et ses rêves mis en veilleuse, espérait-elle.

De plus, Leila avait honte de sa fausse identité en tant que fille de monsieur Bennani et de sa réputation de musulmane exemplaire. Elle se savait pécheresse, impure, et comédienne.

Cette honte avait fini par creuser des sillons dans son corps. Elle était comme une roche poreuse, fragile, friable. Au fil des années, la honte l'avait pénétrée, s'était imprégnée dans les plus petits interstices de son corps, avait rongé son esprit et son âme. Elle avait empli son être, doucement mais efficacement, malgré ses efforts pour se convaincre qu'elle n'était pas responsable de ce qui lui était arrivé. La honte s'était répandue dans sa personne comme si on la lui transfusait à doses continues, par la plus grande artère de son corps. Et son amour-propre avait fini par prendre un sacré coup. Mais, dans son espoir de quitter un jour ce monde malsain, elle essayait tant bien que mal de résister jusqu'à la libération.

Son oncle voyait dans le nouveau comportement de Leila un retour à la vertu et à l'ordre. Il était fier de sa nièce, de son choix de respecter enfin la religion et la tradition musulmanes. Leila justifiait ses actions passées, elle leur donnait du sens, du poids, de l'importance, et le patriarche se rassurait ainsi. Cette jeune femme donnait à cet homme puissant le sentiment qu'il n'avait pas commis d'erreur en essayant de ramener sa sœur Fatima sur le chemin de la religion musulmane. Leila était précieuse. Elle était sa vie. Elle était sa rédemption, son salut. Elle était sacrée.

Pour marquer sa reconnaissance, il venait personnellement chercher sa nièce à l'école, comme on va en pèlerinage. Mais Leila interprétait sa sollicitude comme la preuve de la culpabilité de son oncle. Pour elle, monsieur Bennani était l'instigateur principal de l'élimination de Fatima, sa mère. C'était un assassin. Elle ne pouvait pas imaginer qu'il avait peut-être été confronté à un choix difficile mettant en jeu un ensemble d'intérêts aussi personnels que familiaux.

En fait, le grand banquier avait gardé de la mort de sa sœur un fort sentiment de culpabilité. Il craignait également un châtiment céleste pour avoir sacrifié un être innocent.

La berline de monsieur Bennani, une Mercedes classe E 200, arriva au niveau de Leila au moment où elle disait au revoir à ses copines. La voiture était impressionnante. Monsieur Bennani s'empressa de mettre dans le gigantesque coffre les affaires de sa nièce. Il ouvrit la portière arrière et invita Leila à monter.

Le véhicule s'élança sur la route El-Jadida en direction du quartier huppé Anfa. Un trajet d'environ vingt kilomètres. Arrivés à l'angle du boulevard Gandhi, ils tournèrent à droite pour continuer sur la route El-Jadida et prirent le boulevard Brahim-Roudani jusqu'au croisement de Zerktouni où ils bifurquèrent sur la gauche.

La circulation était infernale. La berline blanche continua en direction de la mosquée Hassan II en prenant soin d'éviter les motocyclettes et les piétons qui n'avaient jamais su à quoi servaient les bandes blanches ou jaunes tracées à certains endroits sur la chaussée, c'est-à-dire les passages pour piétons.

La Mercedes passa en face des deux tours jumelles du Twin Center, les toutes petites sœurs des feu tours du World Trade Center de New York.

Le boulevard Zerktouni, qui comportait six voies, faisait rêver Leila. Avec ses grandes chaînes américaines de restauration rapide, McDonald's, Pizza Hut, Domino's, cette section de Casablanca avait l'apparence d'une ville américaine. Pour la jeune fille désabusée, l'Amérique symbolisait la libération, l'anonymat, une nouvelle vie, le bonheur enfin retrouvé.

À la belle époque, avant le viol survenu cinq ans plus tôt, elle et sa copine Amina venaient de temps en temps flâner les samedis et les dimanches matin le long de ce boulevard qui débouche sur la corniche, la côte atlantique et la mosquée Hassan II.

Les hommes, jeunes et vieux, marchaient tranquillement le long de ce boulevard en lorgnant les filles qui, dès le matin, se faisaient belles, appétissantes, envoûtantes dans leur minijupe ou dans leur pantalon serré. On avait du mal à croire qu'on était dans un pays musulman tel que prôné par les islamistes.

Les plus intrépides des séducteurs taquinaient cette jeunesse rayonnante et friande de compliments. Avec un peu de chance, ils faisaient monter en voiture une de ces créatures ou, généralement, deux. En effet, elles se promenaient souvent par paire, et ceci rendait la drague plus facile; à deux, elles étaient plus courageuses, capables d'affronter certains regards malveillants d'hommes hypocrites qui n'avaient pour dessein que de freiner l'épanouissement de ces jeunes femmes. Il fallait étouffer ces beautés dans leur cocon, les empêcher de s'ouvrir à la vie, de voler de leurs propres ailes, de déployer leurs couleurs, semblaient penser ces hommes frustes.

Au croisement des boulevards Anfa et Zerktouni, la Mercedes faillit écraser un jeune couple qui traversait la route, bien sûr au mauvais endroit, et sans regarder ni à droite ni à gauche, comme s'ils se trouvaient dans leur propre maison. Seuls le crissement des pneus et le coup sec de klaxon de la berline avaient réussi à les tirer de leur inconscience.

Même les six voies du boulevard Zerktouni ne décourageaient pas les piétons. Certains étaient des Bédouins fraîchement descendus des montagnes qui n'hésitaient pas à se faufiler entre les voitures pour traverser les rues, les boulevards, et même les autoroutes. Ils confondaient les voitures avec les chameaux, jusqu'au jour où ils se faisaient happer par les «grands taxis-brousse blancs», et tombaient à la renverse, blessés et étourdis. Ils se demandaient alors ce qui leur arrivait et comment c'était possible qu'ils se retrouvent à terre, dans une position aussi humiliante. Eh bien! une voiture n'est pas un chameau. Pour conduire à Casablanca, il fallait savoir jouer du klaxon.

Monsieur Bennani se surprit à jurer. Il mit la main sur sa bouche et s'excusa. Aucune parole n'était échangée. Leila restait impassible. Du jour au lendemain, après le viol et l'annonce de son statut d'adoptée, d'enfant non voulue, elle était devenue froide, taciturne, muette: elle n'ouvrait la bouche que lorsqu'elle n'avait pas le choix.

42

Francis se leva d'un bond, comme un lapin surpris par un chasseur. Il sortit en courant dans l'intention de rattraper Leila. Elle n'était ni dans son bureau ni aux toilettes. Il la retrouva à la cafétéria, vide, comme c'était l'habitude à neuf heures du matin. Leila était seule et avait la tête dans les mains. Avait-elle encore rêvé? se demandait-elle. Cet homme était certainement malade. Son propre corps et son attitude n'étaient absolument pas en cause, sinon très peu s'il fallait leur imputer une certaine responsabilité.

Elle ne savait plus si elle devait dénoncer son patron, consciente qu'elle risquait de se retrouver elle-même dans la tourmente. Fallait-il qu'elle se taise à jamais comme elle l'avait fait des années plus tôt?

Francis s'assit en face de Leila. Il avait un sourire embarrassé. Elle recula sa chaise pour s'éloigner, pour se mettre à l'abri. Elle était furieuse.

— Dis quelque chose, Leila.

— Je te respectais et te prenais pour mon mentor, mais je ne veux plus travailler dans ton service, dit-elle, cette fois la tête relevée.

— D'accord. Trouve-moi quelqu'un d'autre pour te remplacer et je m'arrangerai pour te dénicher une autre affectation. Mais je pose une condition : que ce qui vient de se passer reste entre nous. De toute façon, si tu venais à le dire, je nierais tout, et ce serait ma parole contre la tienne. Je ne me laisserais pas sacrifier sans rien faire.

Elle regardait cet homme la menacer sans s'embarrasser de scrupules. Elle avait la confirmation que l'univers de Francis était à l'envers. Cet homme était anormal, elle en était maintenant certaine.

—Tu es malade, Francis, se contenta-t-elle de dire. Je te trouverai quelqu'un dans les meilleurs délais. Mais, en attendant, je ne veux plus que tu m'approches sous quelque prétexte que ce soit. À part le travail, je ne veux plus avoir affaire à toi. Et cette histoire est close définitivement. N'en parlons plus jamais.

Elle se tut. Elle n'avait pas la force d'argumenter plus longtemps. Elle était plutôt préoccupée par les nuits blanches et les cauchemars qui l'attendaient. Ils dureraient combien de jours, cette fois? Une semaine? Un mois?

Quelques jours plus tard, Leila présentait Nadia à Francis, qui convainquit Jean de trouver un bon poste pour Leila. On venait d'en créer un à la direction des finances, et Leila était tout à fait qualifiée pour l'occuper.

43

eila était à sa deuxième année de maîtrise à l'Université McGill. Elle avait vingt-six ans. Elle ne portait plus ses djellabas sombres qu'elle avait troquées dès son arrivée au Canada pour des habits conventionnels, pantalons, jupes, tee-shirts, pour retrouver son état d'avant son dix-huitième anniversaire.

Mais Leila avait un peu déchanté. Elle s'était vite rendu compte qu'en Occident, encore plus en Amérique du Nord, on n'était pas mieux outillé vis-à-vis de l'épanouissement sexuel, sentimental et sensuel, que dans les pays arabo-musulmans.

Il était vrai que, dans les sociétés soumises à l'islam, pour rendre les femmes invisibles, inexistantes, on imposait à la gent féminine le port du tchador, de la burqa ou du hijab. On prétextait des raisons religieuses pour justifier ces exigences; il était capital de préserver du vice un monde pur. La femme était naturellement la plus importante instigatrice des péchés, la grande prêtresse de la corporation des impies, insinuait-on.

En Amérique du Nord où au contraire le sexe féminin avait partout droit de cité, la femme mettait en valeur son corps comme bon lui semblait. Elle pouvait même se dénuder partiellement dans les jardins publics, sur les terrasses des cafés, sur les balcons des appartements.

Elle était la grande reine. C'était à l'homme que revenait l'obligation de porter le hijab sur les yeux. Il n'avait pas le droit, sous peine d'être traité de harceleur sexuel, de regarder, d'apprécier une femme autre que sa conjointe. Pour préserver la société de la violence sexuelle, l'homme était devenu aveugle, froid, rationnel, insensible et, du coup, il avait rendu la femme moins sensuelle.

Le sexe oral, anal, solitaire, en somme le sexe mécanique, animal, instinctif, était devenu monnaie courante en Amérique du Nord. La société se dirigeait sans le savoir, sans le vouloir, vers un monde asexué, sans hommes et sans femmes.

L'extrémisme naît du fait de donner à l'argent, à la religion, au sexe, à la dignité, à la liberté et à l'indépendance une importance qu'ils ne méritent pas. On appelle cela perdre le sens de la relativité.

Pour Leila, la sensualité, c'était lorsque les filles recherchaient et aimaient sincèrement, du fond de leurs corps, sans hypocrisie, tout ce qui leur faisait plaisir : les caresses, les bons parfums et les beaux habits, la bonne nourriture ou la danse. C'était également lorsqu'elles faisaient attention à leur façon de parler et de marcher. De telles femmes ne passaient pas inaperçues et donnaient l'impression d'être prêtes à fondre dans les bras des hommes, comme une bonne crème glacée à la saveur de menthe fraîche. La sensualité n'avait rien à voir avec la beauté physique et fade des mannequins qu'on voyait à la télévision.

La sentimentalité, c'était plus profond, ancré dans l'âme. C'était quand les filles se mettaient à rêver ou à changer leur regard pour le rendre doux, seulement parce qu'elles avaient entendu de belles paroles chuchotées à l'oreille ou quand une chanson romantique passait à la radio. Souvent, elles se recroquevillaient dans un petit coin pour pleurer.

Leila avait l'impression d'avoir laissé toutes ces bonnes sensations derrière elle, au Maroc. Elle ne pouvait donc pas compter sur la rue, les lieux publics, les cafés, pour rallumer sa flamme, sa passion pour la vie, pour retrouver sa confiance en ses capacités d'user de son charme, de faire dévier les regards sur elle, de s'épanouir.

Devait-elle se tourner vers les psychologues, comme faisaient la plupart des gens d'ici, pour retrouver un tant soit peu le goût d'exister comme individu libre, autonome, heureux? Ou lui fallait-il forcer le destin en se lançant toute seule à l'eau, dans le vide?

Désemparés devant l'incapacité de l'homme de s'abandonner, les psychologues lui conseillent de s'éloigner du péril, du trou, ou encore ils arrivent à le convaincre que ce qu'il prend pour un vide n'en est pas un. Effectivement, le vertige disparaît. L'effet est instantané, mais reste précaire, provisoire.

Les psychanalystes, qui détestent les fuites en avant et déconseillent les solutions faciles et temporaires, proposent à l'homme déchiré de revisiter son enfance, sa vie, ses relations avec ses parents, pour chercher la chose qui accroche, dans l'espoir de lui faire un croc-en-jambe, pour la faire basculer dans le trou, comme on décrocherait une sangsue de sa proie. C'est une opération douloureuse, longue, hasardeuse, car elle peut provoquer une hémorragie et peut-être même une anémie conduisant directement à un état de faiblesse et d'abattement.

Leila avait une âme dont la vue avait été brouillée du jour au lendemain par un traumatisme intense. Mais, contrairement à beaucoup de personnes qui avaient vécu une expérience semblable, elle avait le sentiment que son mal était réversible. Elle n'avait aucun plaisir à tirer de sa souffrance. Un jour, elle pourrait recouvrer la vue, elle en était persuadée. Un prince charmant viendrait mettre du baume sur son âme meurtrie. Elle n'aurait donc plus peur de se lancer en amour.

Depuis quelques mois, elle pensait sérieusement à sauter, même si elle devait en sortir avec une jambe cassée. Elle avait l'occasion de réaliser son souhait, alors qu'elle était courtisée, pour la première fois depuis sa malheureuse aventure avec Abdallah, par un collègue de classe. Il se prénommait Steve. C'était un jeune Canadien anglais.

C'était un gars poli, sérieux, généreux, beau, mince, grand, intelligent, avec une peau de veau de lait. Steve venait en plus d'une riche famille montréalaise. Cet être se rapprochait du prince charmant que Leila recherchait, selon ce dont elle s'était persuadée. Elle n'aurait pas pu trouver mieux pour pimenter sa vie, même si elle reprochait à son ami, sans toutefois lui en parler, son insensibilité à la beauté et à la sensualité féminines…

Comme beaucoup de jeunes en Amérique, Steve donnait l'impression de n'avoir jamais appris à séduire une femme. Aux belles et sensuelles demoiselles, ces jeunes préféraient plutôt les gadgets informatiques et les belles voitures. Steve faisait partie de la génération «nouvelles technologies», dont le charme se mesurait, entre les membres du groupe, par la connaissance des jeux électroniques et des ordinateurs, ainsi que par leur dextérité à les manier, plutôt que par leur performance au lit ou dans les jeux de charme.

Tout le monde considérait Steve comme le petit ami de la Marocaine, même si les deux soi-disant tourtereaux savaient que leur relation ne faisait que démarrer, qu'elle était à bâtir plutôt qu'à consolider. Le veau de lait avait tout de même fini par obtenir l'accord de la truffe du désert pour lui rendre visite chez elle, dans son luxueux appartement du centre-ville. Comme par hasard, qui n'en était pas un en réalité, ce samedi-là était un 14 février, le jour de la Saint-Valentin, la fête des amoureux.

Leila ouvrit la porte de son appartement. Steve lui présenta maladroitement un bouquet de roses qu'elle reçut comme une balle en pleine poitrine, un boulet. Inconsciemment, elle recula un peu comme pour esquiver le coup mortel. Cette réaction la déconcerta. Jamais elle n'avait imaginé que la vue d'une chose aussi anodine puisse produire chez elle un tel choc. Le sang fit un tour rapide dans son corps. Mais elle se retint de formuler tout commentaire comme d'accomplir tout geste trop spontané. Steve ne voyait pas le malaise de son amie. En embrassant Leila sur la joue, il souriait comme un ange habillé en blanc sur son nuage.

L'envie de remettre le bouquet à Steve et de refermer la porte de son appartement en laissant son petit ami dehors n'avait été refrénée que par la force de son éducation et le respect qu'elle avait pour cet être innocent, candide. Surtout, elle savait que Steve n'était pas à l'origine de cette visite. Le choix de la date, le 14 février, c'était une erreur monumentale, elle s'en rendait compte à présent. C'était elle-même qui l'avait fait dans un excès d'optimisme.

Et puis elle se rappelait que, lorsqu'elle avait pris la décision de se donner une chance de réussir son retour à la vie sentimentale et amoureuse, à la vie tout court en fait, elle s'était dit que ce ne serait pas facile, qu'elle ferait des efforts pour passer au travers des écueils qu'elle avait mentalement anticipés.

Mais, déjà, ce bouquet de fleurs, le symbole de l'amour, une invitation à lâcher prise, à se laisser séduire, à faire confiance à la vie, l'avait déstabilisée. Une lumière rouge s'était allumée dans sa tête pour lui rappeler qu'elle devait garder la maîtrise de la situation. Elle devait s'éviter de possibles mauvaises surprises. Ce bouquet était un coup terrible, pénible, un frein à toute initiative d'ouverture. Il aurait logiquement justifié qu'elle arrête tout de suite cette expérience, qui ne pourrait qu'aboutir à un désastre, comme dans le passé avec Abdallah.

Enthousiaste et jouant toujours le rôle de l'ange habillé en blanc sur son nuage, Steve aida Leila à vider un vase qui contenait des fleurs artificielles, pour y verser de l'eau et y mettre son bouquet. Il avait également apporté une bouteille de Grand Marnier. Il l'avait déposée sur la table de la salle à manger, à côté d'autres bouteilles de vin et de liqueur soigneusement choisies par la maîtresse de céans. Leila avait aussi préparé des gâteaux marocains, des fekkas, des chebakia, des sfouf, des kaab el ghozal, ainsi que du jus d'orange et du thé à la menthe.

Leila habitait un grand trois et demi. Il était composé d'une vaste chambre, d'une grande salle de bains et d'une cuisine à aire ouverte entièrement équipée en vaisselle, coutellerie, ustensiles et appareils ménagers. La salle à manger était spacieuse. Le salon était suffisamment grand pour recevoir deux canapés en cuir noir, un à trois places et un autre à deux, une télévision à écran plasma, une table basse en verre, une énorme bibliothèque où il y avait essentiellement des romans, des livres de finance et de comptabilité, de même que des ouvrages de psychologie et de psychanalyse. Tous les parquets étaient en bambou chêne cappuccino.

Ordonné et confortable, l'appartement était orné simplement avec une décoration qui lui conférait une atmosphère authentique, soignée, personnalisée, intime. Il se trouvait au huitième étage d'un immeuble luxueux. Le bâtiment avait, au rez-de-chaussée, sa propre salle de sport et une conciergerie. Il était situé dans un quartier résidentiel sécuritaire, au centre-ville de Montréal, près de la Place des Arts, à deux pas de l'Université McGill, des musées, du centre des affaires, des boutiques, bars et restaurants les plus branchés de la ville. Il était truffé de caméras de sécurité.

Cet appartement coûtait cher à Leila, mais elle avait les moyens de le louer. Monsieur Bennani ne lui avait pas encore coupé les vivres, même si trois ans s'étaient écoulés sans qu'elle retourne au Maroc. Plus tard, il allait définitivement fermer le robinet. Il n'arriverait jamais à faire plier Leila, il s'était résolu à en accepter l'évidence. Elle était inflexible lorsqu'elle avait pris une décision.

Avant de s'asseoir sur le canapé à deux places et d'enlever sa veste, Steve sortit de sa poche un petit paquet. Il était emballé dans du papier-cadeau à motifs roses en forme de cœurs. Surprise, Leila refusa d'abord. Elle ferma les yeux pendant quelques secondes, profondément secouée. Comme le bouquet de fleurs, ce paquet était un commutateur de lumières rouges. Décidément, elle n'arriverait jamais à maîtriser ses réactions, se dit-elle. Elle s'efforça de faire taire son esprit, de cesser littéralement de penser. Elle accepta finalement la bouteille de parfum qu'elle avait sortie de son emballage.

Leila offrit à Steve un verre de thé et une assiette de gâteaux marocains, à la va-vite, comme si elle était pressée de partir, de s'éloigner. Son esprit s'était remis en marche. Elle s'excusa et s'éclipsa dans la chambre. Elle s'allongea sur son lit, respira profondément trois ou quatre fois dans les oreillers pour essayer de retrouver son calme intérieur, sa sérénité envolée à la seule vue de ces symboles d'amour. Passerait-elle au travers de cette épreuve? se demandait-elle.

Les choses s'enchaînaient trop vite à son goût et, malheureusement, elles ne ressemblaient pas à ce qu'elle avait prévu. Dans son imagination, elle ouvrait la porte. Steve l'embrassait sur la joue, elle lui souhaitait la bienvenue chez elle, il lui faisait quelques compliments sur la décoration de son appartement, auquel elle accordait une attention particulière, quasi maternelle, charnelle. Un autre compliment sur son habillement suivait aussitôt; elle avait acheté un nouveau chemisier, spécialement pour ce rendez-vous. Steve s'asseyait sur un des canapés, elle lui offrait un verre de thé et des gâteaux, elle se mettait à ses côtés et ils parlaient de leur relation. La suite devenait floue, mais le film était déjà loin, assez avancé pour que Leila fût capable d'accepter toute allusion à l'amour, à l'abandon de soi. Mais Steve avait exprimé trop vite ses intentions, semblait-il à Leila.

Elle se rendait compte qu'elle était pire qu'une gamine de dix ans. Elle n'avait pas stagné à dix-huit ans, comme elle l'avait souhaité en se coulant, pendant près de cinq ans, dans les habits qui la soustrayaient à la société. Après son hibernation, elle avait plutôt régressé. Dans la vie, on avance, sinon on recule. C'était un constat amer, un dur apprentissage.

Elle faillit enlever sa jupe. Elle l'avait choisie courte pour la circonstance. Mais à présent elle trouvait ridicules tous les efforts qu'elle avait faits pour cette journée. Elle avait envie de troquer sa jupe pour un pantalon, puisque son plan de retour à la vie avait été modifié par Steve et ne semblait plus fonctionner. En un rien de temps, son compagnon avait tout démoli. Mais elle se ravisa. Elle ne voulait pas offusquer son ami.

Quelques minutes plus tard, elle était au salon, aux côtés de Steve qui ne voyait toujours pas son malaise. Elle s'était résignée à cette situation, persuadée qu'elle n'arriverait jamais à rendre cette soirée romantique, inoubliable, comme elle l'avait prévu. Elle était déçue, mais souriante, et elle s'efforçait de rester positive.

À présent, ils parlaient de tout et de rien, de la cuisine, de leurs professeurs, des amis de classe, des cours, du beau temps qu'il faisait. L'ambiance se détendait. Leila retrouvait en Steve un ami agréable. Elle se proposa de préparer un cocktail à base de Grand Marnier et de jus d'orange, qu'ils firent finalement ensemble dans la cuisine, dans une complicité surprenante, quasi fraternelle.

De retour sur le canapé, Leila s'assit tout près de Steve. Elle était détendue. Sans arrière-pensée, elle n'arrêtait pas de bouger ses jambes à peine couvertes par sa petite jupe.

Vus de l'extérieur, ils formaient le couple idéal. De temps à autre, Leila serrait fort la main de Steve, comme si elle essayait de le sentir, pour se convaincre de quelque chose, peut-être de son existence, de sa réalité. C'était agréable pour Steve; des minutes de bonheur pur. Il se surprenait même à rêver à une probable, agréable et prometteuse suite.

Comme Steve réagissait bien à ses gestes, Leila ne s'inquiétait plus de le frôler avec ses hanches. Steve avait de la difficulté à déchiffrer l'attitude de sa copine et à cerner ses intentions. Mais il avait peur de s'adresser directement à elle pour savoir ce qu'il en était exactement. Comment prendrait-elle sa question? Comment le voyait-elle en réalité? Comme un ami, ou comme un amant?

Steve commençait à sérieusement perdre la maîtrise de lui-même. Il avait l'impression que Leila ne portait rien sous sa jupette beige, mais il écartait constamment cette pensée diabolique. «Oh, mon Dieu!» se disait-il, sans toutefois détourner son regard de la poitrine en face de lui. Les seins de Leila se montraient entièrement chaque fois qu'elle se penchait vers lui pour l'écouter.

Steve ne parlait plus. Il chuchotait comme s'il avait peur que ses mots, tels des projectiles lancés par des voyous insolents, ne heurtent son amie et ne la blessent. Cette fille exerçait un charme évident sur lui, elle l'ensorcelait. Steve finit par accepter d'être déraisonnable, comme s'il se laissait entraîner, malgré lui, dans une beuverie par des amis insistants. Il était enivré, complètement envoûté par l'excès de charme de Leila. Peut-être n'avait-il jamais connu les vertus grisantes de la séduction féminine.

—Leila, est-ce que je peux te confier quelque chose de sérieux? se hasarda-t-il à dire, le visage fiévreux et rouge, comme s'il avait été piqué par un scorpion.

Leila hocha la tête avec, cette fois, une crainte réelle dans les yeux. Steve entreprit d'expliquer que ce n'était pas dans ses habitudes de dire ce qui allait de toute évidence sortir de sa bouche. Elle attendait. Lui, paralysé, ne disait rien. Ses yeux s'embuaient de larmes.

Soudain émue par la sensibilité de son ami et ragaillardie par le cocktail alcoolisé, Leila s'excusa, se mit debout et s'en alla dans sa chambre. «C'est le moment de foncer», se dit-elle, à deux doigts de s'effondrer, le ventre noué. Il fallait qu'elle prenne les choses en main. Elle pouvait réussir à entraîner Steve plus loin que dans un simple jeu de câlins, se convainquit-elle.

Lorsqu'il leva la tête, après quelques secondes d'inattention, Leila était dans l'embrasure de la porte de sa chambre, debout, plus séduisante que jamais. Elle avait ouvert un bouton de plus de son chemisier, sûrement pour se parfumer. Une fragrance légère, douce, se propageait dans le salon et chatouillait les narines de Steve. Il n'osait plus bouger. Il se demandait s'il fallait sauter sur son amie pour l'embrasser ou s'il devait lui prendre gentiment la main pour l'emmener dans la chambre.

— Si je m'approchais, tu pourrais probablement mieux m'explorer, tu ne crois pas? fit-elle sans une once de plaisanterie.

Steve ne savait quoi répondre. Leila, toujours debout, entreprit de se déshabiller.

— Je peux? demanda-t-elle pendant qu'elle faisait sauter le dernier bouton de son chemisier, laissant apparaître du même coup deux seins fermes et nus. Je suis désolée pour ce rentre-dedans, mais il va falloir que nous fassions vite si tu y tiens un peu. Tu me comprends, Steve?

Elle était consciente de sa propre maladresse. À vingt-six ans, elle n'avait des hommes que l'expérience glanée dans les films à la télévision, une connaissance théorique, comme celle des préadolescents. Ses tentatives de séduction remontaient à la veille de son dix-huitième anniversaire. Et elles s'étaient soldées par son viol.

Leila ne pouvait même pas compter sur la mémoire de son corps qui, en réalité, n'avait jamais rien emmagasiné de positif. L'agression d'Abdallah était son seul repère.

Mais l'angoisse et la tension qu'elle éprouvait étaient telles qu'elle voulait passer à l'action au plus vite. Elle était nerveuse. Dans la vie, elle était volontaire et entreprenante. Elle pouvait parfois devenir impatiente quand elle sentait de la lenteur dans l'action.

Elle attira Steve dans la chambre comme dans une embuscade. Elle laissa ensuite tomber sa jupe, puis se coucha sur le lit. Leila était à présent une créature hors de l'entendement, une offrande des dieux, un être sacré que Steve hésitait à s'approprier, comme s'il eût commis un sacrilège ne fût-ce qu'en s'approchant d'elle. On aurait dit qu'il avait peur de s'attirer les foudres du ciel en profanant le corps offert à lui. Il aurait dû se prosterner, s'agenouiller devant Leila pour prier, pour remercier le ciel d'avoir mis sur son chemin une telle créature, lui semblait-il plutôt.

—Arrête de me regarder comme ça. Tu me fais peur. Approche, et qu'on en finisse, veux-tu? dit-elle dans une tentative de rassurer son ami.

Puisqu'il ne répondait pas, elle passa à l'offensive la première, entreprit de déboutonner la chemise de son amant craintif et l'attira sur elle.

Steve l'embrassait maintenant timidement, il la caressait maladroitement et il faisait attention de rester sous les draps. Puis, prenant plus d'assurance, il se débarrassa de son pantalon et tenta brutalement d'enlever la petite culotte de Leila.

À ce moment précis, la réaction de Leila lui échappa totalement. Elle repoussa avec fermeté la main de Steve, comme pour éloigner un objet incandescent. Ensuite, elle écarta son partenaire de toutes ses forces, violemment, pour finir par se cambrer et se recroqueviller comme un escargot chatouillé. Enfin, elle tourna le dos à son ami et éloigna de manière définitive ses mains molles et baladeuses qui tentaient désespérément de reprendre leur manège, comme les tentacules d'une pieuvre mortellement blessée. Leila entra dans sa coquille, qui se ferma aussitôt. Le calme fut total, embarrassant, lourd. Il semblait que, depuis son arrivée au Canada, elle n'avait en réalité jamais enlevé ses djellabas noires et son voile. Ce soir, elle était aussi fragile qu'un poussin qui sort de l'œuf.

Tout geste de tendresse était devenu superflu. Steve sentait pratiquement les haut-le-cœur et les crampes de Leila. Sous l'effet des vases communicants, il fut à son tour envahi par la tristesse. L'ambiance se transforma pour devenir insupportable. Aux questions désespérées de son ami, Leila ne répondait plus que par des haussements d'épaules. Elle était furieuse contre elle-même. Elle n'était plus capable de parler.

Steve se leva, se rhabilla et alla s'asseoir au salon. Leila était mélancolique. Steve l'entendait à présent sangloter. Quand il s'approcha de nouveau deux ou trois minutes plus tard, elle cacha son visage et refusa qu'il la console. Elle était honteuse et désillusionnée. Il la crut fâchée contre lui. Il retourna au salon.

Leila se leva, mit rapidement sa jupe et son chemisier, puis, silencieuse et le visage dans les mains, alla s'asseoir à côté de Steve. Personne ne parlait. Après quelques minutes pendant lesquelles on n'entendait que le son de la télévision, Steve prit Leila dans ses bras. Elle se mit à verser des larmes en silence. Il était impressionné.

—Qu'est-ce qui ne va pas, Leila? demanda-t-il, gêné.

—Nous n'aurions pas dû faire ça, dit-elle en chuchotant.

—Pourquoi? Es-tu mariée ou fiancée au Maroc? Un petit ami? Tu as… Je ne sais pas, moi… Dis quelque chose, Leila. C'est qui, ton copain?

—Non, je n'ai pas de petit ami, répliqua-t-elle vigoureusement, comme si Steve avait proféré une insulte. Nous n'aurions pas dû faire ça, c'est tout. Laisse-moi tranquille. Ne me touche plus.

—D'accord.

Le silence s'immisça encore entre eux et les isola l'un de l'autre. Pendant que Steve était encore sous l'effet de l'émotion causée par la réaction de son amie, elle enchaîna :

—Je suis désolée, Steve.

Elle lui caressait la tête mécaniquement, rudement.

—C'est plutôt moi qui suis embêté de t'avoir mise dans cet état, lui dit-il en se levant pour aller aux toilettes. Oublions cette affaire, veux-tu ?

À son retour, il trouva Leila dans un état lamentable. De toute évidence, elle n'acceptait pas cet échec.

—Si tu t'en fais pour ce qui vient de se passer, dis-toi que ça arrive parfois. La prochaine fois, ça sera bien, essaya-t-il de relativiser.

—Tu as raison, oublions cette histoire, dit-elle en se levant pour aller aux toilettes à son tour. Après tout, on pourrait aussi s'en passer.

Dès qu'elle fut de retour, elle constata que l'humeur de Steve s'était sérieusement détériorée.

—Nous ferions mieux de nous coucher tôt, dit-elle. La semaine prochaine est assez chargée.

Elle embrassa Steve sur la joue, l'aida à se lever et le contourna pour passer son bras autour de sa taille.

—Merci pour la visite, Steve, déclara-t-elle. Tu es gentil comme tout.

Une façon de dire : « Tu n'es finalement pas mon prince charmant. » Ils sortirent en silence. Elle accompagna Steve jusqu'à sa BMW décapotable.

De retour dans sa chambre, Leila réfléchit honnête-ment. Elle pensa à ce qui venait de se passer et revint sur la scène au lit. Elle aurait aimé que Steve se montre fonceur, macho, l'agresse même, s'il le fallait. Elle était heurtée, offusquée, révoltée par le fait qu'elle aurait aimé que Steve se comporte comme son agresseur d'antan, Abdallah.

Les jours suivants, les cauchemars de Leila s'exacerbè-rent et se rapprochèrent. Depuis qu'elle était au Canada, ses cauchemars s'étaient pourtant espacés; elle n'en faisait un que tous les trois ou quatre mois.

Abdallah surgissait de partout, de la salle de bains, de sous les lavabos, de derrière le rideau de douche, des pla-cards. L'appartement de Leila était hanté. Elle dormait les lumières allumées. Elle ne s'éclairait plus à l'aide de veil-leuses comme à l'habitude. Au réveil et durant toute la journée, le moindre souffle ou mouvement brutal autour d'elle la faisait sursauter, comme cela avait été le cas les mois qui avaient suivi son viol.

Plusieurs semaines plus tard, ses rêves commencèrent à lui laisser trois à quatre nuits d'affilée de répit. Malgré tout, elle n'arrivait pas à retrouver le goût de s'asseoir et de discuter avec Steve. Elle aurait franchement voulu lui donner une seconde chance. C'était un bon gars, recon-naissait-elle. Mais elle n'avait pas le courage de revivre l'expérience des nuits blanches et tourmentées. Elle mit fin à cette relation. Définitivement.

Troisième partie

44

Francis s'inquiète de l'absence de Nadia. Le mardi soir, il lui envoie un courriel d'excuse où il explique que ça a été plus fort que lui, qu'il est désolé. Il demande pardon. *Je ne recommencerai plus*, insiste-t-il deux fois à la fin de son message.

Jusqu'à mercredi après-midi, il n'a aucune réponse. Aucune réaction. Silence radio. Il se décide enfin à lui rendre visite à son bureau. Francine, la collègue de Nadia, s'est absentée pour plusieurs minutes. Francis l'a aperçue avec une tonne de documents à photocopier. Elle en aura pour un long moment, s'est-il dit. Sinon, il ne se serait pas dirigé vers le département des finances.

Nadia est seule et elle s'efforce de se concentrer sur son travail.

Lorsque Francis apparaît à la porte, elle est surprise de le voir là, dans son bureau. Elle ne sait pas quelle conduite tenir ni comment considérer cette visite. Francis est quand même un vice-président, et pas n'importe lequel. Il est le quasi-héritier du président, un démiurge. Devrait-elle voir un honneur dans son apparition? Peut-être. Faut-il alors qu'elle lui déroule le tapis rouge? S'agit-il d'une preuve d'amour? Pourquoi pas. Faut-il donc qu'elle lui saute au cou? Et si sa présence là n'était qu'une sorte d'affront? Possible.

Nadia lève un regard curieux et embarrassé. Que fout-il ici, lui? semble-t-elle finalement se demander. Francine pourrait le trouver là, s'inquiète-t-elle surtout. Quelle explication donnerait-elle à son amie? Quelle serait sa réaction?

Francis s'approche, comme s'il voulait obtenir de Nadia une information importante. Avec son sourire habituel, enthousiaste, teinté cette fois-ci d'une gêne visible, il se penche et lui dit à l'oreille:

— Excuse-moi pour lundi dernier. Je n'aurais pas dû faire ça. Je viendrai te voir ce soir à la maison et on en reparlera à tête reposée. J'ai des choses importantes à discuter avec toi pour nous deux, comme tu le sais déjà.

«Comme les semaines dernières?» se retient Nadia de répliquer, mais avec difficulté. Fidèle à sa future épitaphe – *Je n'ai jamais fait de vagues* –, elle ne voudrait pas faire scandale. Mais l'envie de vider son cœur est très forte, elle l'étouffe. Elle arbore quand même un sourire. Il est vrai que ce geste semble plutôt douloureux, mais, tout de même, c'est un effort, pourrait-on se dire. Par contre, ce serait mal connaître Nadia et la nature humaine en général que de penser que cette fille est simple d'esprit. Cet homme est sa moitié et, aux yeux de Nadia, il a droit encore une fois au bénéfice du doute. En réalité, ne s'accorde-t-elle pas plutôt inconsciemment une autre chance de régulariser son rapport avec son yang?

Francis tourne les talons après avoir conforté cette jeune fille dans son choix de poursuivre sa relation avec lui. Aurait-elle rapidement et inutilement crié au scandale? se demande-t-elle à présent. Elle conclut qu'elle s'est payé trois jours de panique pour rien. Du gâchis.

Ce soir-là et les jours suivants se répète malheureusement

le scénario de la semaine précédente : du mercredi au vendredi de dix-sept à vingt-deux heures et toute la fin de semaine, Nadia attend Francis chez elle. En vain.

Le dimanche soir, elle comprend enfin que Francis ne viendra jamais la voir. Elle n'est rien qu'une chose insignifiante pour lui, il y a bien longtemps qu'elle aurait dû le comprendre. Elle est un objet sexuel sur lequel il décharge ses tensions. Elle est une crotte de chien. Elle ne trouve pas un mot assez dur pour se qualifier.

À deux heures du matin, allongée sur le lit, les yeux encore ouverts, elle essaie de comprendre comment elle a pu se laisser berner par Francis au point de perdre le sens de la réalité. Elle ferait mieux de suivre les conseils de la travailleuse sociale, d'en finir avec cet homme qui se prend pour un dieu, alors qu'il ne vaut pas grand-chose, en réalité.

Déçue, anéantie, vide, au bord de la dépression, Nadia se lève péniblement, va s'asseoir devant son ordinateur et ouvre sa boîte de messagerie. Elle constate au passage qu'elle a une centaine de courriels non lus, des messages de Facebook principalement. Elle n'a pas le goût de les trier comme d'habitude pour lire les rares courriels importants. Son cœur saigne. Elle clique plutôt sur *Envoyer un nouveau message* et commence à écrire :

Bonsoir, Francis,
Tu dois déjà te douter du motif de mon message. Je t'adresse ce courriel en réaction aux agissements que tu as eus à mon égard la semaine dernière. Je me suis sentie offensée et humiliée. Je te suppliais d'arrêter tes gestes dégueulasses, mais tu as poursuivi ta sale besogne. Comme d'habitude, je me

suis résignée à subir ton harcèlement en silence, sans réagir. Cette fois-ci, c'en est trop. Toute la semaine, je n'ai pas réussi à me défaire de ton image d'obsédé sexuel qui se frottait volontairement, de façon obscène et perverse, contre moi. Mais l'image qui m'a le plus dérangée, c'est quand tu t'es touché jusqu'à la jouissance, malgré mes supplications. Je me suis sentie à cet instant comme un vulgaire objet de plaisir. C'était comme si je venais de me faire violer.

Tu es tout simplement dégoûtant.

Je ne pouvais plus vivre avec ça sur la conscience. Aussi, j'en ai parlé à une travailleuse sociale. Elle m'a parlé de tous les organismes qui s'occupent de ce genre de cas.

Ce n'est pas la première fois que tu as des gestes ou des paroles déplacés à mon égard, des gestes et des paroles qui n'ont finalement qu'un seul but: me détruire. Je ne suis plus que l'ombre de moi-même. Je ne sais plus qui je suis. Une femme? Un vulgaire objet de plaisir sur lequel tu décharges tes tensions?

J'ai décidé d'agir cette semaine, pour me protéger de toi, pour redevenir ce que je dois être: une personne avec toute sa dignité d'être.

Premièrement, je vais parler à Leila, ainsi qu'à tous tes collaborateurs et à tous les employés de la compagnie, pour qu'ils connaissent tous ta vraie nature, pour que tu arrêtes de jouer avec la vie des autres et que tu ne recommences pas avec une autre employée.

Deuxièmement, je vais officiellement porter plainte contre toi pour harcèlement psychologique et sexuel au travail. J'avais honte d'en parler, car je trouvais cela humiliant pour moi. Mais la travailleuse sociale m'a indiqué que c'était la meilleure démarche à suivre. Il faut que les gens autour de toi sachent quel pervers et quel obsédé sexuel tu es.

Voilà. Je voulais que tu saches que tes demandes de pardon n'ont eu aucun effet sur moi et que cette fois la vérité va éclater au grand jour. J'en suis au point où je me fous du scandale que cela va entraîner. Je dois me défaire de ce secret, quelles qu'en soient les conséquences.

Nadia

Elle clique sur *Envoyer*.

45

Francis est sous le choc. Nadia a osé mettre ses menaces à exécution. Il lit le courriel une deuxième fois, puis se lève et se dirige machinalement vers le département des finances. Arrivé en face du bureau de Nadia, il aperçoit Francine en premier. Elle a dans sa main droite un crayon, dans l'autre, une chemise cartonnée jaune. Francine l'aurait-elle vu? Non, semble-t-il.

Le regard de Francis se tourne vers Nadia. Il a l'espoir qu'elle le verra avant sa collègue. Nadia a la tête baissée, la mine défaite. Elle est préoccupée. Francis fait rapidement demi-tour. Il ne voudrait pas être surpris par Francine.

Dans son bureau, debout, il relit encore le message deux fois. Il n'arrive pas à imaginer ce qui se passe. Mais si elle a envoyé ce courriel à lui seul, c'est certainement parce qu'elle voudrait l'obliger à la rencontrer, à aller la voir chez elle, à respecter sa promesse, essaie-t-il de se rassurer.

Il faut quand même qu'il fasse quelque chose tout de suite, sinon Nadia pourrait aller de l'avant avec ses menaces avant ce soir. Le nom de Francis serait traîné dans la boue, éclaboussé, et il n'ose pas faire l'inventaire de ce qu'il pourrait perdre si cette histoire était révélée. Les dégâts seraient irréversibles, même. Un dossier criminel signifierait, entre autres, la perte de son statut de dirigeant de la compagnie et, pire, il pourrait faire de la prison.

La pression monte et menace de faire exploser la cocotte-minute, la bombe qu'il devient peu à peu. Aux yeux de tous, c'est un honnête homme, honorable, irréprochable. L'enjeu est énorme, colossal, vital, comprend-il.

Francis se lève et retourne au département des finances. À mi-chemin, il se demande s'il ne devrait pas s'adresser à Leila, la supérieure de Nadia, et lui parler de ce courriel. Il pourrait lui demander son avis. Pourquoi pas son aide? Il est soudainement persuadé que cette option est la meilleure. Il fait demi-tour avant d'atteindre la porte du bureau de Nadia. Il retourne dans le sien pour mieux réfléchir à la conduite à tenir.

Sa relation tiède avec Leila et le caractère affirmé de celle-ci ne lui faciliteront certes pas la tâche, se dit-il finalement. Pour le moment, il préfère résoudre ce problème avec Nadia. Encline au doute, elle pourrait plus facilement se laisser convaincre.

Il se lève, se met en marche pour s'arrêter devant la porte du bureau de Nadia, à qui il fait signe de sortir. Francine a vu le geste. Nadia sort immédiatement avant que sa collègue et amie ne se mêle de la partie. Francis attend de s'être soustrait à la vue de Francine pour parler:

— Nadia, qui a composé ce message? demande-t-il en s'efforçant de rester calme.

Il voudrait savoir qui d'autre est impliqué dans cette histoire. Le texte lui semble bien rédigé, les mots, trop bien choisis pour être l'œuvre de cette fille.

— Moi, et tu sais bien de quoi je parle, répond-elle avec fermeté. Ne fais pas semblant de ne pas comprendre ce qui est écrit.

Francis constate d'emblée que la discussion ne sera pas facile. Nadia n'est plus la personne qu'il connaît, docile, conciliante, hésitante. Elle est certes pâle, fatiguée, épuisée, mais sa détermination est certaine, exceptionnellement vraie.

— Qu'espères-tu, Nadia? Que veux-tu que je t'offre? Je t'en prie. Je peux te donner tout ce que tu veux.

— Que justice soit faite! réplique-t-elle durement. Tu m'as fait du mal, tu m'as prise pour une imbécile, tu m'as détruite et tu vas payer pour ça.

Comme il voit que le ton va monter, Francis tente de calmer le jeu.

— Je te demande sincèrement pardon, Nadia, dit-il doucement. Nous pouvons régler ça entre nous. Je sais que tu n'es pas une mauvaise fille. C'est juste un malentendu. Je t'aime, ma chérie.

— Arrête ton jeu de manipulation, réplique-t-elle. Ça ne marchera plus avec moi. Non, non, non, plus jamais!

Elle voudrait ajouter qu'en faisant une rétrospective elle constate qu'elle a toujours su qui il est: un menteur, un manipulateur, un homme frivole et inconstant. Toutefois, elle avait l'espoir naïf de le changer, de le rendre bon. Avec le temps, il aurait même pu s'avérer un homme fréquentable s'il avait fait un tant soit peu d'efforts, était-elle persuadée.

Mais elle hésite à aborder ce sujet, de peur de se perdre dans les explications, cette idée étant vague, imprécise dans sa tête. Elle sait que, dans l'esprit de Francis, son égarement viendrait confirmer son manque de clairvoyance et d'intelligence. Du coup, il en profiterait comme d'habitude pour la rabaisser et instiller le doute dans sa tête. En fin de compte, il la découragerait dans sa démarche pour obtenir justice, elle en est certaine.

Se donne-t-elle plutôt des raisons pour ne pas jeter

de l'huile sur le feu, sachant combien la situation dans laquelle elle se trouve est explosive et pourrait aboutir à une conclusion qui ne l'arrange pas? Et, surtout, de quelle justice parle-t-elle? Que son amant abandonne sa femme pour vivre avec elle? Qu'il soit jeté en prison?

Ces quelques pensées et hésitations de Nadia résument bien sa personnalité qui n'est nullement mauvaise. Au contraire, cette jeune femme est complexe et mérite qu'on s'intéresse à elle de près. Il ne faudrait surtout pas sous-estimer son intelligence.

— Je passerai te voir ce soir à la maison sans faute, répond-il, le visage grave.

— D'accord, réplique-t-elle à son tour sur un ton légèrement sceptique.

Mais elle est sûre cette fois que Francis a été secoué par son courriel et qu'il respectera sa promesse.

— Tu as peur, hein? enchaîne-t-elle, ironiquement. C'est bien, viens me voir.

Elle retourne à son bureau, lorsqu'elle aperçoit Francine au loin dans le couloir. Elle ajoute :

— Ça t'apprendra à mieux te comporter avec les gens. La malhonnêteté ne paie pas longtemps. Le vent finit un jour ou l'autre par tourner du bon côté. Tu t'es foutu de moi pendant trois ans, tu t'es amusé à mes dépens. Même que, il y a deux mois, alors que j'avais rompu avec toi et que j'avais repris ma vie en main, tu m'as relancée. Tu n'as pas pu te résigner à me laisser partir saine et sauve. Il fallait que tu me vampirises, que tu me détruises. Pour quelle raison, Francis? Qu'ai-je fait pour mériter un tel châtiment? Aujourd'hui, c'est à mon tour de te faire vivre l'enfer. Tu comprends? La médaille a deux faces.

46

Francis se dirige vers le bureau de Leila. La porte est ouverte. Leila est surprise de le voir là, à cette heure de la journée. Il est neuf heures cinq.

Il tire une chaise et, contrairement à ses habitudes, s'assoit sans demander la permission.

— Ça va, Francis? demande Leila.

— Non, ça ne va pas.

— Une mauvaise vente? Un client difficile?

— C'est Nadia.

— Qu'est-ce qu'il y a? demande-t-elle, surprise.

— Elle m'a envoyé un courriel où elle m'accuse d'agression sexuelle.

— Non!

— Je ne lui ai absolument rien fait. Je t'en prie, ne l'écoute surtout pas, elle est folle.

Leila observe attentivement Francis et constate que ses mains tremblent. On peut facilement imaginer qu'il est enragé à cause de son impuissance devant la situation à laquelle il est confronté. Il n'a pas l'habitude d'être contrarié.

— Si tu l'as fait, tu es foutu, mon gars, se surprend-elle à répliquer pour faire comprendre à Francis la gravité de cette accusation. Je connais bien Patrick et, si tu es chanceux, tu peux te considérer comme faisant déjà partie du passé dans cette compagnie. Ça pourrait même aller plus loin encore.

—Je viens de te dire que je n'ai rien fait, insiste-t-il en cachant difficilement son inquiétude. Ne l'écoute surtout pas. Tu connais les femmes! Elles sont capables d'inventer n'importe quoi pour arriver à leurs fins.

—Tu te permets de venir m'insulter, comme ça, gratuitement, dans mon bureau? réplique-t-elle. Tu as vraiment du culot. J'en suis une, Francis, au cas où tu ne l'aurais pas remarqué. Je suis une femme. Arrête de parler à notre place.

—Je veux dire le genre de femmes de Nadia.

—Je suis du même genre qu'elle, Francis. Est-ce que tu es conscient de ce que tu dis? Un peu de respect, s'il te plaît!

—Écoute, finit-il par lâcher, désespéré. Tu sais bien que je ne suis pas sexiste.

—Tu l'as toujours été, réplique-t-elle en haussant légèrement la voix. Tu es misogyne. Même pire: tu es un malade, et nous savons tous les deux de quoi tu es capable. Tu peux la faire aux autres, pas à moi!

Francis arbore à l'intention de Leila un sourire crispé, gêné, qui essaie de dissimuler une rage mal contenue et surtout de la peur, ou quelque chose de plus subtil qui ressemble fortement à un sentiment d'humiliation, de honte.

—Disons qu'en essayant d'être gentil avec Nadia, j'ai un peu dérapé, essaie-t-il d'expliquer. Elle a compris que j'exigeais d'elle des faveurs sexuelles. Mais, au fond, où est le problème, même si j'avais voulu la séduire? Nadia n'est pas une gamine, bon Dieu!

—Tu ne sais pas faire la différence entre le bien et le mal, voilà le problème. Tu ne mesures pas les conséquences de tes actes sur tes semblables, si ce mot a un sens pour toi. Il n'y a pas une once d'empathie en toi, Francis.

Elle voudrait lui dire qu'à cause d'une espèce de malade comme lui sa vie a été transformée à jamais. Et que, depuis, son combat est d'essayer de retrouver l'avant son dix-huitième anniversaire, l'insouciance, l'innocence, la vie, son rêve d'avoir un mari et de beaux enfants. Qu'elle se débat dans une sorte de magma intérieur qui la retient et l'empêche de s'ouvrir et d'offrir son corps aux hommes, qui la brûle littéralement et la tue à petit feu.

—Ainsi donc, tu n'as jamais oublié notre histoire, se contente-t-il de dire, la tête baissée. Comment peut-on être aussi rancunier?

—Évidemment! que je n'ai pas oublié.

—Je te demande encore une fois pardon, Leila. Ce n'est vraiment pas le moment de nous désolidariser. Nous sommes des collègues. Je t'en prie. Parle à Nadia. Raisonne-la.

—Je t'ai pardonné le jour même, il y a quatre ans, quand j'ai décidé de te donner une chance de te racheter. Tu sais bien que j'aurais pu te créer énormément d'ennuis et que tu ne serais pas là aujourd'hui si j'étais vraiment rancunière. Mais, visiblement, tu n'as pas su saisir l'occasion pour changer ton comportement. Maintenant, ça suffit. Je ne veux plus rien savoir de toi. Tu refuses de grandir, tu veux rester un éternel inconscient, un gamin, c'est ton problème. Je n'ai rien à foutre de ça, Francis. Épargne-moi tes lamentations. Je ne suis ni ta sœur ni ta mère, encore moins ta femme, d'accord?

Leila range son bureau comme si elle s'apprêtait à sortir.

—Attends, dit Francis en arrêtant dans sa course la main de sa collègue.

Un silence lourd et profond les enveloppe. Une minute.

Une éternité. Leila voudrait s'extraire de cette ambiance angoissante. Par contre, Francis aimerait s'ouvrir à sa collègue, lui parler franchement, vider son cœur. Il ne veut pas influencer, manipuler sa collègue. Ce serait peine perdue, de toute façon. Mais, inconsciemment, le but est le même. Il sait que la situation est grave, que sa vie est sur le point de basculer, de casser, de passer le point de non-retour, et que toute aide est la bienvenue, encore plus venant de Leila. Elle est son salut. Le front de Francis est trempé et ses mains tremblent de plus en plus fort.

—Si j'avais une sœur ou une femme comme toi, je n'en serais pas à ce point aujourd'hui, dit-il. Tu es si forte, la seule femme à qui je pourrais me confier, je crois. Cela dit sans essayer de te faire des compliments.

Le silence, comme un voile de fer, les enveloppe encore une fois, pendant une minute entière.

—J'ai des images qui me poursuivent, m'obsèdent, depuis que je sais à peine parler. Je ne pense pas qu'elles aient un lien direct avec ce qui m'arrive en ce moment, mais leur emprise sur moi est telle que je me demande si je ne devrais pas consulter un spécialiste.

Il baisse la tête et commence à raconter, instinctivement, comme un patient collaborateur qui parle à son psychanalyste:

—J'ai longtemps vécu seul avec ma mère, jusqu'à sa mort, en fait, dans le quartier pauvre de Hochelaga-Maisonneuve, sur Sainte-Catherine Est.

Il se tait. Il pèse ses mots.

—Quelques jours après la disparition de mon père – j'avais cinq ans –, j'ai vu une scène qui m'a bouleversé à jamais. Une nuit, un homme grand et gros est entré chez nous. J'étais couché sur un petit lit à côté de celui de ma mère, dans l'unique pièce qui faisait office de chambre et de salon. Nous vivions dans un deux et demi. L'homme avait une grande et horrible cicatrice au front et il portait des habits crasseux et déchirés en plusieurs endroits. Il s'est jeté sur ma mère et l'a malmenée. Maman évitait de crier pour ne pas nous mettre en danger, elle et moi. Du moins en avais-je l'impression à ce moment. L'homme l'a brutalement renversée sur le sol et lui a demandé de se déshabiller. Je me suis levé et suis parti chercher un couteau dans la cuisine pour nous défendre. L'homme l'a arraché de mes frêles mains et a ensuite ordonné à ma mère d'écarter ses jambes. Il l'a prise devant moi. Honteux et écœuré, j'ai fermé les yeux et serré les dents.

«À ma grande surprise, ma mère n'a pas crié. Elle s'est laissé faire. Après cet acte, l'homme, avec un air de satisfaction intense, m'a caressé le visage de ses mains moites, dégoûtantes, qui sentaient les oignons et le tabac. Il a ensuite dit, fièrement, qu'il m'aimait bien, que j'étais gentil, qu'il m'apporterait des friandises la prochaine fois. Je percevais sur mon visage son haleine fétide, un mélange d'alcool et de tabac. Ma mère aussi avait la même odeur, alors qu'habituellement elle ne fumait pas. J'ai compris plus tard qu'elle se roulait des joints lorsqu'elle avait un peu trop bu.

«Après cet acte, l'homme est parti. Ma mère m'a demandé de me coucher et de me couvrir entièrement, tête comprise, une chose que je détestais. Pendant que j'étais sous la couverture, maman m'a dit que, la prochaine fois, il ne fallait pas que je regarde.

«Le lendemain, presque à la même heure, l'homme est revenu et a fait la même chose que la veille, mais, cette fois, avant de partir, il a laissé un billet sur la table.

Par la suite, l'homme est passé chez nous régulièrement, toujours la nuit, pendant plusieurs semaines, avant qu'un autre prenne la relève.

«Des années durant, les hommes se sont relayés sur le lit de ma mère. Parfois, il y en avait deux ou trois dans la même soirée. La présence de ces hommes de l'ombre, deux à trois fois par semaine, ne m'empêchait plus de dormir, car je ne craignais pas vraiment pour notre sécurité. Ces hommes étaient des naufragés de la vie, comme nous, en réalité incapables de faire du mal à une mouche, et ma mère était leur sauveur, leur messie, j'avais fini par m'en convaincre pour ne pas sombrer définitivement.

«S'agissait-il de ses amants? Pourquoi venaient-ils uniquement la nuit? Maman se prostituait-elle? Je ne l'ai jamais su. Ma mère et moi n'avons jamais abordé ce sujet. Chez nous, cela faisait partie des choses qu'une mère et son fils ne font jamais, comme de coucher ensemble.

«J'ai porté ce secret de ma mère toute ma vie, péniblement, comme Jésus a porté sa croix jusqu'au sommet du Calvaire. Je n'aime pas cette image, je ne crois pas aux religions, mais je ne vois rien d'autre à quoi je pourrais comparer mon supplice. Je suis souvent tombé sous le poids des questions qui emplissaient ma tête, je me suis effondré à plusieurs reprises et, chaque fois, je me suis relevé tout seul, le cœur éclaboussé de sang et de sueur.

«J'ai toujours senti ma mère distante, comme si elle doutait profondément de ses compétences parentales. Elle vivait constamment dans la crainte de mal agir, de me faire souffrir. Tout ce qui venait d'elle lui semblait mauvais, dangereux, inapproprié: ses émotions, ses initiatives, ses contacts physiques.

«Aussi avais-je l'impression qu'elle se tenait loin de

moi pour me protéger contre elle-même. Elle était toujours en retrait, physiquement et affectivement. Sans doute constituais-je un fardeau pour elle.

« Une fois, alors que j'avais dix ans, je crois, j'ai dit à ma mère que je souffrais du manque d'affection et c'était vrai. J'ai vu la tristesse inonder son visage, puis son corps, comme si elle se retrouvait subitement sous un déluge de mélancolie. Ma phrase a sonné comme un désaveu, une sentence condamnatoire. J'ai tout de suite regretté la brutalité de cette annonce. J'ai baissé la tête et le regard, et je me suis excusé d'avoir débité une telle énormité. Je me suis vite efforcé d'oublier tout ce qui était en lien avec la tendresse et l'affection pour ne plus causer de peine à ma mère.

« Jeune, j'étais souvent triste pour ma mère, mais je me sentais incapable de lui confier mes sentiments, mes angoisses, mes peurs; et, devant elle, je ne pouvais jamais pleurer. Je gardais tout pour moi. Dans ma peur de la déstabiliser, il fallait que je mente constamment, même au sujet de mes émotions. Je considérais que ma mère était inapte à les prendre en charge.

« Ma mère, en tant que personne protectrice et rassurante, n'a jamais existé. À cause de cette absence, je dois certainement avoir des vides à combler quelque part en moi.

« Lorsque j'avais douze ans, j'ai entendu dire dans le voisinage que ma mère était une sale pute. Pendant trois jours, je n'ai rien pu avaler. Ma mère s'est inquiétée, mais je ne lui ai jamais rien dit. Par contre, j'ai décidé de rompre avec les voisins.

« Nous étions une famille dysfonctionnelle, il n'y avait pas de doute là-dessus, mais personne n'avait le droit de juger ma mère sans la connaître. J'ai détesté tous les hommes et femmes de cette planète. Je n'ai pratiquement plus parlé à personne jusqu'à mes dix-huit ans. »

Lorsque Francis a fini, il baisse la tête et allonge les jambes. Il est visiblement soulagé d'avoir parlé. Il n'a jamais raconté cette histoire à qui que ce soit. Dans son for intérieur, il est convaincu que son comportement pervers a à voir avec son enfance. Nadia n'est qu'une victime innocente, un accident de parcours, reconnaît-il en réalité.

Par contre, Leila se demande ce qu'elle aurait fait s'il avait fallu qu'elle venge toutes les injustices commises à son encontre. Que serait-elle devenue? Une tueuse en série? Un Jack l'Éventreur au féminin?

— Ce n'est pas une raison de continuer à t'en prendre à tout le monde, dit Leila, après un moment de silence.

— Parfois, je souhaite que ma mère n'ait jamais existé physiquement et, quelques instants plus tard, je me sens mal d'avoir eu cette pensée, après tout ce qu'elle a fait pour moi, malgré tout, jusqu'à mes vingt ans, c'est-à-dire jusqu'à sa mort.

Après quelques secondes de silence, il enchaîne:

— J'ai l'impression de détruire tout ce que je touche, tout ce qui pourrait me rapprocher du bonheur, comme si je n'y avais pas droit. Je refuse de regarder en face mon passé, de l'affronter, de l'assumer. Je l'éloigne quand il pointe son nez, il me fait peur. Je ne suis pas bien à l'intérieur, Leila. Tout est confus dans ma tête lorsqu'il s'agit d'amour, de bonheur, de famille. Ma vie se résume à boulot, défonce, bordel de merde. J'ai dû manquer quelque chose d'important dans mon enfance. Mais quoi? Je ne saurais le dire.

Il baisse encore la tête. Sa souffrance est réelle, même

s'il essaie de la cacher à Leila qui, à son tour, est touchée par tant de peine chez cet homme qui aime pourtant se montrer fort, toujours sous ses beaux jours.

—Comment puis-je me prendre en pitié ainsi, m'épancher, nom d'un chien, et devant toi en plus? dit Francis en s'essuyant le visage et en cachant mal son embarras. Écoute, oublie tout ce que je viens de dire. Arrivera ce qui arrivera, Leila, je m'en fous.

—Envoie-moi le courriel, se contente-t-elle de conclure, le visage grave. En tout cas, tu es dans de sales draps. Je verrai ce que je peux faire.

À la lumière de ces révélations, on comprend maintenant que Leila, Francis et Nadia forment une constellation et que leurs enfances respectives sont la véritable source de leurs tourments. Cette force d'attraction vers leur passé qui agit sur eux est si forte qu'elle les empêche d'interagir normalement.

Leila en vient à la conclusion que c'est ainsi que se manifeste l'enfant qui squatte de façon permanente chaque adulte. Il provoque des volcans plus ou moins violents, dangereux et imprévisibles, témoignant des émotions qui continuent de s'agiter sous la surface de la maturité.

47

Francis est revenu dans son bureau. Il est en train de relire le courriel de Nadia. Pourquoi est-il le seul à l'avoir reçu, si Nadia a vraiment l'intention de l'accuser formellement? se demande-t-il.

Connaissant la personnalité de Nadia, il est tenté de répondre qu'elle cherche plutôt un appui psychologique, un avis avant de se lancer dans l'épreuve de la dénonciation. Mais il semble paradoxal qu'elle veuille obtenir ce support de son agresseur. Non, pourrait-on dire finalement. Car Francis est son ami, mine de rien, en tout cas, c'est une personne importante à ses yeux. Malgré tout, elle partage avec lui beaucoup de secrets.

Ou peut-être a-t-elle seulement l'intention d'obliger son amant à l'écouter. Elle veut utiliser tous les moyens en sa possession avant de passer à l'acte d'accusation, qui lui paraît risqué, en réalité. À ce stade, en fait, il est hasardeux pour lui de dire avec certitude ce que mijote exactement Nadia.

De son côté, par intuition, Francis a finalement choisi de ne pas envoyer tout de suite le courriel à Leila. Il aimerait encore essayer de résoudre ce différend avec Nadia. Il pourra peut-être la convaincre de retirer ses menaces en envoyant un autre courriel pour s'excuser, pour annuler le premier ou, idéalement, il la persuadera d'effacer ce message de son ordinateur.

Il se lève et retourne au département des finances. Francine n'est pas présente. Elle est peut-être dans la salle de bains, espère-t-il. Il faudra faire vite. Nadia est seule, l'esprit ailleurs, le visage défait et blême. On ne pourrait pas faire mieux pour imiter un fantôme.

Lorsqu'elle aperçoit Francis, elle se lève pour aller à sa rencontre dans le couloir, comme si elle redoutait qu'il entre dans son bureau. Ses lèvres tremblent, ses yeux sont rouges et embués, ses cheveux en chignon sont gras et sales. Francis constate que ses chances de la faire changer d'idée tout de suite sont faibles; sa promesse de lui rendre visite le soir même n'a pas eu l'effet escompté.

Nadia n'est plus dans un état de prendre des décisions rationnelles. Elle a pensé des milliers de fois à son histoire avec cet homme, à toutes les promesses qu'il lui a faites et qu'il n'a pas tenues, à tous les risques qu'elle a pris pour lui. Pour rien, somme toute. Elle a analysé les petites phrases insidieuses et assassines de Francis. Elle en a le vertige.

Maintenant, elle est en plus préoccupée par le désordre qu'elle s'apprête à provoquer et par la crainte d'être mal comprise, de paraître une mauvaise fille, une dévergondée, une pute, une arriviste. Elle a peur d'être rejetée par tous. Elle est épuisée. C'est par un miracle semblable à celui que Jésus a accompli sur Lazare qu'elle tient encore sur ses deux jambes.

Chez l'être humain meurtri, il y a un point de rupture qui, lorsqu'il est atteint, fait en sorte que l'homme ou la femme ne répond plus de lui ou d'elle. Francis a toujours su quand et comment s'arrêter, il a toujours connu la limite à ne jamais franchir pour garder Nadia à sa portée et l'utiliser à sa convenance.

À présent, il a peur. Le point de rupture n'est plus loin. Mais il essaie de garder son calme pour apaiser son amie, pour s'assurer qu'elle tiendra jusqu'au soir, qu'elle ne s'effondrera pas avant qu'il lui ait parlé à tête reposée. Il voit bien que la corde ne va pas tarder à casser. Il a intérêt à être sérieux lors de son rendez-vous de ce soir.

Francis va faire demi-tour quand Nadia se met à parler. Elle a une voix brisée. Pour le menacer, lui faire peur, faire monter la pression et montrer sa détermination, conclut-il d'emblée, elle lui dit :

— Je dois parler à Leila et à Jean, leur relater ce qui s'est passé la semaine dernière dans ton bureau.

— Si tu fais ça, je vais tout nier, rétorque-t-il spontanément, incapable de se contenir. Et tu seras dans la merde, la vraie, Nadia. Encore une fois, tu viens de prouver ton manque d'intelligence, parce que, dans ton cas, tu n'as aucun intérêt à parler.

C'est comme si cette phrase trop longtemps comprimée dans sa poitrine venait de lui échapper, telle une toux irrépressible.

Les mots vont s'écraser à la face de Nadia comme un crachat. Mais, sitôt libéré de la tension, Francis constate les dégâts, l'erreur fatale : la corde vient de céder.

— Quoi ? Tu vas dire que tu n'as rien fait ? Tu vas maintenant me faire passer pour une folle ? Tu veux me faire ça à moi, Francis ? réplique-t-elle, offusquée, en s'éloignant de quelques pas pressés.

Mais elle revient aussi rapidement qu'elle s'était éloignée. On croirait qu'elle a été tirée en arrière et ramenée à Francis par un élastique invisible, tendu.

— Tu n'as jamais été honnête de toute ta vie, reprend-elle. Tu es un monstre. Je vais raconter toute notre histoire à Leila. Je m'en fous, maintenant. Que les gens fassent ce qu'ils veulent de moi. De toute façon, je n'ai plus de vie.

—J'en ai déjà parlé à Leila et je vais tout de suite lui transférer ton courriel. À Jean aussi, répond-il en tournant les talons pour partir, voyant que le ton monte.

Comme si elle ne s'était pas attendue à ce que son message soit aussi largement diffusé, elle retourne vite dans son bureau, assurément pour se préparer à aller voir Leila, se dit Francis. Lui aussi presse à présent le pas pour envoyer son courriel avant que Nadia ne rencontre sa patronne. La guerre est déclarée.

Sur sa liste des transferts, Francis ajoute le président, Patrick, et il mentionne également dans son message qu'il voudrait porter plainte contre Nadia pour calomnie.

48

Nadia fait son apparition dans le cadre de la porte du bureau de Leila. Elle mime le geste de frapper dans le vide pour demander la permission d'entrer. Elle salue, le visage inquiet, tuméfié, avec des cernes sous les yeux. Le bonjour est timide, presque inaudible. Nadia, non maquillée, pâle, les cheveux en chignon, paraît épuisée. Elle est amaigrie, constate Leila. Elle est l'ombre d'elle-même, effrayante.

— Leila, est-ce que je peux te parler? demande-t-elle, hésitante. De Francis.

Leila relève la tête, tourne le regard vers la porte, enlève ses lunettes de lecture et invite Nadia à s'approcher et à s'asseoir. Nadia ferme la porte du bureau derrière elle, ce qui n'est pas dans ses habitudes. Encore debout, elle s'excuse pour le dérangement.

— De ton courriel, tu veux dire? demande sa patronne, qui cache comme elle peut son angoisse naissante de devoir affronter cette épreuve.

Nadia ne répond pas. Elle se contente de tirer la chaise, la tête baissée.

— Oui, bien sûr, se résout à dire Leila après avoir jeté un coup d'œil, comme pour s'y accrocher, aux deux photos posées sur sa table de travail.

Sur celle de gauche, Leila a dix-sept ans. Elle est sous

la tour Eiffel. C'est une jeune fille souriante, insouciante, heureuse, en jupe courte et chemise retroussée sur son ventre. Elle a les mains en l'air en signe de liberté. Sur celle de droite, on voit la photo de sa mère à vingt-deux ans. Fatima, la brebis galeuse de la famille Bennani, un an avant sa mort. Elle est ravissante, fière dans une robe de soirée blanche avec un décolleté qui met en valeur les rondeurs de sa poitrine. Son regard de fille rebelle est impressionnant. Elle est la copie conforme de Leila. Dans la compagnie, pour tous, cette photographie est celle de la directrice des finances en robe de soirée. Leila n'a jamais démenti cette perception. Elle se contente de sourire chaque fois qu'un commentaire est fait sur sa mère.

Aujourd'hui, Leila est en veston, jupe bleu marine et chemise blanche; un ensemble strict. Sur son bureau reposent trois dossiers. L'un est ouvert. À sa droite, l'ordinateur est allumé et le courriel de Nadia transféré par Francis est affiché.

Dans le mur gauche du bureau est incrusté un petit espace de rangement utilisé par Leila comme sa bibliothèque personnelle. Plusieurs revues de comptabilité et de finance y sont rangées, avec quelques autres ouvrages soigneusement choisis par la locataire : des biographies de femmes, dont deux de Jeanne d'Arc, la Pucelle d'Orléans; des ouvrages de psychologie et de psychanalyse; des livres de croissance personnelle et d'histoire; quelques romans tels que *Voyez comme on danse* de Jean d'Ormesson; tous les tomes des *Misérables* de Victor Hugo; trois ou quatre romans de Milan Kundera; tous les tomes de *À la recherche du temps perdu* de Marcel Proust…

Nadia prend le temps de s'asseoir, les yeux rivés sur l'écran de l'ordinateur de Leila, pour voir si, par hasard, elle ne pourrait pas surprendre quelque commentaire de Francis. Malheureusement, même en plissant ses yeux, elle ne distingue pas très bien les lettres. Elle abandonne. Elle met quelques secondes à trouver les mots qui conviennent pour introduire sa requête.

— Je suis désolée que tu sois mêlée à cette sale affaire, dit-elle avant de relever la tête, puis de la baisser comme si elle avait honte de se montrer dans son état.

Leila reste muette. Son visage est grave, et ses épaules sont droites. Elle est soucieuse, intimidante plus que d'habitude. Elle pense encore au courriel de Nadia. Elle essaie d'imaginer l'horreur sur le visage de son employée quand elle a été agressée. Nadia est une jeune femme belle et charmante, mais que Leila considère comme fragile, timide, incapable d'élever la voix, de se révolter, de rouspéter. C'est une poupée de porcelaine.

Affligée, enfoncée dans sa chaise, évitant de croiser le regard de sa patronne, Nadia se met à relater, douloureusement, mais en détail, ce qui s'est passé la semaine précédente dans le bureau de Francis. Elle a constamment des tics nerveux et parle d'une voix monocorde interrompue de temps à autre par de légers hoquets. Quand elle a fini, elle cherche les yeux de Leila pour tenter d'y lire sa réaction, un reproche, une réprimande.

— Est-ce la première fois qu'il te fait ça? demande calmement sa patronne tout en essayant péniblement de garder la maîtrise de ses émotions. C'est une accusation grave, un acte criminel, passible de prison ferme; est-ce que tu le sais?

— Non, ce n'est pas la première fois, répond Nadia, la tête baissée, honteuse. Tu dois être déçue de moi, n'est-ce pas?

Leila ne répond pas. Elle écoute d'une oreille, l'autre pointée sur ses émotions profondes qu'elle s'efforce de garder froides.

— Est-ce qu'il l'a toujours fait contre ton gré ? demande-t-elle

— Quelques fois, répond Nadia, considérant cette question comme un reproche. Je suis vraiment désolée, Leila. C'est toi qui m'as fait entrer dans cette compagnie. C'est toi qui m'as présentée à Francis. C'est à toi que je dois le poste que j'ai aujourd'hui, et Dieu sait combien c'est difficile de décrocher un emploi quand on vient de finir ses études et que, de surcroît, on est immigrant dans ce pays. Tu es ma marraine, ici, ma salvatrice, et voilà comment je te remercie. Je te fais honte, j'en suis consciente.

Comme Leila ne dit toujours rien, Nadia se sent dans l'obligation de continuer à parler.

— Tu vas penser que je suis à l'origine de ce qui s'est passé ou que j'ai inventé cette histoire pour soutirer de l'argent à Francis. Je t'en prie, Leila, crois-moi, Francis a bel et bien fait ce que je t'ai dit. Et je ne suis pas à l'origine de cette agression sexuelle.

— As-tu eu dans le passé une histoire d'amour, de sexe, que sais-je, avec Francis ? demande Leila, avec un calme qu'elle a bien du mal à conserver.

— Oui.

Nadia cache son visage dans ses mains. Elle baisse la tête.

— Depuis quand ? insiste sa patronne.

Nadia soupire douloureusement avant de dire en relevant la tête :

— Depuis que je connais Francis. Disons un mois après que tu m'as présentée à lui pour te remplacer comme son assistante de direction. Il y a trois ans et demi.

Leila se dit que Francis a mis en œuvre son modus operandi : restaurants, boîtes de nuit, attouchements. Nadia est tombée dans le piège.

— Tu dois savoir que Francis est marié, se contente de commenter Leila, évitant tout ajout superflu que son employée pourrait interpréter comme une tentative de la culpabiliser.

Ce qui n'empêche pas Nadia de se sentir mal d'avoir essayé de détourner en sa faveur le mari d'une autre femme. Elle pense à présent à Nathalie.

Leila a la réputation d'une femme forte. Elle est surnommée « la mère de toutes les filles de la compagnie », une mère bienveillante, proche de ses employées. Elle a toujours un mot gentil à leur adresser le jour de leur anniversaire ou une phrase réconfortante lorsqu'elles sont chagrinées. Elle s'efforce à présent d'être la moins intimidante possible : elle a baissé les épaules, son corps s'est affaissé dans la chaise et son regard évite de croiser celui de Nadia.

— J'avais arrêté de le fréquenter il y a six mois, quand il s'est marié. C'est à cette même période que j'ai décidé de quitter la direction des ventes et du marketing, pour m'éloigner de lui. Mais il m'a relancée il y a deux mois. Il m'a fait croire qu'il n'aimait que moi et qu'il ne pouvait pas vivre sans sa douce moitié. Je me suis laissé convaincre.

Nadia se tortille sur sa chaise comme pour chercher la bonne position, un point d'appui, comme pour tenter d'atténuer sa chute dans son abîme de malheurs.

— Il y a justement deux mois, il m'a proposé un voyage au Maroc, soi-disant pour me démontrer sa bonne foi. C'était la première fois qu'il prenait un congé d'une semaine complète, m'a-t-il dit. Te rappelles-tu que je t'ai demandé quelques jours de vacances au mois de mars? C'était pour partir avec lui.

Leila se retient à peine de crier sa stupeur. Elle est atterrée. Elle passe sa main dans ses cheveux et les rejette en arrière. Mais elle n'a pas de mal à imaginer ce que Francis a dû raconter à sa femme pour justifier son voyage, son absence d'une semaine : une mission à l'étranger.

Elle se demande comment Nadia, une jeune fille d'apparence innocente, a pu cacher pendant trois ans et plus sa relation avec Francis, un homme mûr d'une quarantaine d'années. Qu'espérait-elle de cet homme frivole, instable, pervers, malade? se demande Leila. Comment n'a-t-elle pas pu voir que cette relation était vouée à l'échec dès le départ et qu'elle était simplement de nature à la détruire?

—Depuis notre retour, il promet sans cesse de venir me voir, pour qu'on parle de nous, de notre avenir. Six longues semaines de torture.

Les deux femmes se regardent droit dans les yeux, furtivement, comme si le courant venait subitement de passer. Nadia enchaîne :

—Pour mieux me démolir, on dirait! Mais pourquoi, Leila?

Le visage de Nadia se durcit d'un coup.

—Pour les mêmes raisons que les psychopathes tuent des innocents, se contente de répondre sa patronne.

—Pardon? demande Nadia, la face marquée par l'étonnement.

—Non, rien… Oublie ce que je viens de dire.

—Bernée pendant trois ans et demi! dit Nadia. J'ai été tellement naïve! J'ai honte.

— Trop amoureuse, vulnérable, réplique sa patronne. On comprend que tu aies perdu le sens du discernement. On n'aime pas une personne pour ce qu'elle est, mais pour l'idée qu'on se fait d'elle.

À présent qu'elle est avec Leila, Nadia trouve Francis réellement détestable. C'est la première fois qu'elle a cette pensée, et elle vibre jusqu'au fond de son cœur. Elle n'arrive pas à comprendre comment elle a pu aimer pendant plus de trois ans un type aussi ignoble. D'ailleurs, a-t-elle jamais été bien à ses côtés? Elle a toujours attribué son malaise à ses propres maladresses, pourtant le plus souvent provoquées par les phrases assassines de Francis, elle s'en rend compte, maintenant.

— Tu dois être vraiment déçue de moi, de ma naïveté, répète Nadia, qui semble vouloir pousser Leila à se prononcer sur cette affaire.

Pourtant, elle sait qu'il est presque utopique de vouloir sortir sa patronne de sa froideur habituelle lorsqu'il s'agit de ses sentiments profonds.

— Cet homme a réussi à faire de moi une petite fille de cinq ans, obéissante et gentille en tout temps, ajoute Nadia. C'est ainsi que je me sens quand je suis en face de lui.

Elle vient pour la première fois de mettre des mots sur ce qui a visiblement toujours été son but ultime, mais inconscient: être une fillette obéissante et aimable. Par contre, sa souffrance n'est pas feinte. Elle est certes subtile, mais pas moins réelle ni moins insupportable. Nadia la contient comme elle peut pour montrer à sa patronne qu'elle est capable de rester forte et digne dans l'adversité.

De par sa nature, cette souffrance est hautement contagieuse. Leila ne peut freiner l'attaque du virus.

—Si au moins je connaissais une autre fille à qui il a fait la même chose pour ne pas me sentir seule, pour qu'on puisse se soutenir, mener ce combat ensemble! dit Nadia d'une voix à peine audible, comme si elle se parlait.

Leila a tout entendu. Elle baisse les yeux et se mord la lèvre inférieure, comme une enfant prise en faute. Occupée à essayer de sortir sa patronne de sa neutralité, Nadia ne remarque pas le geste qui a trahi les véritables émotions de sa vis-à-vis.

Leila décroise ses jambes, s'empare de son stylo et le serre dans sa main droite pour s'y accrocher, telle une canne de vieillard, une béquille. Elle le dépose entre elle et son employée, comme si elle construisait une forteresse pour se protéger. Elle jette un coup d'œil sur la photo de sa mère et secoue plusieurs fois ses cheveux relâchés pour les ramener en arrière. Elle est sur le point de perdre pied, de basculer, de tomber, de lâcher prise, de s'abandonner.

—La vie est dure pour les femmes comme moi, poursuit Nadia, après quelques secondes de pause. Toi, tu es forte, riche, libre, protégée et préparée à tout. Tu viens d'une famille où tout est réglé, minuté, où des histoires de ce genre n'existent pas. Tu dois te dire que je suis une représentante digne des pauvres de chez nous, une dévergondée à la recherche de l'argent et de la réussite. Non. Ce n'est absolument pas ce qui m'a précipitée dans les bras de Francis, dans ce gouffre…

—Que sais-tu du monde des riches, Nadia? coupe Leila. Que sais-tu de ce monde pour en parler en experte?

Leila n'a plus qu'une envie: mettre fin à cette conversation. Elle ne peut pas laisser médire ainsi sur son compte sans rien faire. Elle ne veut pas non plus justifier ses positions, mettre des mots sur ses émotions, de peur de basculer. Elle a le sentiment qu'il ne sortira rien de bon de cet entretien.

À la grande surprise de Leila, l'angoisse, diffuse au début de la discussion, s'installe dans son ventre et y forme un nœud. Son cœur est sur le point de se fendre. Ses yeux s'embuent de larmes. Elle a des vertiges.

Elle s'excuse, se lève, sort du bureau et, une brume épaisse lui embrouillant l'esprit, se dirige vers les toilettes.

49

Une sorte de tristesse submerge Leila, lui tord le cou, exacerbe ses vertiges. Elle est sur le point de s'effondrer. Des larmes involontaires, irrépressibles, lui coulent des yeux. Leila pleure un coup, sans savoir si c'est en raison de la compassion qu'elle ressent pour Nadia ou de la culpabilité qu'elle éprouve de l'avoir entraînée dans cette aventure. Ou s'agit-il plutôt d'un sentiment de lâcheté né du fait qu'elle refuse d'aider son employée alors qu'elle le pourrait? Est-ce possible que cette mélancolie soit le fruit de sa propre douleur, de ses souvenirs qui remontent des profondeurs de ses entrailles?

Pendant trois minutes, les larmes se déversent sans arrêt de ses yeux en un long fleuve intarissable. Cela lui arrive parfois, la nuit. Elle se réveille alors à deux ou trois heures du matin, le visage trempé, sans autre raison apparente que l'impression d'avoir une vie ratée, anormale. Le même phénomène se produit lorsqu'elle essaie de comprendre la haine qui a conduit à son viol ou à l'élimination gratuite de sa mère.

Les deux tragédies constituent la charnière de sa vie, elles la divisent en deux grandes périodes, une avant, une après son viol. Les deux événements sont liés dans la tête de Leila, comme deux jumeaux dans le ventre de leur mère. Elle ne peut penser à l'un sans provoquer le souvenir de l'autre.

Dans les faits, la plupart du temps ces deux actes malheureux, pitoyables, n'empêchent pas Leila de vivre. Elle n'y pense pas souvent. Mais, lorsqu'ils se rappellent à elle, lorsqu'ils remontent tel un haut-le-cœur amer après une soirée trop arrosée, elle étouffe et arrête de penser, de réfléchir, de discuter, de travailler, de manger, d'aimer. Elle interrompt tout ce qu'elle est en train de faire pour se maudire, pour regretter son inconscience, pour jurer contre sa famille. La vie lui semble subitement déplaisante, sans goût, sans importance. Les efforts consentis pour se construire une existence un tant soit peu acceptable lui semblent vains. L'ombre de ces deux actes plane sur sa vie et l'obscurcit comme un nuage géant chargé de pluie.

Sa vie aurait pu prendre une autre tournure si elle n'avait pas rencontré Abdallah ou si sa mère était vivante.

Tout a concouru à ce que sa vie soit ce qu'elle est aujourd'hui, avec évidemment sa part de participation, que Leila ne nie pas. Mais la part mystérieuse reste quand même trop importante pour être ignorée; elle est peut-être même plus grande que celle qui résulte de sa propre volonté.

On n'a droit qu'à une vie, la nôtre, qui ne peut être modifiée, puisqu'elle est la conséquence de nos actes et des circonstances du passé, sur lesquels nous ne pouvons plus rien. Pour tout ce qu'on entreprend, on n'a pour seul guide que la foi dans le futur et pour seules certitudes que le présent et le passé.

Dans cette salle de toilettes, contrairement à ce qui arrive lors de ses accès d'angoisse nocturnes, Leila arrive à se retenir de sangloter. Elle se surprend à s'imaginer dans les bras de sa mère, comme si elle était présente et la serrait fort. Elle la réconforte, elle l'apaise.

Les morts ne nous parlent pas, ne nous touchent pas, ne nous caressent pas. La seule chose qu'on peut faire avec eux, si on est assez créatif, c'est dialoguer, s'inventer des histoires et des rencontres.

Depuis ses dix-huit ans, ces moments de dialogue imaginaire sont les seuls où le mot maman a un sens pour elle et où elle ose le prononcer sans honte. Sa mère appartient au passé, et cela lui fait d'autant plus mal qu'elle ne peut même pas en parler à l'imparfait. Pour en dire quoi? Quel souvenir a-t-elle? Des photos floues? Sa mère était… quoi? Sa vie est un désastre, à jamais.

Dans les moments difficiles, Leila demande conseil à Fatima. Elle se demande ce que sa mère aurait fait à sa place. Comme les gens dans son entourage, au Maroc, disaient que sa mère était une femme intelligente, libre, de fort caractère, elle se fie entièrement à ces opinions.

Même morte, sa génitrice reste son ultime recours, son modèle de vie.

Les morts ne sont jamais morts. C'est plus que vrai pour Leila. Certaines personnes sont même plus utiles mortes que vivantes. Mais si Leila ne peut profiter de la présence de sa mère à ses côtés, elle aurait au moins aimé l'avoir connue en chair et en os, ne fût-ce qu'une minute.

Enfin apaisée, elle s'essuie le visage, prend une gorgée d'eau et sort de la salle des toilettes.

50

Nadia est seule devant son destin. Elle se tortille sur sa chaise. Elle est impatiente de voir revenir Leila. Elle voudrait absolument entendre son opinion sur son histoire avec Francis, s'assurer que sa patronne est de son côté.

Elle retourne la photo qui est devant elle, à sa gauche. C'est celle de Fatima. Elle voit une fille ravissante, fière dans une robe de soirée blanche. Le regard de cette fille est impressionnant. Nadia ne décèle pas la différence avec sa patronne.

Elle soulève ensuite la photo de Leila jeune, une fille souriante, heureuse, en jupe courte, les mains en l'air en signe de liberté. Un vent de bonheur balaie le visage de Nadia. Si elle pouvait avoir ne serait-ce que le dixième de la vie de sa patronne, se dit-elle, elle serait comblée.

Elle remet le tout à sa place, baisse la tête et passe la main dans ses cheveux. Son visage s'éteint et reprend les traits de la tristesse. Elle vient de se rappeler la raison de sa présence là.

— Pour l'amour de Dieu, aide-moi, Leila, prononce-t-elle à voix haute avant de mettre la main sur sa bouche.

Oui, elle viendra à son secours, espère-t-elle.

51

En entrant dans son bureau, Leila, toujours troublée par ses souvenirs, dit d'emblée afin d'abréger la discussion :

—Je suis sincèrement désolée pour toi. Crois-moi, je comprends ton désarroi. Tu es déprimée en ce moment. Tu devrais voir un médecin ou un psychologue. Veux-tu que je t'en trouve un?

—C'est ça, je suis déprimée! réplique Nadia, hésitante.

Les yeux interrogateurs et arrondis, les sourcils relevés, le visage sans aucun signe d'ironie – se permettrait-elle des plaisanteries à l'encontre de sa patronne? –, Nadia enchaîne en faisant de petits mouvements rapides de la tête de haut en bas :

—C'est vrai, ce que tu dis. Oui, c'est vrai.

Elle donne l'impression de prendre conscience de son mal à ce moment même ou d'essayer de se convaincre qu'il s'agit effectivement de son état psychique qui déraille.

La tête bien droite, elle enchaîne :

—Mais je n'ai pas besoin d'un médecin. Comme tu l'as lu dans mon courriel, j'aurai le soutien qu'il faut. Ne t'en fais pas pour moi, Leila, je m'en sortirai. Merci au moins de m'avoir écoutée.

Leila donne une tape molle sur l'épaule de sa collaboratrice et un câlin sur sa joue. Nadia ne sent aucune conviction dans ces gestes. Leila essaie comme elle peut de transmettre du courage à sa compatriote, comme un général qui enverrait ses soldats à une boucherie tout en leur prédisant une victoire sans précédent sur l'ennemi.

Nadia essaie tant bien que mal de dissimuler sa déception, parce que, en entrant dans ce bureau, elle espérait beaucoup plus que cette tape sur l'épaule. Elle était convaincue que sa patronne et compatriote l'appuierait. Elle la sait pugnace et toujours prompte à se battre pour ses filles. Nadia s'apprête à se lever, la mort dans l'âme, plus seule que jamais, orpheline. Elle ajuste son chemisier.

— O. K. Si tu penses t'en sortir avec une aide extérieure, vas-y, je te soutiens et je crois en toi, dit Leila, le visage blême. Après tout, tu n'es pas une petite fille.

Ces mots mettent fin à la discussion. Cependant, Nadia hésite à partir. Elle est intriguée par la réaction de sa patronne et espère peut-être un retournement de dernière minute. Leila prétexte une réunion urgente à l'extérieur du bureau.

Nadia n'est pas rassurée. Sa compatriote ne la croit peut-être pas, ou bien elle a pris le parti de Francis, son collègue, mais elle est gênée de le lui dire, se dit-elle. Comment a-t-elle pu être assez bête pour penser que sa patronne se rangerait de son côté?

Leila ferme le dossier devant elle, se lève et va ouvrir la porte du bureau. Les deux filles sont à présent debout dans l'embrasure de la porte. Leila regarde Nadia dans les yeux, sans vraiment la voir, puis elle dit, en même temps qu'elle joue avec ses clés de voiture:

— Je suis désolée, il faut que je parte. On se voit peut-être plus tard, d'accord?

Leila est agacée par cette situation. Qu'elle soit obligée

de recourir à ce subterfuge pour fuir est difficile à accepter pour elle. Elle continue de jouer avec ses clés en espérant que Nadia comprendra qu'elle agit ainsi malgré elle, qu'elle sait que ses révélations sur Francis ne sont pas calomnieuses, qu'elle la croit. Leila ne voudrait pas que son employée parte avec l'idée que leur relation est compromise. Elle n'aime pas la tournure que vient de prendre leur discussion.

Debout devant Leila, Nadia continue de la fixer avec un regard douloureux et sceptique. Un regard qui semble dire qu'elle ne lui fait plus confiance, que cette fois la cassure est définitive. Leila baisse la tête pour ne pas voir le visage désespéré de Nadia.

D'une voix éteinte et tremblante, Leila dit en simulant l'urgence :

— Bonne chance, ma chère.

Elle lance enfin à Nadia un regard furtif où se mêlent la tristesse et la tendresse.

Nadia est à présent consciente d'être près d'un tournant important de sa vie, d'un point de non-retour, un moment crucial. Sa figure est plus que jamais défaite. Elle est anxieuse. Elle regrette amèrement d'avoir déclenché cette affaire. Le refus de sa patronne de l'aider sonne comme un désaveu, le coup de grâce. Elle ne supportera pas longtemps le sentiment d'avoir été une mauvaise fille.

Sentant Leila sur le départ, en train de l'abandonner, elle songe sérieusement à se laisser séduire par les solutions extrêmes : effacer son existence du grand tableau de la vie sur lequel elle ne se sent plus digne d'apparaître. Les sourcils froncés, les bras croisés sur la poitrine comme un condamné à mort résigné et auquel on vient d'annoncer le jour de sa pendaison, elle dit à celle qu'elle considérait comme sa salvatrice :

—Je suis enceinte… de lui.

C'est un murmure de désespoir, un cri de détresse, une demande de grâce comme pour signifier: «Ne me lâche pas, Leila. Tu es mon dernier recours, mon filet de sauvetage.»

Leila préfère se convaincre qu'elle n'a rien entendu. Elle voudrait partir tout de suite, avant qu'il ne soit trop tard, avant que Nadia ne dise quoi que ce soit qui pourrait la faire basculer dans un trou noir. Il faut fuir les mots de Nadia, qui sortent comme des balles sifflantes et mortelles.

Leila s'éloigne du bureau presque en courant, comme si les locaux étaient attaqués par une armée impitoyable. Puis, vexée par son geste, honteuse, elle revient, s'arrête à quelques mètres de Nadia, lui dit au revoir et lui fait un signe de la main pour lui dire qu'elle l'appellera. Elle insiste. Nadia répond par un sourire forcé, en fait, une grimace que sa patronne ne comprend pas.

Le cœur lourd, Leila part finalement avec un atroce sentiment de confusion. Elle comprend le désarroi de son employée. Malheureusement, Nadia ne peut pas comprendre sa souffrance.

Les deux femmes se quittent, Leila, frustrée, Nadia, désespérée.

52

Le même après-midi, les investigations sont confiées d'urgence à Jean, le responsable des ressources humaines.

Il a convoqué Francis, son ami, dans son bureau. Francis a eu la décence de troquer son costume et sa cravate habituels pour une tenue plus sobre, un pantalon noir et une chemise bleue avec de discrètes rayures blanches. Aucune personne sensée ne peut se montrer fière après qu'on a porté contre elle des accusations pareilles.

— Je vais t'expliquer la situation, lui a dit Jean d'emblée, le visage grave, avant de lui demander de s'asseoir et de le présenter à un autre membre de la direction des ressources humaines qui assiste à l'entrevue. Les employeurs ont des obligations dans ce genre d'affaires. Non seulement doivent-ils prendre les mesures nécessaires pour faire cesser le harcèlement psychologique lorsqu'il est démontré, mais ils ont encore le devoir de le prévenir.

Francis lève le doigt dans une tentative d'interrompre son ami. D'un signe de la main et de la tête, Jean prie Francis de le laisser continuer.

— J'aimerais d'abord clarifier le contexte auquel nous sommes confrontés, dit-il en s'adressant visiblement à son assistant comme pour s'assurer que tout se déroule comme prévu. La Cour suprême du Canada reconnaît expressément que l'employeur peut être tenu responsable des actes commis par ses employés lorsqu'ils sont liés de quelque manière que ce soit à l'emploi.

« Lorsque la victime dénonce les événements, l'employeur doit prendre des moyens raisonnables pour faire cesser la conduite fautive. Nous devons diligenter une enquête.

« Tu seras évidemment tenu à l'écart de cette enquête, même si tu fais partie des membres de la haute direction. Dans l'intérêt des deux parties, nous devrons agir en adoptant les mesures nécessaires pour faire cesser le harcèlement ou, éventuellement, en sanctionnant l'auteur des calomnies.

« Cette situation nous oblige donc à prendre nos responsabilités et des décisions importantes, voire cruciales pour l'une ou l'autre des deux parties impliquées. Et aussi pour l'entreprise, évidemment.

« Nous allons donc minutieusement analyser les comportements, les paroles, les actes ou les gestes reprochés afin de déterminer s'ils sont vrais, puis hostiles ou non désirés.

— Écoute, dit Francis, qui sent déjà l'étau se resserrer sur lui et qui est incapable de continuer à écouter ce discours sans réagir. Je n'ai jamais agressé cette fille. Elle ment. Elle a inventé cette histoire. Tout ceci n'a pas de sens. Je ne vois même pas pourquoi nous sommes là à débattre d'une chose qui n'a jamais eu lieu. Il me semble que nous avons mieux à faire, Jean.

— La situation est très grave, et on n'a pas d'autre choix que de rétablir la vérité, répond l'assistant de Jean en fixant Francis droit dans les yeux.

Il regarde ensuite son patron comme pour le prendre à témoin et s'assurer qu'il respecte le plan.

— Dans ce cas précis, ce sera ta parole contre celle de Nadia, reprend Jean. Mais il ne faut pas non plus s'affoler, car, bien que la perception de la victime puisse être perçue comme pertinente, elle n'est pas pour autant déterminante; en tout cas, elle ne constitue pas la seule composante sur laquelle se basent les décisions dans ce genre d'affaires. Nadia a peut-être mal interprété tes gestes. Dans tous les cas, la victime a le fardeau de démontrer qu'il y a eu atteinte à sa dignité ou à son intégrité psychologique ou physique. Elle doit aussi démontrer l'effet nocif continu sur sa personne lorsque le cas relève de la seule conduite grave.

« Dans l'intérêt de tous, laisse-nous faire notre travail comme il se doit. Sinon, Nadia pourrait faire appel à la police, surtout si elle a des preuves matérielles de ce qu'elle avance. On t'emmènerait au poste, les menottes aux poignets. On est en Amérique du Nord, Francis. Le système n'a ni pitié ni de respect pour les auteurs de crimes d'ordre sexuel. N'oublie pas ça. »

Jean s'arrête pour respirer avant d'enchaîner par une question :

— Et maintenant, s'il te plaît, réponds-moi sincèrement : l'as-tu vraiment fait ou pas?

— Non, réplique avec force Francis en hochant et secouant en même temps la tête, de telle sorte qu'on ne sait pas si sa réponse signifie oui ou non.

— As-tu déjà eu une relation intime avec Nadia?

— Si j'ai déjà eu une relation avec cette fille? Je viens de te dire qu'elle a inventé cette histoire. Tu me connais, Jean, franchement! Je ne suis pas comme ça. Je ne l'ai pas agressée. Je ne sors pas avec mes employées.

Jean a saisi à la volée l'allusion à sa tentative de séduire Francis, il y a quelques années.

— Donnez-moi un mobile valable, monsieur, dit l'assistant qui a senti la gêne de son patron sans en comprendre la raison. Pourquoi aurait-elle inventé cette histoire? Dans quel but?

Francis est gêné de devoir dévoiler sa vie privée. Il lui semble insensé de se déshabiller devant l'assistant de Jean, un énergumène, le qualifie-t-il déjà dans sa tête, un casse-pieds qu'il connaît à peine pour l'avoir aperçu une ou deux fois dans le bureau de son ami. Francis le trouve vraiment importun, *a pain in the ass,* pour utiliser une expression qu'il affectionne.

— Pour vous dire la vérité, c'est parce que j'ai préféré Nathalie à cette fille. Je ne l'ai pas choisie comme épouse, alors qu'elle se voyait en tête de course. Voilà.

— Vous parlez de mariage ou j'ai mal entendu? s'étonne l'assistant du directeur des ressources humaines. Pourtant, vous venez juste de nous dire que vous n'avez jamais eu de relation intime avec Nadia, que vous ne sortez jamais avec les employées de la compagnie.

— Oui et non.

— C'est-à-dire?

— Oui, répond Francis.

Il résiste difficilement à l'envie d'ajouter : «Bordel de merde, tu fais chier, toi!»

Avec un gars de l'acabit de cet assistant mince, grand, au regard froid et perçant, Francis sent qu'il ne se sortira pas indemne de cette entrevue. Cet homme n'est pas là pour rien. Jean a sûrement voulu couvrir ses arrières pour ne pas être accusé de partialité.

— C'est-à-dire oui, vous avez eu une relation intime avec Nadia, oui, vous êtes déjà sorti avec des employées de la compagnie. Pourquoi avez-vous essayé de le nier tout à l'heure?

— J'ai eu une relation intime avec une seule employée de la compagnie, rectifie avec force Francis, irrité. Mais j'ai arrêté cette relation après mon mariage. C'est une histoire ancienne, c'est du passé pour moi. Je ne voulais plus en parler. J'avais tourné la page. C'était une erreur, je le reconnais. Dis-lui, Jean, que je ne suis pas ce genre de gars.

— Pendant combien de temps êtes-vous resté avec Nadia? insiste l'assistant.

— Ton explication a du sens, répond Jean pour calmer le jeu.

Il essaie comme il peut de cacher sa surprise après l'annonce de Francis, qui a avoué avoir eu une relation amoureuse avec Nadia.

— Mais essaie d'être plus direct dans tes réponses, s'il te plaît! ajoute Jean, qui a déjà compris que son ami en cache beaucoup plus qu'il n'en dit.

— Nadia a-t-elle jamais essayé de vous soutirer de l'argent?

— Pas vraiment.

— Ainsi donc, pour vous, Nadia aurait simplement agi comme une femme éconduite qui aurait voulu vous créer des ennuis. Ce serait cela, son mobile principal? continue l'assistant de Jean.

— Ça se peut.

— Vous n'en êtes pas sûr?

— Maintenant que vous le dites, je suis pas mal persuadé qu'il s'agit de cela.

— Alors, je récapitule avant de te laisser partir… essaie de conclure Jean, non sans laisser percevoir de la gêne dans sa voix. Tu déclares solennellement que tu n'as jamais fait ce que Nadia évoque dans son courriel.

— Oui, je le maintiens.

— Tu peux aussi confirmer que tu n'as jamais eu ce genre de comportement avec qui que ce soit dans la compagnie ?

— Je le confirme, dit Francis en regardant un peu trop intensément dans les yeux de son ami.

Francis a le corps anormalement rigide, et son visage n'exprime aucune émotion, ni surprise, ni indignation, ni colère.

— Comme tu le sais, ça va se jouer entre ta parole et celle de Nadia. Pour nous, il s'agira de découvrir qui est le plus crédible de vous deux. Il va falloir confronter vos versions des faits. Mais une seule autre voix qui viendrait appuyer ou infirmer la version de l'un ou de l'autre ferait pencher sérieusement la balance. Alors, si ce que tu dis est vrai, tu ne devrais pas t'inquiéter. Tu es sûr que tu ne recevras pas une pierre derrière la tête.

L'énergumène secoue légèrement la tête, la bouche retroussée. Il n'est pas tout à fait d'accord avec l'interprétation et la conclusion de son patron, qui essaie sans doute de rassurer son ami malgré la gravité des accusations. L'assistant est persuadé que Francis raconte des mensonges, beaucoup de signes le montrent.

Francis expose à présent un visage grave, en déconfiture. S'il le pouvait, il ferait taire définitivement le fâcheux assistant de son ami.

— Très bien, ça suffit pour l'instant, reprend Jean, visiblement sensible à l'état dans lequel se trouve Francis. L'étape suivante consistera à mettre par écrit ce que tu viens de nous dire et à détailler le genre de relation que tu as eue avec Nadia, sa durée, son intensité, avec des preuves à l'appui, courriels, lettres, photographies, tout ce qui peut aider à élucider et à comprendre votre cas.

— D'accord, se contente de dire Francis.

— Je demanderai la même chose à Nadia, que nous rencontrerons plus tard. N'oublie quand même pas que tu es dans une position de pouvoir par rapport à elle. Cela te met dans une situation légèrement fragile vis-à-vis de la loi. Je te demande aussi de ne plus entrer en contact avec elle. Et, un dernier conseil entre amis : tu devrais en parler à ta femme.

Francis, qui a déjà les pieds pointés vers la sortie, s'empresse de se lever.

53

C'était un simple hasard si Nathalie s'était installée à la table de Francis, dans un bar de la rue Sainte-Catherine, à Montréal. Francis n'avait pas prévu de passer la soirée là, mais seulement une heure ou deux tout au plus. Il irait ensuite continuer la fête sur la rue Crescent, dans son club habituel, s'était-il dit en entrant. Sinon, il avait d'autres choix, notamment de se rendre chez Nadia ou dans une des boîtes de danseuses nues qui pullulent au centre-ville de Montréal.

Il était vingt-trois heures. Un vendredi, fin octobre. Le froid hésitait encore à prendre le Québec d'assaut. Un petit vent frais décourageait les flâneurs qui s'échouaient dans les endroits fermés. Le bar s'emplissait.

Avant de repartir sur la piste de karaoké pour la énième fois, Nathalie avait bu par erreur dans le verre de Francis et s'était confondue en excuses. Francis avait vu là un signe, autant dans la bévue que dans les excuses.

Nathalie était bonne chanteuse. Elle était tout aussi remarquable par sa voix que par sa beauté et son sourire magique qui hypnotisait son public du soir. À deux heures du matin, Francis était encore là, magnétisé par cette fille. Mais il n'avait pas pu lui parler depuis l'incident du verre. Elle était très sollicitée et ne revenait à sa table que quelques secondes de temps en temps pour repartir aussitôt sur la piste. Combien de chances avait-il de la ramener chez lui? Aucune, se répondait-il.

Les pupilles de Francis, qui étaient en train de se fermer sous l'effet de l'alcool, se dilatèrent lorsque ses yeux se posèrent sur Nathalie, assise à quelques mètres de lui. Il était trois heures du matin. Le bar fermait. Elle était assise, seule cette fois, à une table de celle de Francis, comme si elle n'avait pas voulu déranger son sommeil et qu'elle l'attendait en silence, le sac à main posé sur ses genoux. On aurait dit qu'ils étaient venus ensemble. Cette image romantique toucha Francis qui faillit en pleurer. Ensuite, mon Dieu! Nathalie se leva et se dirigea vers lui.

Quand elle arriva à son niveau, il crut cette fois voir la Sainte Vierge descendant du ciel. Dans sa panique, il eut le réflexe d'essuyer la table. Elle retint sa main dans un geste majestueux et dit:

— Ne t'en fais pas, les serveurs s'en occuperont.

Il avait honte, car il aurait dû réfléchir avant de faire une chose aussi stupide.

La voix de Nathalie, douce, le hacha tel un couteau acéré. Tout chez cette fille était captivant, mordant, attachant. Son corps de sportive invitait volontiers à la fornication, pensa-t-il d'emblée. Son chemisier transparent laissait transparaître ses seins fermes qui pointaient vers le visage de Francis. Sa posture était fière et sûre. Son parfum ensorcelait. Les escarpins à talons aiguilles la portaient parfaitement, comme si elle était née avec. Ses yeux bleus et pétillants mettaient en valeur son regard intelligent et perçant. Et ses cheveux blonds étaient relâchés.

Tout chez elle était impressionnant. Et Francis ne se sentait pas digne de la recevoir à sa table. Dieu merci! elle s'assit sans lui demander la permission. Elle se mit tout de suite à l'aise. Il n'aurait pas pu espérer mieux.

Ils se mirent à parler. C'était elle qui menait la danse. Il écoutait. Il répondait par oui ou par non et, lorsqu'il n'avait pas le choix de s'exprimer, il articulait des phrases courtes pour éviter tout malentendu. Il était réduit à parler en monosyllabes, comme un enfant en face de son maître.

De temps à autre, il lorgnait les seins de Nathalie. Elle n'était pas gênée par ces coups d'œil furtifs. Au contraire, elle semblait en redemander. Ses lèvres charnues faisaient saliver Francis et lui donnaient envie de les embrasser.

« Comme tu es belle et ensorcelante », aurait-il voulu lui dire. Mais les mots refusaient de franchir le seuil de ses lèvres. Son cœur battait à se rompre. Il se découvrait une timidité qu'il ignorait. Vite, il trouva une excuse pour justifier son manque de courage, ou plutôt sa peur de perdre cette fille : il ne fallait pas brusquer les choses ; tout allait bon train, se dit-il. En silence, hypnotisé, il attendait de voir la suite. C'était pour lui une situation inusitée.

Depuis le début, Nathalie avait pris les choses en main, et elles étaient bien sous sa férule. Plus tard dans la nuit, ou plutôt dans la matinée, elle fit monter Francis dans sa voiture vers une destination inconnue, lui semblait-il.

Le lendemain à midi, au réveil, il était couché dans son lit, chez lui, aux côtés d'une jeune et jolie blonde. Il avait déjà dormi dans ce lit avec des rousses, des noires, des brunes, mais jamais avec une blonde.

Il était tout de même choqué par la jeunesse de la femme.

—Mon Dieu! quel âge as-tu?

—Vingt-neuf ans, répondit-elle sans s'offusquer de la vive réaction de Francis.

Il en avait quarante-deux. L'écart n'était pas si catastrophique, se dit-il. Nathalie avait un visage de gamine, et sa peau exhalait une odeur discrète, délicate, de talc de bébé.

Comment était-il monté dans sa chambre? Comment avait-il ouvert la porte de sa maison? Pourquoi, le matin même, lorsque Nathalie l'avait fait monter dans sa voiture, avait-il pensé qu'elle prenait une direction inconnue?

Il se rappelait seulement qu'à leur arrivée dans la chambre Nathalie l'avait déshabillé avant de le mettre au lit. Il flottait dans un petit nuage d'alcool. Il avait aussi l'image vague qu'à son tour, elle avait enlevé ses habits et qu'elle s'était contentée de se coucher à ses côtés. Elle avait entrepris de masser son dos, d'abord avec hésitation comme dans un geste d'encouragement, puis elle y avait pris goût.

L'après-midi, Nathalie lui fit l'amour. Il accepta sans contester. Il était incapable de la moindre initiative, de la moindre action, de la moindre parole humiliante pour chercher à affirmer son ascendant sur elle, comme il avait la fâcheuse habitude de le faire avec les filles afin de les rabaisser, de les tenir plus fermement dans son filet. Nathalie était une créature d'une espèce rare, d'un genre spécial. Elle était impressionnante, aventureuse.

Plus tard, au cours de la soirée, dans un sursaut d'orgueil, il tenta de juger le comportement au lit de son invitée. Il essayait de reprendre son pouvoir perdu. Mais Nathalie avait trop d'assurance pour se laisser affecter par ses jugements. Elle s'en moquait. Elle lui rit au nez à plusieurs reprises. Il s'offusquait chaque fois, sans toutefois le montrer.

À vingt heures, après qu'ils eurent pris un bain

moussant ensemble, elle prépara des œufs au plat et un jus d'orange pour leur redonner un peu de force. Pendant qu'ils mangeaient, ils s'embrassaient sans cesse, en silence.

À vingt heures trente, elle lui causa un peu plus pour dire qu'il y avait une ou deux choses qu'elle aimait en lui énormément, amoureusement, sans les dévoiler. Il se taisait, évitait de parler pour ne pas faire fuir sa prise. Ils firent encore l'amour et, cette fois, il participa, certain que Nathalie resterait pour cette soirée au moins.

À vingt-deux heures, ils étaient couchés, tous les deux sur le dos, l'un à côté de l'autre, nus, les bras le long de leurs corps, leur regard scrutant obsessionnellement l'ampoule au-dessus de leurs têtes, comme s'ils avaient peur qu'elle ne tombe et ne se brise sur eux.

Francis était sur le point d'être convaincu que Nathalie était une fille sérieuse, d'une moralité irréprochable. Chaque fois qu'ils avaient fait l'amour, elle avait pris soin de lui mettre un préservatif, comme pour le protéger, lui, comme pour le mettre à l'aise ou à l'abri des tourments, et, chose encore plus surprenante, toutes ses cartes de crédit, son chéquier et son argent liquide – pas moins de trois cents dollars –, étaient toujours sur la table de chevet.

Et cette fille était sagement couchée à côté de lui, tout offerte. Elle n'était nullement pressée de partir. Francis estimait qu'elle pouvait avoir ce qu'elle voulait, ce qu'elle méritait, ce qu'il était prêt à lui donner. Il la qualifiait de «fille de bars». Pour lui, il était temps qu'elle file à la recherche d'un autre homme.

Les filles de bars ne sont pas sérieuses. Elles sont frivoles, belles et légères comme les papillons, sentimentalement inaccessibles. Elles sont pimbêches. C'était cela qu'il avait en tête. Il s'inventait toujours quelque chose pour rompre, pour mettre un terme à toute relation à peine entamée.

Comme si elle lisait dans ses pensées, elle lui expliqua qu'elle fréquentait souvent les clubs, qu'elle aimait l'ambiance qui y règne, à la fois légère, car on y va pour s'amuser et oublier, et lourde, parce que c'est un lieu de confidences, de réflexion, et qu'on y lie des destins d'affaires ou d'amour. Mais elle ne buvait pas, ne fumait pas, ne se droguait pas, ne se prostituait pas.

Elle se présenta enfin :

— Je m'appelle Nathalie. Je suis étudiante. Je prépare une maîtrise en archéologie. Tu es le premier homme que je connais. Je veux dire le premier homme que je connais sexuellement. Je suis heureuse que cela ait commencé par toi. Tu es si doux. Si gentil. Inoffensif.

Elle l'embrassa sur la bouche. « Pour cacher son mensonge ? » se demanda Francis. Nathalie n'était pas vierge. Mais, de nos jours la virginité se perd dans bien des pratiques bénignes : l'équitation, la gymnastique, les plaisirs solitaires…, pensa-t-il. Pourtant, il ne la crut pas, mais il décida tout de même de rester avec elle. Plus d'un homme aurait trouvé cette décision rapide, légère.

Et qu'est-ce qui avait pu vraiment, chez lui, attirer cette fille, cette beauté logiquement hors de sa portée ? Elle le lui dit plusieurs jours après leur première rencontre.

— C'est l'histoire de ta famille.

Quand lui avait-il raconté sa vie ? À quel moment exactement durant leur première rencontre ? Au bar, ou à la maison ? Et que lui avait-il dit ? Il ne l'a jamais su. Peut-être n'en avait-il jamais parlé. Cette fille semblait savoir ce qu'elle voulait de cet homme.

Un mois plus tard, Nathalie annonçait à Francis qu'elle était enceinte. Elle emménagea chez lui et ils se marièrent quelques semaines plus tard. Dans son entourage, les femmes et les hommes s'accordaient à dire que cette union était précipitée, mais ils étaient aussi d'accord pour affirmer que, pour caser Francis, il fallait une femme comme Nathalie, qui n'a peur de rien. Elle avait réussi à obtenir un mariage sous le régime de la communauté de biens. En quelque sorte, en épousant Francis, elle acquérait la moitié de sa richesse.

54

Nathalie est allongée sur le canapé à trois places, devant la télévision qui diffuse les commentaires sur les dernières élections. Elle est préoccupée par les spasmes dans son ventre, certainement provoqués par les coups de pied de son fils à naître, plutôt que par les soubresauts de la politique canadienne et québécoise.

Francis est assis sur le canapé à deux places. Il voit sa femme de dos, ses épaules, sa nuque, son cou frêle, son chignon bien arrangé, son beau chemisier rouge, un cadeau d'anniversaire qu'elle a tenu ce soir à porter pour faire plaisir à son mari.

Francis voit l'honnêteté et l'amour en puissance en sa femme, et il se dit que la pauvre ne se doute pas le moins du monde qu'il est en train de la scruter, de l'étudier, de chercher par quel bout la prendre pour lui annoncer la nouvelle, pour lui lancer la bombe. Elle est sûre d'être en compagnie d'un adulte responsable, sérieux, honnête comme elle, se dit-il, honteux.

Il réfléchit un instant et se demande comment il en est arrivé à avoir cette réputation de délinquant sexuel. «Comment ai-je pu me laisser attraper dans ce piège?» se répète-t-il sans cesse.

Il secoue la tête et sourit. En fait, il grimace amèrement, affreusement. Pendant un long moment, il se demande encore s'il faut mettre les choses au clair avec sa femme, lui donner la vraie version des faits, lui dévoiler sa face cachée et obscure.

— Ce matin, une employée m'a accusé d'agressions sexuelles, lance-t-il rapidement. Mais tout est faux.

Il est incapable de dire la vérité. Nathalie se retourne, la face froncée, surprise, incrédule. A-t-elle bien entendu? se demande-t-elle.

— Je suis désolé, chérie, j'ai affaire à une folle, poursuit-il.

— Pas si vite, réplique Nathalie. C'est une blague, ou quoi?

— Je n'ai jamais été aussi sérieux de ma vie.

Une minute de silence est nécessaire, le temps que Nathalie chasse toutes ses pensées, ces derniers temps essentiellement et continuellement tournées vers sa grossesse. Il lui faut du temps pour intégrer cette nouvelle idée dans sa tête et entrer dans l'atmosphère lugubre engendrée par cette annonce.

— Comment s'appelle-t-elle?

— Qui ça? La folle? dit Francis. Une folle d'immigrante. Nadia.

— Pas si vite, Francis, répond vigoureusement Nathalie, indignée par les propos de son mari. Tu sais bien qu'il n'y a jamais de fumée sans feu. Nadia, que tu qualifies de malade, ne t'a pas choisi au hasard parmi tous les hommes de la compagnie. Et puis, laisse aux spécialistes la tâche de trancher sur sa folie.

Elle fixe Francis dans les yeux, comme pour essayer d'y lire quelque chose.

— De quoi elle t'accuse exactement?

— Tiens, je vais te faire lire son courriel.

Francis court vers le petit bureau emménagé chez lui et, quelques minutes plus tard, il ressort avec le courriel imprimé. Il le remet à sa femme qui, le visage grave, est à présent assise.

Nathalie prend le temps de décortiquer chaque mot, reprenant deux à trois fois certaines phrases, fronçant les sourcils à certains passages. Pendant ce temps, Francis fait mine de s'occuper dans la cuisine: il ouvre une bouteille de vin, découpe en dés du fromage, lentement, l'esprit en réalité plongé dans le courriel de Nadia. Il le connaît maintenant par cœur et il a hâte d'avoir les commentaires de sa femme.

— Tu es dans de sales draps, Francis, dit Nathalie, profondément secouée, après cinq minutes de lecture minutieuse. Nadia ne peut pas avoir inventé cette histoire, en tout cas pas tout ce qui est écrit ici. Au mieux, elle a un peu exagéré, mais, si elle t'a choisi comme cible, c'est que tu lui en as donné l'occasion. Au pire, si tu as fait ce qu'elle dit, tu peux dire adieu à ta carrière, et attends-toi à pire encore.

— Arrête d'exagérer, réplique Francis qui a arrêté de découper le fromage et qui a les intestins noués. Ne me fais pas peur inutilement.

— Tu as intérêt à t'inquiéter.

Francis est revenu à son canapé à deux places. Quelques secondes de silence sont visiblement nécessaires avant de passer à la deuxième étape de l'interrogatoire. Francis a la tête baissée, tel un enfant pris en faute qui attend sa punition. Il comprend à présent dans quel pétrin il s'est mis. Nathalie est en train de lire encore une fois le courriel.

— De toute évidence, tu as eu une aventure avec cette fille. Ça date de quand?

— Avant notre mariage. Quelque chose comme deux ans.

— Tu es sûr que tu as arrêté après?

— Certain.

— À ton avis, pourquoi elle a fait ça, alors?

— Pour se venger, sans doute. Parce que je ne l'ai pas épousée.

— Je trouve étonnant que tu ne m'aies jamais parlé de cette fille, dit Nathalie en se levant pour aller aux toilettes, laissant Francis seul, à se demander si sa femme le croit vraiment.

Où et quand a-t-il commis l'erreur qui l'a conduit dans cette situation? Telle est la grande question que se pose Francis. Comment ne s'est-il pas rendu compte que ses rendez-vous manqués avec Nadia ne pouvaient qu'aboutir à ce qu'il vit aujourd'hui? Que faudrait-il qu'il fasse, maintenant, pour ramener la situation à la normale? Il ne peut pas perdre Nadia pour une simple faute stratégique.

— Comme tu affirmes que cette fille a tout inventé, je ne peux que te croire, dit Nathalie, au retour de la salle de bains. Trouve un bon avocat, quel qu'en soit le prix, et raconte-lui tout ce qui s'est passé la semaine dernière, tous les détails de ta relation avec Nadia. Je dois te faire confiance et je suis avec toi dans cette épreuve. La situation est préoccupante, certes, mais je ne voudrais pas m'en inquiéter au point de mettre en péril ma grossesse déjà difficile. Règle ça comme tu peux.

— Merci, Nathalie, se contente de répondre Francis, qui a d'autres projets en tête.

55

L e mardi matin, une journée après que son courriel a été divulgué aux membres de la direction de l'entreprise, Nadia est suspendue, bien qu'elle clame la vérité et demande instamment qu'on la soumette au détecteur de mensonge. Toute la compagnie est à présent au courant du scandale. Les discussions tournent autour de l'affaire Nadia et Francis.

L'opinion générale est plutôt favorable à la jeune femme. Tout le monde ou presque est persuadé que le vice-président des ventes et du marketing a vraiment agressé Nadia. Mais les hommes pensent qu'elle en a rajouté dans son courriel pour mieux enfoncer son agresseur. Et la plupart des femmes se demandent tout de même pourquoi elle n'a pas réagi le jour même. Pourquoi a-t-elle attendu une semaine pour dénoncer cette agression? «Je lui aurais tout de suite donné une leçon sur la manière de se comporter avec les femmes», disent certaines. D'autres affirment qu'elles seraient sorties du bureau en courant. Mais aucune ne déclare ouvertement qu'elle aurait dénoncé le démiurge.

C'est une affaire étrange, tous s'accordent à le dire. Mais personne, à l'exception de Leila, de Jean et de son assistant, n'est au courant de la relation intime entre Francis et Nadia. Les individus agressés sexuellement connaissent très bien, dans quatre-vingts pour cent des cas, leurs agresseurs. Ce fait avéré n'effleure l'esprit d'aucun employé.

Le personnel s'indigne de la suspension de Nadia, sans toutefois le montrer clairement. Pourquoi elle? Pourquoi pas Francis? Pourquoi deux poids, deux mesures? La direction n'a pas d'explication logique et acceptable à donner, si ce n'est que la plaignante a été provisoirement suspendue avec solde jusqu'à la fin de l'enquête. C'est pour son bien, disent-ils, pour la protéger.

Beaucoup voient dans cette décision une manœuvre visant à punir cette employée de bureau pour avoir osé mettre en question la réputation de la compagnie. Mais les réactions sont timides, presque imperceptibles.

On annonce qu'à la demande du président, des investigations seront diligentées par le directeur des ressources humaines dès ce matin. Tout le personnel sera entendu dans le cadre de cette affaire. Des enquêteurs passeront dans chaque service pour recueillir les témoignages. Les cadres supérieurs seront interviewés par Jean en personne et son assistant.

Une psychose s'installe dans la compagnie. Les femmes ne font plus confiance aux hommes, elles les voient tous comme d'éventuels agresseurs. De leur côté, les hommes redoutent les accusations gratuites de certaines de leurs collègues féminines.

Les premiers indignés se manifestent dès mardi après-midi. L'assistante de direction de Francis et une vendeuse, la meilleure de la compagnie, démissionnent. Elles ne peuvent pas supporter cette ambiance angoissante, disent-elles pour justifier leur geste. Certains donnent à ces départs une autre interprétation: elles en savent peut-être beaucoup sur le comportement de leur patron.

Le lendemain, deux autres vendeurs, un homme et une femme, quittent l'entreprise sans préavis; ils ne peuvent pas continuer à travailler pour une compagnie qui a des valeurs douteuses. L'hémorragie semble impossible à juguler. La direction s'inquiète sérieusement.

Les démissionnaires doivent tout de même rester disponibles pour l'enquête en cours. Mardi, en fin d'après-midi, Jean annonce à Leila au téléphone qu'elle sera rencontrée mercredi matin.

—On ne pourrait pas le faire plus tard? La semaine prochaine, par exemple? demande-t-elle spontanément.

—Pourquoi?

—J'aimerais prendre quelques jours de repos, répond-elle. Je suis épuisée. Faut-il absolument que je témoigne?

Leila sent qu'elle ne passera pas au travers de l'entrevue, qu'elle voit comme une épreuve. Elle veut absolument l'éviter, car l'angoisse l'a prise dans ses filets.

—Oui, il le faut, répond le directeur des ressources humaines.

Parce qu'il sent clairement sa résistance, il enchaîne:

—Personnellement, je crois que ce sera une simple formalité pour toi. Je ne pense pas que tu aies quelque chose d'important à dévoiler sur cette malheureuse histoire.

Il sait pertinemment, pourtant, que Leila est quand même à la fois une collègue de Francis et la patronne de Nadia, et qu'en plus elle a travaillé dans le passé avec le suspect.

Oui, son témoignage est crucial et il va certainement apporter beaucoup à l'affaire en cours, est persuadé Jean. Il n'a pas oublié les conditions dans lesquelles Leila a quitté le département des ventes et du marketing. À l'époque, il avait soupçonné quelque conflit d'ordre sexuel entre Francis et son employée, mais il n'avait pas voulu entrer dans les détails.

Leila se tait. Il dit pour la rassurer :

—J'ai une idée par rapport à ce qui s'est passé. J'aimerais la partager avec toi et avoir ton opinion. C'est une affaire qui, d'après moi, devrait en principe se régler très rapidement.

Jean pense que Francis a pu agresser Nadia. Il voudrait par contre connaître l'opinion de Leila, savoir de quel côté elle penche. Il pourrait alors mettre en place une stratégie pour réconcilier les deux antagonistes. Dans les faits, ce serait une façon de sauver son ami Francis.

—Je vais te revenir ce soir pour te dire si nous pourrons nous rencontrer ou pas demain.

Leila se rend compte qu'elle a déposé le combiné plus vite qu'à son habitude. Elle a presque raccroché au nez de Jean. Elle se sent impolie, elle s'en veut et voudrait rappeler son collègue pour s'excuser. Elle se résout finalement à vivre avec ce manque de respect. Elle a décidé qu'elle fera tout pour éviter cette entrevue ou, tout au moins, elle la repoussera jusqu'à ce que la tempête soit passée, que la fièvre ait diminué, et que, espère-t-elle, la décision ait été prise ou se soit déjà clairement dessinée. Son témoignage sera alors une simple formalité, inutile.

Sans toutefois s'absenter, pendant les jours suivants, Leila évite Jean proprement.

Et Francis passe des moments difficiles. Il sent de plus en plus le sol se dérober sous ses pieds. Plus personne ne veut s'afficher avec lui. Il se demande même s'il n'aurait pas mieux fait de demander un congé. Pour tous, il est devenu le monstre, le psychopathe, le salaud de la compagnie, du moins a-t-il cette impression, même si personne ne le dit explicitement. Qu'il soit mêlé publiquement à cette affaire devenue très lourde est de plus en plus insupportable pour le vice-président des ventes et du marketing.

Le courriel qu'il a envoyé à Nadia pour s'excuser le lendemain de son acte malencontreux l'inquiète plus que les allusions sur son comportement pervers.

Mais le témoignage de Leila, qui reste à venir, est sa grande préoccupation, parce qu'il minerait sa crédibilité et remettrait en doute toutes ses déclarations, si elle parlait de leur accrochage d'il y a quatre ans. Ce témoignage anéantirait toutes ses chances de s'en sortir. Si la vérité venait à éclater, il ne serait pas capable de la nier publiquement et il n'aurait plus d'argument pour se défendre.

Leila est en réalité celle qui lui cause le plus de soucis. Mais il trouve imprudent de déclencher lui-même sa chute en acceptant les faits, même avec l'espoir ultime que Nadia accepterait à son tour de clore cette affaire à l'amiable.

Francis s'accroche au mince espoir que la directrice des finances n'étalera jamais en public leur histoire, qui ne concerne qu'elle et lui. Mais s'il pouvait quand même la faire taire à jamais pour sauver sa peau, il n'hésiterait pas. Cette perspective de voir sa collègue disparaître s'impose de plus en plus à Francis comme la solution à son problème, du moins sa seule garantie d'éviter une chute dure et précipitée.

56

Au début de la semaine suivante, le monde sait que Nadia a été la petite amie de Francis pendant trois longues années, en catimini. L'opinion a vite changé de camp. Nadia est devenue une canaille, une pute, une imbécile d'immigrante, d'autant plus que, dans tous les témoignages recueillis la semaine précédente, rien n'incrimine Francis. Il n'y a jamais eu de témoin oculaire des actes allégués et aucune autre victime ne s'est déclarée.

Au contraire, les gens pensent à présent qu'au mieux il est victime d'une femme éconduite, enragée, et qu'au pire il est tombé dans les filets d'une prédatrice prête à tout pour lui soutirer de l'argent. L'affaire DSK aidant, cette conclusion paraît plausible aux yeux de beaucoup. On ne se prive plus d'insulter Nadia, de faire des blagues blessantes sur elle.

Dans la compagnie, le soulagement est à la hauteur de la stupeur et de l'indignation suscitées par l'annonce des allégations de cette employée de bureau une semaine plus tôt.

Chacun aspire à appartenir à une communauté qui a des valeurs et une réputation fortes. Cela donne l'impression d'augmenter son propre mérite et améliore momentanément son estime de soi. Quand on ne peut pas puiser cette estime de soi au fond de son âme, ce qui est souvent le cas quoi qu'on en pense, cette appartenance devient essentielle, vitale.

Les entreprises, les communautés religieuses, l'armée, les sectes s'appuient sur cette faiblesse humaine pour fidéliser et galvaniser leurs troupes. Et, lorsque ces valeurs et cette réputation sont mises en doute ou menacées, ce sont les individus qui sont personnellement touchés, ébranlés, surtout et d'abord les plus faibles.

Et leurs réactions peuvent être surprenantes.

57

Le jeudi soir, Leila appelle Jean. Elle voudrait le rencontrer. Surpris, il dit rapidement, comme pour ne pas se laisser distraire:

—Écoute, Leila, je ne pense pas que ce que tu as à dire sur cette affaire soit finalement important. Nous avons suffisamment d'éléments pour prendre la décision qui s'impose. Patrick en personne a demandé que l'enquête soit parachevée le plus tôt possible. Pour ma part, il n'y a aucune raison de continuer à tergiverser. La compagnie a besoin de sérénité. Que tu fasses ta déposition aujourd'hui ou plus tard, ça ne changera rien. Mais, c'est quand tu veux.

—Je veux le faire aujourd'hui, réplique-t-elle calmement mais vigoureusement.

—D'accord, répond Jean. Viens me voir demain en fin d'après-midi. Nous serons tranquilles.

Après avoir déposé le combiné téléphonique, Leila se demande si sa décision a été assez mûrie. Elle prend des risques à s'engager sur cette avenue sans savoir comment la quitter par la suite. Non pas qu'elle ait peur des représailles, mais ses réactions lui font anticiper le pire.

Mais il faut sauver Nadia, qui n'a personne pour défendre sa réputation ternie. Il faut contrer, arrêter la grosse artillerie déployée par la direction de la compagnie qui s'acharne à rétablir, selon elle, l'ordre naturel des choses, la loi de la pesanteur inversée par Nadia : les grands ou les forts doivent naturellement écraser les petits ou les faibles qui dérangent, qui enrayent inutilement les systèmes.

58

Nadia n'a rien mangé depuis trois jours, depuis l'appel de Francine, son amie et collègue. Elle lui a reproché de lui avoir caché pendant plus de deux ans son aventure amoureuse avec Francis. Elle pensait être son alliée, sa confidente. Comme Nadia ne répliquait pas, Francine l'a traitée d'hypocrite, de menteuse, de fausse amie. Elle ne s'est pas gênée pour lui dire que tout ce qui lui arrive est de sa faute, qu'elle le mérite.

À la suite de cet appel, Nadia a compris qu'elle est la mauvaise fille par excellence et qu'effectivement elle ne sortira jamais du creux de la grosse vague qui l'emporte au large, seule, comme un arbre arraché à une forêt qu'on retrouverait sur la prochaine rive.

Depuis le jour où elle a été suspendue de ses fonctions, Nadia reste enfermée chez elle. Aujourd'hui, vendredi, cela fait douze jours qu'elle se demande chaque minute comment elle a pu se retrouver dans cette situation de paria. Il est seize heures. Nadia sait maintenant que, David qui gagne contre Goliath, ce n'est qu'un mythe, une allégorie pour enfants innocents, naïfs.

Elle pense que le ciel a été injuste avec elle. Elle n'a jamais eu l'intention de faire du mal à Francis. C'est lui qui l'a poussée à bout. Elle désirait seulement lui montrer qu'elle avait droit à un minimum de respect, qu'elle n'était pas son esclave, qu'elle n'était pas une petite fille comme il aimait le lui faire croire.

C'était d'ailleurs pour cette raison qu'elle avait envoyé son courriel à Francis uniquement, pour se prouver qu'elle était capable de lui tenir tête. Elle ne voulait pas lui créer des ennuis. Elle n'avait rien contre lui, en réalité, malgré tout ce qu'il lui faisait subir. Elle voulait seulement s'autoriser à grandir, à être son égale en tant qu'être humain.

Mais au-delà de l'agression sexuelle ou de ce que les gens pensent de sa personne, c'est sa grossesse qui est son pire cauchemar. «Si Leila n'était pas au courant, j'aurais simplement envisagé l'avortement», se répète Nadia depuis plusieurs jours. Si au moins sa patronne avait accepté qu'elles aient une discussion franche, Nadia l'aurait suppliée de garder ce secret pour elle. Bientôt, toute la communauté marocaine de Montréal sera au courant, grâce au bouche-à-oreille qu'elle sait très efficace lorsqu'il s'agit de diffuser les ragots. Elle sera mise au ban de la société. Son village au Maroc ne tardera pas à apprendre cette horreur. Et sa famille sera la risée de tous et devra accuser le coup. Surtout, son père sera grandement affecté et ne lui pardonnera jamais cette erreur, elle en est certaine.

Au Maroc, avoir des relations sexuelles hors mariage est un interdit religieux qu'on ne saurait discuter. C'est même passible de prison. Les filles mères sont une honte et sont considérées comme des prostituées. Beaucoup vivent dans la rue, rejetées par leur famille qui ne peut admettre d'héberger un bâtard. L'avortement est un acte criminel punissable de plusieurs années de prison, voire de la peine de mort. C'est aussi un péché, *Haram*.

Nadia éprouve un sentiment de culpabilité incommensurable pour s'être elle-même exposée à cette situation de paria et de pécheresse. Comment a-t-elle pu commettre une telle bévue? Qu'est-ce qui lui est passé par la tête pour qu'elle sacrifie sa réputation et celle de sa famille?

Sa tentative de se défaire de son voile pour grandir, pour être autonome, a tourné au cauchemar. Après tout le désordre qu'elle vient de provoquer, où pourrait-elle maintenant puiser la force d'affronter le monde? Après un tel crime, que mérite la petite fille désobéissante, méchante, impure, égarée? La flagellation, sans doute.

De toute évidence, le corps de Nadia baigne dans une humeur noire, une substance dépressive qui lui cause une douleur profonde, affreuse, et qui annihile initiative, joie, bonheur de vivre.

Nadia, qui était couchée sur le lit, se lève. En titubant, elle se dirige vers le salon. Elle est en robe de chambre, pieds nus. Elle ramasse une bouteille de whisky Jack Daniel's à peine entamée et retourne dans sa chambre. Elle s'arrête devant le placard pendant dix minutes, sans bouger.

Le choix n'est pas facile. Laquelle des tenues de sa garde-robe est la meilleure pour la sortie qu'elle s'apprête à faire? Une robe verte qu'elle a portée une seule fois alors qu'elle était fille d'honneur au mariage de l'une de ses amies lui semble la mieux appropriée à ce qu'elle s'apprête à réaliser: la fin de sa vie. Quand elle avait mis cette robe, elle rêvait à son propre mariage.

Nadia dépose son Jack Daniel's sur la table de chevet, à côté d'une bouteille contenant dix comprimés d'un antidépresseur sédatif, prescrit il y a deux semaines par son médecin. Elle s'étend sur le lit et fait une longue prière pour son fils, un fœtus de deux mois. Elle demande à Dieu de le recevoir dans Son Royaume.

Elle se lève encore une fois et se dirige vers le salon.

Quelqu'un frappe à la porte depuis quelques secondes, peut-être même depuis une ou deux minutes. Par le judas, elle voit Francis. Elle hésite d'abord à ouvrir, puis, sans savoir pourquoi, elle déverrouille la porte et tourne la poignée. Pourtant, elle n'a aucune envie de discuter avec cet homme.

Francis, qui s'était appuyé sur la porte pendant qu'il sonnait, manque s'effondrer et s'étaler de tout son long sur le sol. Il est ivre mort.

— Tu n'as donc plus confiance en moi, hein? s'emporte-t-il d'emblée. Tu ne voulais pas m'ouvrir? Tu te crois autonome, forte, capable de tout, maintenant. Tu te permets de me bouder et même de me faire la guerre, de m'affronter. C'est moi qui t'ai tout appris, et voilà que tu me remercies en bousillant ma vie, toi, une petite sotte de rien du tout. Tu n'avais pas le droit de t'attaquer à ma carrière, encore moins à ma vie familiale, tu comprends?

Nadia ne se laisse pas démonter.

— J'ai une vie, moi aussi. Insignifiante, peut-être, mais c'est la mienne et c'est moi qui décide quoi en faire. Je ne suis pas une enfant que tu manipules comme tu veux.

Francis essaie comme il peut de tenir debout. Il pue l'alcool à plein nez.

— Qui t'a autorisée à parler à Nathalie, hein?

— C'est elle qui m'a appelée.

— Menteuse. Que lui as-tu dit, espèce d'idiote?

— Je t'interdis de m'insulter, Francis. Ce qu'on s'est dit ne te regarde pas.

En réalité, elle ne se rappelle pas exactement ce qu'elle a pu raconter à Nathalie, qui l'a contactée il y a deux ou trois jours. Elle a posé une série de questions précises. Elle semblait prendre des notes. Dans un premier temps, Nadia a cru qu'il s'agissait d'un appel dans le cadre de l'enquête en cours. Nathalie s'est ensuite présentée avant de remercier chaleureusement son interlocutrice pour sa coopération.

— Elle me quitte. Elle part avec mon argent. Tu es contente, hein? Tu espérais prendre sa place pour améliorer ta putain de vie de merde? Je vais te l'arranger aujourd'hui, définitivement.

— Non, ne fais pas ça, Francis. Arrête de me menacer. Je ne me laisserai pas faire, cette fois. Tes tentatives d'intimidation ne marcheront plus avec moi.

Nadia a tout de même peur. Son sang s'est réchauffé d'un coup.

— C'est ce que nous allons voir, reprend-il en trébuchant sur les meubles du salon.

Il retrousse les manches de sa chemise et lance ses bras vers Nadia qui n'a pas eu le temps d'aller chercher son téléphone pour appeler la police, comme elle en avait l'intention. Francis tente de lui saisir le cou; la rage est palpable dans son regard. Les deux se rentrent dedans et se battent comme des ivrognes. Nadia cherche plutôt à se soustraire à l'étreinte qui se fait de plus en plus forte. Francis utilise le corps de sa victime pour tenir debout, pour ne pas tomber. Puis, subitement, il glisse. Et tous les deux tombent sur la table basse qui se brise. Francis tient fermement Nadia.

Nadia ne peut pas crier au secours. Elle utilise son menton pour protéger sa gorge. Sa respiration est momentanément coupée. Tout relâchement des muscles du cou lui serait fatal. En outre, crier pour alerter les voisins ne servirait à rien; ils ne sont pas chez eux avant le soir. Son seul espoir est d'attraper le téléphone et de composer le 911 ou de s'échapper et de sortir de la maison en courant.

Francis parvient à se relever et traîne Nadia par le cou jusque dans la cuisine où il regarde un couteau fixement, sans doute avec l'idée de l'attraper pour en finir avec cette peste de fille. Mais il hésite à lâcher le cou de sa victime. Nadia en profite pour prendre le couteau qu'il regarde, comme si elle avait senti qu'il pense s'en servir.

Il relâche Nadia et la pousse violemment sur le sol. Elle se retrouve à terre, sur les fesses. Elle parvient tout de même à garder le couteau dans sa main droite et à le pointer vers Francis.

—Va-t'en, Francis, sinon j'appelle la police! crie-t-elle avec détermination.

Il hésite à présent à s'approcher d'elle.

—Fais-le, si tu ne veux pas que je t'achève, réplique-t-il, la bouche pâteuse.

Mais il sait qu'il a tout intérêt à éviter la police et qu'il est d'ailleurs allé trop loin en venant agresser cette fille chez elle.

—Tu m'as eu, fille de pute, murmure-t-il, mais un jour je te réglerai ton compte. Tu ne t'en sortiras pas comme ça.

Il sort de l'appartement. Comme sa vie, sa chemise est en lambeaux. Il a parfaitement réussi à saboter son bonheur.

Nadia est encore assise à même le sol. Elle est épuisée, mentalement et physiquement. Ce qui vient de se passer lui donne une idée de l'ampleur de sa faute et justifie la punition qu'elle compte s'infliger. Elle a encore une fois la confirmation que sa vie est un véritable fiasco et qu'elle n'a aucune chance de se sortir du trou, du bourbier dans lequel elle s'est elle-même enfoncée.

Elle se lève et va dans la salle de bain, où elle évite de se regarder dans le miroir. Elle ne voudrait pas voir l'horreur dans ses yeux. Elle prend soin d'essuyer quelques plaies occasionnées par sa chute sur la table basse. Elle retourne dans sa chambre, se parfume, met des sous-vêtements blancs propres, puis sa robe vert olive, une couleur apaisante.

Elle sort les documents qu'elle juge importants, les contrats d'assurance, les papiers d'identité, les numéros de téléphone de ses contacts au Canada et au Maroc, ses cartes de crédit… Elle griffonne ensuite un petit mot : *C'est lui le coupable. C'est lui la mauvaise personne. Il a essayé de me tuer cet après-midi.* Elle va déposer le tout sur la table de la cuisine. Puis, en pleurs, elle retourne se coucher sur le lit de sa chambre, sur le dos, les mains sur le ventre. Tout est prêt pour son départ.

Une fois disparue, elle aura au moins montré qu'à défaut d'ordonner sa vie, de la maîtriser, de l'orienter, elle aura su organiser son départ dans la dignité en montrant qu'elle ne se reproche rien. Et, surtout, qu'elle aura été une personne honnête, gentille, quoi qu'en pensent les gens, même ses amis proches.

Elle aura en fin de compte mérité son épitaphe : *Je n'ai jamais fait de vagues.* Encore une fois, par crainte d'importuner, pour éviter toute confrontation, elle préfère sacrifier sa vie.

59

Bien décidée à montrer l'autre visage de Francis, Leila entre dans le bureau de Jean avec un air de défi.

—Écoute, Leila, dit Jean, avant de lui demander de s'asseoir. Nous savons à présent ce qui s'est passé. Nadia a essayé de faire chanter Francis pour plusieurs raisons que nous ignorons pour l'instant, mais que nous allons finir par élucider. Lis bien son courriel. Entre les lignes, tu verras que c'est clair. Malheureusement, cette fille a sali au passage l'image de notre vice-président et par la même occasion celle de l'entreprise. C'est inacceptable.

Leila écoute sans commenter. Jean n'a pas pris la peine de faire venir son assistant qui, d'ailleurs, a été subtilement écarté au fil des témoignages. Il a été jugé trop rigide par la haute direction. On justifie sa mise à l'écart par sa soi-disant incapacité à comprendre les méandres d'une histoire de passion amoureuse. En réalité, il refuse de cautionner la version officielle des faits.

—Elle a commencé son chantage depuis le mariage de Francis, enchaîne-t-il. Sais-tu qu'il y a deux mois elle l'a obligé à lui offrir un voyage au Maroc? Comme si ce n'était pas suffisant, elle a exigé qu'il l'accompagne, sachant pertinemment qu'il est marié. Je t'épargne toutes les scènes qu'elle lui a faites là-bas.

Leila ne dit toujours rien. Elle essaie d'imaginer ce que contient le témoignage de Francis, un témoignage sans aucun doute préparé par un avocat, et non des moindres.

—Francis est propre. La déclaration de Nadia n'a pas contredit ses affirmations. Au contraire, cette fille a confirmé l'aspect douteux de ses allégations. Nous ne devrions pas engager ce genre de personnes qui ne fournissent pas assez d'informations et de références accessibles et crédibles. Nous allons changer notre politique de recrutement pour que pareils incidents ne se reproduisent plus.

Leila ne parle toujours pas. Mais elle sent cette fois qu'elle est visée, puisque c'est elle qui a présenté Nadia à Francis et à Jean.

—Les femmes sont plus susceptibles d'agir ainsi, continue le directeur des ressources humaines.

—Arrête, Jean, riposte-t-elle vigoureusement. Ainsi donc, selon toi, les femmes sont des monstres. Je te connaissais plus sensé, plus fin et plus intelligent que ça. Tu me déçois, sincèrement.

Un silence gênant les enveloppe. Jean semble regretter ce qu'il vient de dire. Il est bourré de clichés, se surprend-il à découvrir.

—Excuse-moi, dit-il en se levant pour aller prendre deux boîtes de jus dans un tiroir derrière son bureau. Cette histoire a mis nos nerfs à vif.

Il tend une des boîtes à Leila.

—Tu en veux? Heureusement que nous ne sommes plus loin de conclure!

—Non, merci, répond-elle.

Elle ne peut plus supporter cet acharnement injustifié, inique, abusif, sur Nadia, simplement parce que c'est une femme seule qui ne reçoit aucune aide.

—Cette fille prétend souffrir à cause du geste que Francis aurait commis, reprend Jean. Chez une fille de vingt-huit ans, cela me paraît tout de même exagéré, insensé.

—Francis n'est pas un enfant de chœur et ça m'étonnerait qu'il n'ait pas commis ce geste, dit Leila en s'approchant du bureau de Jean, comme si elle voulait lui faire une confidence.

Elle hésite à continuer sur sa lancée.

—Pourquoi dis-tu ça? demande-t-il.

Leila ne répond pas à la question. Elle passe sa main dans ses cheveux.

—Je comprends que tu veuilles aider Nadia, mais pense à ta carrière d'abord, Leila, avant de faire quoi que ce soit, poursuit-il. Tu pourrais la briser pour une action qui n'en vaut pas la peine et tu le regretterais toute ta vie. Je ne sais pas comment te le dire, mais, si tu as un problème de conscience, nous pourrions trouver un arrangement financier pour cette fille.

—Ma vie vaut plus que ma carrière, Jean. Je ne peux pas t'en dire plus à ce stade. Abandonner Nadia serait foutre ma vie en l'air. Alors, le choix est clair.

Pendant qu'elle parlait, Leila a constaté que de refuser d'aider Nadia reviendrait à banaliser l'agression dont elle a été elle-même victime.

—Et, en passant, je constate qu'au mieux, tu es vraiment ignorant, sinon ton jeu est louche, continue-t-elle après une petite pause de réflexion. Je suis désolée d'être obligée de dire les choses crûment. Je suis furieuse à cause de la manière que les investigations ont été menées.

Elle conclut en tapant fort sur la table. Son comportement la surprend elle-même. La proposition d'indemniser Nadia pour la faire taire, pour la museler, s'est amplifiée dans sa tête. Maintenant, elle est révoltée, elle a envie de vomir.

—L'argent ne peut pas reconstruire une vie brisée, poursuit Leila en essayant en vain de retrouver son calme. Et si ce geste dont tu parles et que tu banalises si aisément n'était qu'une indignité de trop qui a fait déborder le vase déjà plein? As-tu essayé de creuser plus loin, de passer en revue les trois ans que Nadia et Francis ont été ensemble? Je suis sûre que non.

Quelques secondes de silence suivent, comme si personne n'osait prendre la parole pour continuer sur cette lancée, de peur d'ouvrir la boîte de pandore. Leila a toujours le buste légèrement penché vers Jean. Elle bouillonne à l'intérieur.

—Il y a quatre ans, Francis m'a fait exactement ce que raconte Nadia dans son courriel, finit-elle par lâcher, incapable de se retenir plus longtemps.

Jean ouvre grand les yeux, recule la tête, le corps, puis la chaise, comme s'il venait de recevoir une balle en pleine poitrine. En silence, il passe plusieurs fois sa main sur son visage comme pour être sûr qu'il est éveillé. Il est tout de même un peu sceptique. Cela se voit sur son visage.

—À la suite de son geste, que tu qualifies d'anodin, j'ai fait des cauchemars horribles pendant des semaines. Les apparences sont trompeuses et ne permettent pas toujours de connaître la souffrance réelle des gens. Tu es la première personne à qui je dévoile ce secret.

Leila ferme les yeux et, quand elle les ouvre de nouveau, ils sont embués de larmes qui finissent par déborder sur ses joues. Une question se dessine sur les lèvres de Jean, la seule qui s'impose en ce moment, à savoir pourquoi Leila divulgue ce secret seulement maintenant, pourquoi quatre ans après l'événement? Et, plus encore, pourquoi près de deux semaines après l'éclatement de l'affaire Francis-Nadia?

—J'ai été violée à dix-huit ans, enchaîne-t-elle en évitant le regard de Jean. Voilà un autre secret que tu es le seul à connaître. Tu peux maintenant comprendre à quel point c'était difficile pour moi d'aborder un tel sujet.

Leila pose la tête sur le bureau, des sanglots jaillissent de sa bouche comme un hoquet trop longtemps retenu. Jean est impressionné et désarmé devant cette situation inusitée. À son tour, il ferme les yeux, sonné, secoué par la réaction de la directrice des finances, comme si cette fois-ci il venait de recevoir une bombe à fragmentation sur tout le corps. Il imagine la douleur que sa collègue doit ressentir en ce moment. Il fait un mouvement de rotation sur sa chaise de manière à tourner le dos à Leila. Des larmes involontaires lui échappent.

Jean sait que Leila ne fait pas semblant; elle n'est pas du genre à jouer la comédie, à se donner en spectacle pour des futilités. À présent, il passe en revue la manière dont les investigations ont été menées.

La volonté de ne pas entacher la réputation de la compagnie a été la principale préoccupation, pratiquement le seul réflexe des enquêteurs, y compris lui-même, constate-t-il amèrement. Ils ont utilisé les clichés sur les femmes et sur les immigrants pour atteindre à tout prix cet objectif, quitte à sacrifier quelques têtes, les moins utiles pour la compagnie. L'objectivité, la rigueur n'ont jamais été au centre de leurs investigations.

Jean est surpris par la subtilité et la détermination avec

lesquelles il a mené sa mission de protéger l'image et la réputation de la compagnie. Et il est sur le point de réussir. Il a agi en contradiction avec ce qu'il croyait être ses valeurs profondes, son engagement à combattre l'injustice et la ségrégation d'où qu'elles viennent.

Jean est particulièrement sensible à la question, ayant longtemps été ostracisé à cause de son orientation sexuelle. Il a subi le rejet, il y a quelques années, quand il a avoué à ses parents et à ses amis son homosexualité. À cette époque, les plus chanceux des homosexuels, généralement les plus fortunés, se cachaient pour vivre leur passion. Et la grande majorité des autres ruminaient dans leur coin leur chagrin et leur impuissance. Il avait voulu se démarquer de ce groupe et avait payé cher son courage.

Comment, aujourd'hui, a-t-il pu se laisser distraire jusqu'à suivre et renforcer la vague qui s'abattait sur Nadia? Comment a-t-il pu si vite oublier?

Quand Leila relève la tête cinq minutes plus tard, son visage est mouillé entièrement et ses cheveux sont en bataille.

— On dirait que tout concourt à me rappeler cet épisode de ma vie, que je m'efforce désespérément d'oublier, dit-elle entre deux séries de hoquets et en mettant la main sur sa bouche, comme si elle voulait empêcher les mots de sortir, de lui échapper. Ma vie tourne tout entière autour de mon viol. L'affaire Francis-Nadia est un cauchemar pour moi. Quand est-ce que je vais m'en sortir? Quand est-ce que ça va finir? Je ne dors plus.

— Francis nous a quittés ce matin, dit Jean, après plusieurs secondes de réflexion et d'hésitation, comme s'il annonçait que le soleil s'est éteint et ne se lèvera plus sur la compagnie.

Un temps de silence confirme la gravité de cette nouvelle.

— Il a déposé sa lettre de démission chez Patrick, juste après que je lui ai annoncé que tu insistais pour faire ta déposition. C'était sans doute son aveu de culpabilité. Il était question de le convaincre de revenir sur sa décision, car nous pensions qu'il n'avait rien fait de mal, mais, là, tout vient de changer.

Jean s'arrête comme pour encore réfléchir avant d'enchaîner :

— Mets par écrit ton témoignage. Il sera versé dans le dossier de Francis. Nadia sera libre de le poursuivre ou non en justice. La compagnie tiendra tous les témoignages et conclusions à la disposition de qui de droit. Nadia va pouvoir revenir travailler dès lundi matin. Je suis désolé, Leila, pour ce qui est arrivé. Pour Nadia. Pour toi.

— Merci, Jean, se contente-t-elle de répondre.

60

Leila essaie d'atteindre le sommet d'un immeuble en ruine pour se réchauffer. À mesure de sa progression, les issues vers le bas se ferment instantanément, tandis que vers le haut les accès deviennent de plus en plus étroits, jusqu'à se resserrer autour de sa personne, la rendant, à la fin, totalement prisonnière. Elle ne peut plus ni descendre ni monter. Elle étouffe. Un sentiment pénible d'impuissance la submerge. Elle se réveille en sursaut et s'assoit au pied du lit. Elle a les mains sur sa gorge sèche, sa respiration est rapide. Elle sue abondamment.

Elle est en petite culotte rose et tee-shirt blanc. Elle se lève et, en titubant, se dirige vers la cuisine. Elle hésite entre le chocolat chaud et un jus de fruits. Elle se verse finalement un verre de jus d'orange pressé dans lequel elle ajoute un soupçon de vodka. L'horloge de la cuisine indique minuit deux minutes.

Leila va par la suite au salon et allume le téléviseur. Elle s'allonge sur le canapé. Son cauchemar continue de hanter son esprit. Elle n'essaie pas de comprendre ce qu'il signifie. Au contraire, elle voudrait l'oublier, s'en débarrasser. Pourtant, ce n'est pas la première fois qu'elle fait ce rêve. Il est récurrent depuis deux ans.

Elle boit son jus à petites gorgées, pendant que, dans

son esprit, son cauchemar est remplacé par l'affaire en cours, Nadia contre Francis. Elle finit par s'endormir.

Un homme sans visage s'approche d'elle. Il l'embrasse. Leila lui demande de s'occuper d'elle. Elle insiste. Elle a besoin d'être aimée, dit-elle, d'être cajolée. L'amour lui fait défaut, cruellement. L'homme sans identité dit oui de la tête et, mal à l'aise et maladroitement, entreprend de la caresser. Elle ferme les yeux, tout offerte, confiante.

À présent, l'homme et Leila sont couchés sur le lit. L'homme la couvre de baisers. Elle hurle. Son corps tremble de plaisir. Elle a les yeux fermés, les deux bras le long du corps et les jambes pliées et écartées. L'homme repousse discrètement sa petite culotte et, sans l'aviser, la viole avec force.

Un cri déchirant, presque inhumain, transperce la nuit. L'homme enroule ses deux mains autour de la gorge de Leila pour l'empêcher de crier. Elle essaie de se relever, mais l'étreinte est ferme. Son corps est solidement plaqué sur le lit. Elle hurle de plus en plus difficilement, supplie. Les va-et-vient de l'homme sans visage se font de plus en plus rapides, violents, et l'étreinte sur la gorge de Leila, de plus en plus resserrée. Elle est de moins en moins combative, occupée à aspirer le moindre air capable de franchir sa gorge pour sa survie. L'homme beugle et ses mouvements ralentissent, puis s'arrêtent. Il relâche enfin sa prise. L'homme dévoile alors son visage : c'est Francis.

Leila découvre avec horreur que monsieur Bennani et sa femme ont assisté à la scène de viol. Ils ont tout vu, dès le début, depuis sa propre insistance pour se faire cajoler jusqu'à la scène finale. Ils se taisent. Ils n'expriment aucun sentiment. Ils sont neutres, indifférents. Ce qui vient de se passer ne semble susciter en eux ni le dégoût ni la colère.

Leila se rue sur le couple, lui assène des coups de pied et des gifles, elle lui crie des injures : « Assassins, pourquoi m'avez-vous laissé violer ? » Elle se défoule sur eux jusqu'à s'épuiser.

Elle se réveille en sursaut et en sueur, la gorge nouée, la respiration rapide. La télévision diffuse des publicités qui invitent les téléspectateurs à ouvrir leur portefeuille pour une babiole sans importance.

À présent assise sur le canapé, Leila tremble de tout son corps. Elle éteint le poste de télévision. Pendant plusieurs minutes, ses larmes se déversent, intarissables, mais son sentiment d'avoir raté sa vie à cause de sa naïveté s'est atténué, son sentiment de culpabilité aussi. Elle sait qu'ils sont la cause de son malheur.

C'est la première fois que ce cauchemar se révèle aussi clairement et se déroule jusqu'à la scène finale où elle découvre monsieur Bennani et sa tante en train de la regarder se faire agresser, sans intervenir. C'est aussi la première fois qu'il se termine par la scène où se déchaîne sa colère contre le couple. D'habitude, Leila se réveille juste avant le viol.

Il est deux heures cinq. Leila décroche le téléphone et appelle sa tante, au Maroc, même s'il est encore tôt là-bas. Elle annonce à brûle-pourpoint qu'elle vient de condamner un homme du nom de Francis. Mais elle sent que c'est plutôt monsieur Bennani qu'elle vient de mettre au banc des accusés.

Puis elle enfile des questions en rafale :

— Pourquoi a-t-il fait ça à ma mère ? Pourquoi m'avez-vous caché mon histoire personnelle ? Pourquoi était-il toujours froid, cruel avec moi, au point où j'avais peur de me confier ? Pourquoi ne m'adressait-il que rarement la parole ?

— Ton oncle a voulu punir ta mère ou, selon ses dires, la rééduquer, mais il ne cherchait pas la mort de sa petite sœur, répond d'emblée sa tante. Ton oncle n'a voulu que préserver l'honneur de la famille. Il s'est longtemps senti responsable de ce qui est arrivé.

— Est-il au moins conscient du mal qu'il m'a fait, à moi?

— Ton oncle t'a toujours aimée, peut-être mal, mais tu ne devrais pas avoir des doutes sur son amour. Tu ne le voyais pas comme un homme avec ses défauts et ses qualités. Tu le voulais parfait, mais il ne l'était pas. Tu n'as pas eu le temps de le connaître. Ton éloignement l'a beaucoup affecté. Il l'a ressenti comme une véritable condamnation.

— Le problème n'est pas uniquement la mort de ma mère, dit Leila calmement. Il y a autre chose, aussi grave que la mort de Fatima : ma propre mort.

Le silence s'interpose entre Leila et sa tante, il se fait lourd.

— J'ai été violée à dix-huit ans.

Après un long silence de plomb, Leila éclate en sanglots comme si elle venait de subir ce viol.

— Pendant treize ans, j'ai vécu l'enfer, seule, sans aucun soutien, continue-t-elle dans un flot de pleurs.

— Pourquoi ne m'en as-tu jamais parlé, Leila? Pourquoi? réplique sa tante, elle aussi inconsolable.

— J'en avais gros sur le cœur contre vous. Et puis, tu n'étais plus ma mère, lui n'était plus mon père, vous n'étiez plus mes parents, vous n'étiez rien pour moi; je ne voyais aucune raison de vous en parler. Je vous détestais. Mais, en vous détestant, je me suis détruite encore plus.

— Pourquoi n'as-tu jamais parlé, Leila, ma fille? continue de dire sa tante. Qui a fait cette chose horrible?

Les deux femmes pleurent au téléphone pendant quelques minutes, sans se parler.

— Viens voir ton oncle. Viens lui parler. Il t'écoutera.

— Comment va-t-il? demande Leila pour la première fois depuis deux ans, depuis qu'elle sait qu'il est gravement malade.

Elle est enfin apaisée.

— Il n'en a plus pour longtemps. Son cancer s'est généralisé. D'après les médecins, il lui reste à peine six mois à vivre.

— Nous nous sommes fait assez de mal comme ça, dit Leila. Je viendrai vous voir. C'est promis.

Après plusieurs années de frustration et de colère, Leila vient finalement de toucher le centre de son problème. Elle ne sera délivrée que par son père. Le prince charmant viendra plus tard. Évidemment, ce n'est pas très clair dans sa tête, mais c'est le sentiment qu'elle a en ce moment.

Elle se remémore toutes les années pendant lesquelles la solitude a été son véritable ennemi. Il suffisait qu'elle fût seule pour se culpabiliser, pour avoir des pensées morbides. Aussitôt, elle raccroche pour appeler Nadia, qui se bat seule. Elle voudrait lui annoncer qu'elle la croit et qu'elle a fait le nécessaire pour la sortir de son enfer. Il ne faudrait pas attendre lundi pour lui parler, se dit-elle. Elle sait que même une minute, dans son cas, peut être fatale.

61

Nadia est allongée sur le lit, sur le dos, le bras gauche le long de son corps, alors que le droit pend sur le bord du lit, les doigts effleurant la moquette. La bouteille de Jack Daniel's et celle des comprimés, toutes les deux vides, sont posées sur la table de chevet.

Il est deux heures trente. Quelques minutes plus tôt, Nadia a avalé ses pilules tranquillisantes. Elle a commencé à boire son whisky vers dix-neuf heures, à petites gorgées, comme si elle avait espéré que sa souffrance se serait évanouie avant l'acte final. Elle a fait traîner le temps, comme un condamné à mort qui attend sa grâce. Un appel téléphonique quelconque d'une amie ou d'une connaissance aurait peut-être permis d'arrêter le processus fatal. L'aide n'est pas venue. Le miracle n'a pas eu lieu. Le silence est resté total. Rien n'est venu l'aider à atténuer son sentiment d'abandon, de désaveu de la société tout entière, et surtout de Leila, pense-t-elle dans sa confusion.

À présent, tout la quitte, tout fout le camp, tout s'échappe par les pores de son corps qui se vide irrémédiablement. La force, la vie, les pensées fuient l'une après l'autre. Nadia est sur le point de rejoindre un monde où les choses n'ont plus d'autre signification qu'elles-mêmes, parce qu'elles ne sont reliées à aucune opinion, bonne ou mauvaise. Elle n'a plus de douleur, plus de sentiments, plus d'émotions. Elle est légère comme une plume. Elle ne sent plus le lit, elle vole, de la même façon que les objets autour d'elle pivotent lentement par-dessus sa tête. Elle est presque déjà une chose.

Bientôt, elle ne sera plus qu'un tas de chair froid, elle en est certaine. Elle commence à le ressentir par ses extrémités, ses pieds, ses mains et son front qui sont déjà engourdis, gelés, insensibles.

Il est trois heures du matin. Le téléphone vient de sonner pour la quatrième fois dans un intervalle de quelques minutes seulement, six coups chaque fois, avant de déclencher la boîte vocale. Il est peut-être encore temps d'attraper à la volée cette aide inespérée. Cette fois, Nadia déploie un effort herculéen pour atteindre le combiné posé par terre, près de son bras droit qui pendouille dans le vide. Elle parvient à peine à appuyer sur le bouton du haut-parleur.

Une voix inquiète et suppliante crie :

— C'est Leila, Nadia. C'est Leila. Décroche le téléphone.

«Je vais mourir», tente de dire Nadia à sa patronne, sans que rien ne perce la frontière de ses lèvres, la voix étant enfermée dans sa boîte crânienne.

Leila continue de crier. Elle n'entend absolument rien, puisque aucun son ne sort de la bouche de Nadia, qui continue de dire un allô muet.

— Francis était chez moi et je crois que je vais mourir, parvient-elle enfin à articuler faiblement.

Leila a entendu l'horreur. La main tremblante, elle compose le 911 et donne d'emblée le numéro de téléphone de son employée. Elle n'a pas son adresse; elle va devoir la chercher dans l'annuaire téléphonique, parce qu'elle a l'intention de s'y rendre en même temps que les ambulanciers et la police.

Lorsque Leila arrive devant l'immeuble de Nadia, une ambulance, un camion de pompiers et trois voitures de police bloquent la rue. Le temps est doux. Personne ne s'intéresse à elle. L'agitation et le bruit règnent en maîtres. Leila demande l'autorisation de monter chez Nadia.

L'appartement est un champ de bataille. Leila se dirige directement vers la chambre, où des ambulanciers sont penchés sur Nadia. Toute l'assistance, composée de cinq personnes, est suspendue, depuis plusieurs minutes, une éternité, au verdict d'un homme, le chef des ambulanciers.

—Les gars, on va enfin pouvoir la transporter aux urgences, dit-il en relevant la tête. Elle va s'en sortir. Elle s'accroche à la vie. C'est une sacrée battante!

Il se lève, enlève ses gants et sort.

Leila se laisse tomber sur la moquette, la main sur la bouche pour se retenir de crier sa joie, pour rester digne devant les gens sur place. Mais, soudain, elle éclate en sanglots.

—Dieu merci! n'arrête-t-elle plus de dire. Dieu merci!

Les larmes se déversent comme une hémorragie qu'on est incapable de stopper. Leila est profondément émue, soulagée. Assise en tailleur à même le sol, elle fixe avec tendresse le visage de sa compatriote qui porte un masque de respiration. On dirait que Leila s'attend aux remontrances de Nadia lui rappelant qu'elle l'a abandonnée.

Elle se rend compte à présent à quel point les petites

tribulations de son entourage, notamment des filles de son bureau, sont ses seules occasions d'entrer en contact avec le reste du monde.

Le fait d'être à la disposition de tous pour aider ceux qui sont dans le malheur est un paravent qui la rassure et la protège, elle le comprend à présent. Cet écran invisible forme un bouclier indestructible qui empêche qu'on l'atteigne ou qu'elle rejoigne les autres. Il agit comme un brouillard épais qui se dresse entre elle et le reste du monde et il détourne toute communication enrichissante, profonde. Leila ne sait presque rien de Nadia. Elle est sidérée.

Elle n'arrive pas à s'expliquer, alors qu'elle est pleine de bon sens et qu'elle est loin d'être dénuée d'intelligence, pourquoi elle n'est pas capable de dompter sa peur de s'ouvrir, pourquoi surtout elle ne peut se débarrasser de l'impulsion qui la fait fuir lorsque la peur la submerge.

Leila est soulagée lorsque les êtres qui lui sont chers sont loin d'elle. Elle est même réconfortée quand elle a des prétextes raisonnables, sensés, logiques, de s'éloigner d'eux, malgré la culpabilité qu'elle ressent après sa fuite.

À coup sûr la réponse est-elle dans ce soulagement. C'est exactement comme un fumeur atteint du cancer des deux poumons qui sait que chaque cigarette qu'il grille en cachette le précipite vers sa mort, mais qui est incapable de se passer de ce poison. Le bon sens et l'intelligence ne peuvent rien contre cette impulsion morbide.

Leila est à présent seule avec Nadia. Les ambulanciers sont au salon en train de se concerter. Le calme et le silence sont plus qu'impressionnants. Ils déstabilisent. À sa grande surprise, le moindre souffle qu'elle exhale prend une intensité et une importance absurdes, arrogantes, honteuses, devant cette fille sous respirateur.

Lorsque Leila regarde, longuement cette fois, le corps immobile couché sur le lit, la robe de sortie vert olive que Nadia porte et son maquillage, elle comprend que cette tentative de suicide n'est pas gratuite. Nadia a un message fort à livrer.

L'acte de cette femme dans la fleur de l'âge résonne comme un fracas, un bruit de vitre cassée. C'est un doigt d'honneur au système qui l'a enfermée et confinée dans un monde étroit fait de restrictions plutôt que de possibilités, un monde violent. Nadia est allée au bout de la démarche qu'on lui a imposée. Elle a atteint son but ultime : ne jamais faire de vagues. «Voilà le résultat de ce que vous avez fabriqué», a-t-elle voulu clairement montrer. Ça a été une réussite totale.

Les fugues, les injures, les bris de verre ne sont pas des actes libérateurs. Ils révèlent un manque, un trou, un vide, un besoin profond d'être soi, d'être authentique. Ce sont des cris de détresse.

Deux ambulanciers reviennent accompagnés d'un policier au moment où Leila tient la main de Nadia pour lui démontrer ou, plutôt, pour se convaincre qu'elle est désormais capable de se confier, de se laisser aller aux émotions devant les autres, sans paniquer, sans penser à sa propre destruction, à sa propre perte, à sa fin.

On informe Leila qu'on va transporter Nadia à l'hôpital et laisser la police recueillir les éléments pour le dossier judiciaire.

—J'ai noté des traces de strangulation sur le corps, dit un des policiers à l'intention de Leila. J'ai également trouvé un mot laissé sans doute par la victime qui accuse quelqu'un d'avoir essayé de la tuer. Avez-vous une idée de qui ça pourrait être?

— C'est probablement Francis, répond Leila. Nadia m'a confirmé qu'il était ici aujourd'hui.

— On a trouvé effectivement des traces qui indiqueraient la présence d'un homme sur le lieu de la bagarre, entre autres une montre. Avez-vous les coordonnées de Francis?

— Oui, répond-elle.

— Il sera sûrement entendu. Avait-il des raisons de s'en prendre à elle?

— Oui.

— Seriez-vous à l'aise de venir témoigner au poste de police, lorsque vous serez prête? Demain ou après-demain?

— Sans problème. Je suis prête.

— Je prendrai vos coordonnées tout à l'heure.

Leila insiste pour être informée de la suite des événements, parce que c'est elle qui va s'occuper d'informer les proches de Nadia. Elle annonce ensuite aux ambulanciers qu'elle accompagnera la patiente.

Leila s'effondre d'un coup et pose la tête sur la moquette. Elle est foudroyée par la colère, la culpabilité et la honte de n'avoir pas été meilleure que monsieur et madame Bennani. Nadia est allée jusqu'à la solution ultime, faute d'assistance et d'écoute. Leila éclate en sanglots et est secouée de hoquets pendant plusieurs minutes.

Elle regarde encore une fois longuement Nadia sans remuer les cils ni bouger la tête, fixement. Nadia est à présent enveloppée dans une couverture blanche, prête à être déplacée. Leila aimerait lui en vouloir d'avoir essayé d'attenter à sa vie, de ne s'être pas plutôt donné la chance de s'en sortir ou de se faire aider. Mais elle ne peut pas. Elle sait que Nadia n'est pas une lâche.

Seuls ceux qui n'ont jamais essayé de traverser une rivière en crue peuvent se moquer des noyés. Elle sait combien l'épreuve par laquelle sa compatriote est passée est difficile, cruelle, mortelle. Elle se demande soudain, et ce, pour la première fois, comment elle a pu survivre à son viol durant treize ans.

Elle prend conscience qu'elle aurait pu mourir plusieurs fois, n'importe quand, n'importe où. Elle est une miraculée, une privilégiée. Sa jeunesse et son inconscience à l'époque de l'acte y sont peut-être pour beaucoup. Ou sa rage de vivre, de continuer malgré tout, pour venger la mort de sa mère. Peut-être aussi a-t-elle été aidée par la chance, le hasard, le destin.

Leila ne peut en fin de compte s'empêcher d'admettre qu'une partie d'elle est tout de même morte lors de son viol. Une part du souffle de la vie l'a quittée et il lui faut la reconquérir, cesser de fuir, arrêter d'ignorer sa moitié perdue. Il lui faut organiser la rencontre entre la petite fille intacte, innocente, insouciante, pleine de vie et d'espoir qu'elle était avant le jour maudit, et celle qu'elle est devenue aujourd'hui, mutilée, blessée. Elles doivent se parler, s'écouter, se pardonner, travailler sur les parties disparues. Si elle ne veut plus continuer à vivre en demi-morte, en zombie, seule, cachée, Leila doit aller au bout de sa démarche de réconciliation en commençant avec son père.

Ensuite et surtout, il lui faut obtenir justice pour Nadia, se résout-elle. Elle ne se taira plus. Si elle avait parlé il y a quelques années, au Maroc, ceci ne serait peut-être pas arrivé. Elle se battra pour faire condamner Francis qui doit payer pour tous les comportements déshonorables qu'il a eus. Et qu'en est-il de la compagnie pour laquelle elle travaille? Sans doute devrait-elle aussi assumer sa part de responsabilité dans la tentative de suicide de Nadia. Leila déposera sa démission dans les jours qui viennent, décide-t-elle enfin.

Surtout, elle tentera de reprendre sa vie en main, de laisser derrière elle les épisodes sombres et de tisser une relation saine avec un homme, de se laisser la chance d'atteindre ce but tant convoité.

C'est ce qu'elle fera, en l'honneur de Nadia.

DISTRIBUTEURS EXCLUSIFS

Distributeur pour le Canada et les États-Unis
LES MESSAGERIES ADP
MONTRÉAL (Canada)
Téléphone : (450) 640-1234 ou 1 800 771-3022
Télécopieur : (450) 640-1251 ou 1 800 603-0433
www.messageries-adp.com

Distributeur pour la France et autres pays européens
DISTRIBUTION DU NOUVEAU MONDE (DNM)
PARIS (France)
Téléphone : 01 43 54 49 02
Télécopieur : 01 43 54 39 15
Courriel : libraires@librairieduquebec.fr

Distributeur pour la Suisse
(À l'usage exclusif des librairies)
SERVIDIS / TRANSAT
GENÈVE (Suisse)
Téléphone : 022/342 77 40
Télécopieur : 022/343 46 46
Courriel : transat-diff@slatkine.com

◆◆◆

Dépôts légaux
Bibliothèque nationale du Canada
Bibliothèque et Archives nationales du Québec, 2012
Imprimé au Canada

◆◆◆

Imprimé sur Rolland Enviro100, contenant
100% de fibres recyclées postconsommation,
certifié Éco-Logo, Procédé sans chlore, FSC
Recyclé et fabriqué à partir d'énergie biogaz.